KNAUR

GABRIELLA
ENGELMANN

Inselsehnsucht

ROMAN

KNAUR

Besuchen Sie uns im Internet:
www.knaur.de

Aus Verantwortung für die Umwelt hat sich die Verlagsgruppe Droemer Knaur zu einer nachhaltigen Buchproduktion verpflichtet. Der bewusste Umgang mit unseren Ressourcen, der Schutz unseres Klimas und der Natur gehören zu unseren obersten Unternehmenszielen. Gemeinsam mit unseren Partnern und Lieferanten setzen wir uns für eine klimaneutrale Buchproduktion ein, die den Erwerb von Klimazertifikaten zur Kompensation des CO_2-Ausstoßes einschließt. Weitere Informationen finden Sie unter: www.klimaneutralerverlag.de

FSC www.fsc.org MIX Papier | Fördert gute Waldnutzung FSC® C083411

Originalausgabe August 2023
Knaur Taschenbuch

Ein Imprint der Verlagsgruppe
Droemer Knaur GmbH & Co. KG, München

Redaktion: Birgit Förster
Covergestaltung: ZERO Werbeagentur, München
Coverabbildung: Composing unter Verwendung von Motiven von Shutterstock.com
Satz: Daniela Schulz, Gilching
Druck und Bindung: CPI books GmbH, Leck
ISBN 978-3-426-52506-7

2 4 5 3 1

Ende August gehörte von jeher zu den schönsten Zeiten auf Sylt, denn diese Tage verströmten sanften Inselzauber und wärmten Haut, Seele und Herz. Die weißen und pinkfarbenen Heckenrosen standen noch in voller Blüte, und die ersten Hagebuttenfrüchte röteten sich prall in der Spätsommersonne, umrahmt von Blattwerk, grünen Kronen gleich. Alles schien träge zurückgenommen, ein wenig verlangsamt, bis Wind aufkam und die Wattewolken so schnell über den Himmel trieb, als hätte er es ganz besonders eilig.

An solchen Tagen nutzten die Kitesurfer die stürmische Brandung für kühne Luftsprünge über der Nordsee, ihre bunten Segel tupften bunte Farbkleckse auf den hohen, weiten Himmel des Lister Königshafens und anderer Surf-Spots. Flauschige Hundeohren wippten fröhlich im Wind, feuchte Hundenasen bohrten sich in den Sand, um alles zu erschnüffeln, was es zu erschnüffeln gab. Und das war viel, denn jeder Sommer hatte seine eigene Geschichte – erst recht auf Sylt. Auf dem pudrig weißen Sand der Strände von der Südspitze Hörnums über das noble Kampen bis zum Sylter Ellenbogen hatten sich während der sonnigen Monate zahllose Dinge ereignet, auf welche diejenigen, die sie erlebt hatten, später mit Freude, Trauer oder Amüsiertheit zurückblickten. Dem einen war der saftige Matjes von einer hungrigen Möwe aus dem Fischbrötchen geklaut worden, jemand anders hatte den spektakulärsten Sonnenuntergang seines Lebens bestaunt und dabei das Salz auf der Haut und den Wind in den Haaren gespürt.

Herzen fanden sich, Herzen brachen, genau wie die Wellen an den Buhnen, die dem Küstenschutz dienten. Die Leuchtfeuer der Insel schickten ihre blinkenden Signale über das Wattenmeer, der Hörnumer Leuchtturm zwinkerte Föhr schelmisch zu, wo die Menschen am Deich von Utersum standen und sich fragten, ob das Eiland auf der rechten Seite ihres Blickfelds Amrum war oder vielleicht doch eher Sylt.

Die Insel der Schönen und Reichen scherte sich nicht wirklich um diejenigen, die kamen, um die Uwe-Düne zu besteigen, die Tetrapoden Hörnums zu umrunden, Strandkorbpartys zu feiern, Austern in List zu verspeisen oder Champagner im legendären Restaurant Sansibar zu schlürfen. Es war ihr egal, ob sich manche an Afrika erinnert fühlten, wenn sie entlang des Morsum-Kliffs spazieren gingen, köstlichen Ziegenkäse in Keitum kauften oder befanden, dass die im Wind stehenden *Reisenden Riesen* in Westerland nicht hübsch genug waren, um Touristen am Bahnhof gebührend in Empfang zu nehmen.

Die Insel war einfach da und wurde immer schlanker oder auch kurzfristig üppiger, wenn Sand durch Rohre gepumpt und an die Strände gespült wurde, die in hundert Jahren vielleicht nur noch eine Erinnerung auf historischen Landkarten sein würden. Doch Sylt nahm dies alles gelassen, denn dieses Kleinod im Wattenmeer war ein kleiner Teil des großen Ganzen – und ein Ort, an dem Menschen wohnten, die liebten, lachten und lebten. So wie die vier Freundinnen Bea, Vero, Lissy und Nele vom Keitumer Buchcafé Büchernest …

1

Nele

Heute besuche ich Lissy und die beiden Kleinen! Nach einem kreativen Tag an der Staffelei verspürte Kinderbuchillustratorin Nele große Sehnsucht nach ihrer besten Freundin und deren Kindern Liuna-Marie und Niels, dessen Patentante sie war. Seit sie überwiegend in ihrem Atelier in List arbeitete, sah sie die drei viel seltener als üblich. Das war schade, denn sie liebte es, die Fortschritte der Kleinen mitzuerleben, zu bestaunen und zu dokumentieren. Mittlerweile hätte sie eine Buchreihe mit all den Skizzen, Fotos und Acrylbildern gestalten können, die sie im Lauf der Zeit gemacht hatte: Liuna-Maries erster Tag am Meer, der Moment, in dem sie von Neles Zitroneneis genascht und sich genüsslich den süßen Mund geleckt hatte. Liu im Tiefschlaf, die Wangen gerötet, Liu bei ihr im Atelier, wo sie den Fußboden mit Wachsmalkreide bemalt hatte. Von Niels gab es noch nicht so viele Motive, denn er war gerade erst als spätes Frühchen geboren worden.

Nele streckte sich ausgiebig, um ihren steif gewordenen Rücken zu entspannen, und betrachtete zufrieden die Komposition der Bilderwelt auf der Leinwand, in der zarte Feen und Elfen emsig umherschwirrten. Sie hoffte, dass diese Fabelwesen die

Herzen der Kinder erfreuen würden, wenn sie sich das Bilderbuch anschauten, und wünschte nicht zum ersten Mal, sie könnte in solchen Momenten dabei sein. Ich schenke der kleinen Liu eines der Originale für ihr Kinderzimmer, sobald das Buch in den Druck gegangen ist, beschloss Nele, während sie sorgsam die Pinsel säuberte, anschließend das Malwasser in den Abfluss des Waschbeckens goss und fasziniert dabei zusah, wie sich das pastellfarbene Rinnsal einen Weg ins Innere des Beckens bahnte. Dann vernahm sie ein forderndes Maunzen und bückte sich, um Kater Campino zu kraulen, der gerade ins Atelier getapst war und sie mit seinen grün schimmernden Augen ansah. »Na, mein Schöner«, flüsterte sie. »Du hast bestimmt Hunger.« Die Antwort des Maine Coon war ein müdes Gähnen, er blinzelte mehrmals und folgte Nele auf Samtpfoten in die Küche. Wie fast alle Katzen war auch Campino sehr verwöhnt, und man wusste nie, ob er das Abendessen innerhalb kürzester Zeit verputzen oder der Futterschale nach dem ersten Happs beleidigt den Rücken zukehren würde. Doch diesmal schien es zu passen, denn Campino schmauste vergnügt, während Nele sein Katzen-WC säuberte, eine weitere Schüssel mit frischem Trinkwasser und eine dritte mit Trockenfutter füllte. »Tut mir leid, ich kann dir nicht länger Gesellschaft leisten, denn ich muss gleich nach Keitum und daheim nach dem Rechten sehen. Ich hoffe, du vermisst Ole und Sophie nicht allzu sehr, denn es dauert noch ein Weilchen, bis die beiden von ihrer Reise zurück sind«, murmelte Nele und streichelte Campino wieder über das seidige Fell. »Also, mach's gut, bis morgen.«

Bevor sie ging, vergewisserte sie sich, dass die Katzenklappe funktionierte, denn der Kater stromerte nachts am Rande des Ortes List umher, wo es neben Mäusen und Vögeln noch viel mehr zu entdecken und jagen gab. Abschließend warf sie einen letzten Blick auf das Haus ihrer Freunde und stieg dann in ihr Auto.

Eine knappe halbe Stunde später erreichte Nele das puppenstubenartige Dorf Keitum im Osten Sylts, in dem sie lebte, seit sie sich als junge, ungestüme Malerin in die Insel und das dortige Leben verliebt hatte. In einem wunderschönen Kapitänshaus im Herzen des Dorfes, in dessen erster Etage sie zurzeit wohnte, befand sich das Buchcafé Büchernest. Nele war froh, dass zum Haus zwei Parkplätze gehörten, absolute Mangelware in Keitum. Es gab nämlich kaum etwas Nervigeres für sie als die Parkplatzsuche, außer natürlich Stechmücken, unhöfliche Menschen und diejenigen, die Strafzettel verteilten.

»Moin, Nele, besuchst du Lissy heute noch?«, fragte Beas Freundin Vero, die soeben aus dem Café kam, das im Pavillon des großen Gartens untergebracht war, als Nele parkte und die Fensterscheibe herunterkurbelte. »Wenn ja, könntest du ihr das bitte mitbringen?« Die rundliche, rotwangige Vero war bepackt mit einem Korb voller Köstlichkeiten, die sie am Ende des Tages großzügig an diejenigen verschenkte, die Appetit auf Milchreis mit roter Grütze, Sylter Sommersalat mit Ziegenkäse, eine kräftige Kartoffelsuppe mit Krabben oder sahnige Friesentorte mit Pflaumenmus hatten. All dies waren Spezialitäten aus ihrem Café und für gewöhnlich von den Gästen bis auf den letzten Krümel vertilgt, doch in den vergangenen Wochen hatte sich das deutlich geändert.

Nele stieg aus dem klapprigen Auto, das beinahe mehr Zeit in der Werkstatt verbrachte als auf den Straßen der Insel. »Na klar, das mache ich sehr gern. Aber erzähl mal: Wie lief es heute? War genauso wenig los wie in den vergangenen Tagen?«

Vero seufzte tief und wirkte, als bräuchte sie Trost und Zuspruch. Nach außen hin war die Anfang siebzigjährige Dame durch nichts zu erschüttern und Ruhe und Optimismus in Person. Doch wenn ihre Nasenflügel bebten und der linke Mundwinkel zuckte, wussten diejenigen, die sie liebten: Es ist an der Zeit, Vero zuzuhören und nicht nur die eigenen Sorgen bei ihr abzuladen. »Okay, Botschaft verstanden. Magst du einen Eistee, und wir setzen uns damit einen Moment auf die Bank, bevor ich zu Lissy gehe?«, schlug Nele vor, und Vero nickte dankbar. »Fein, dann bereite ich uns eine Kanne zu, und du machst es dir inzwischen im Garten gemütlich.«

In ihrem Zimmer streifte Nele die bequeme Jeanslatzhose ab, in der sie am liebsten malte, und tauschte sie gegen ein luftiges Sommerkleid, gebatikt in den Farben Hellbeige, Türkis und Gelb, die sie an Strand, Meer und Sonne erinnerten und ihre grünen Augen zum Leuchten brachten. Zudem harmonierten die Töne hervorragend mit ihren kupferfarbenen Locken, die sie meist zu einem lässigen Knoten schlang.

»Ich danke dir«, sagte Vero, als Nele wenig später das Tablett mit dem Erfrischungsgetränk, zwei Gläsern mit Zitronenzesten, Minze sowie einem Schälchen Pistazien auf den hellblau gestrichenen Tisch vor der Bank stellte. Für Ende August war es immer noch ungewöhnlich warm auf Sylt, selbst an den Abenden konnte man es gut ohne Pullover aushalten, sogar am Strand, wo für gewöhnlich eine leichte Brise wehte.

Vero trank das erste Glas in einem Zug aus, dabei konnte Nele, als sie sich neben ihre Freundin setzte, den zarten Flaum sehen, der sich im Lauf der Jahre an Veros Kehlkopf gebildet hatte. *Würde ihr das auch passieren, wenn sie älter wurde?*

»Also, was ist los?«, fragte Nele und wackelte mit den Zehen, während sie die nackten Beine so weit in die Luft reckte, wie es ihre wenig trainierte Bauchmuskulatur zuließ.

Vero kommentierte die kleine Gymnastikübung nicht weiter, sondern starrte auf den hübschen Pavillon.

»Nichts ist los, und genau das ist das Problem.« Vero legte so viel tragisches Pathos in diese Worte, dass sie damit sogar Nele ausstach, die den Beinamen *Dramaqueen* trug. »Es ist ohnehin schon schwierig, die Gäste hierherzulotsen, doch seit der Foodtruck von Starkoch Holger Hartwig an der Kreuzung schräg gegenüber parkt, ist hier mehr als tote Hose. Wenn das so weitergeht, muss ich wohl oder übel die Segel streichen.«

Nele blinzelte gegen die schräg stehende Sonne, die bald hinter dem Friesenwall mit den Sylter Heckenrosen, der das Grundstück umsäumte, untergehen würde. Das fröhliche Zwitschern der Vögel in den Laubbäumen und das emsige Summen der Bienen bildeten einen starken Kontrast zu Veros Stimmung, es tat Nele in der Seele weh, dass ihre liebe Freundin zurzeit von solch großen Sorgen geplagt wurde. »Hey, wo bleibt denn dein berühmter Optimismus?«, fragte sie, um Vero aufzumuntern. »Meinst du nicht, dass sich das alles wieder einrenkt, sobald das Wetter schlechter wird und der Herbst kommt? Viele Urlauber lieben die stürmische Nebensaison und reisen ganz bewusst erst nach Sylt, wenn hier nicht mehr so viel los ist. Da trinken sie dann literweise Tee mit Kluntjes, essen Waffeln und Friesentorte, und die Kasse klingelt wieder Sturm.«

»Unser neuer Standort ist aber nicht so zentral gelegen wie der alte am Keitumer Watt, wo man unweigerlich vorbeikommt, wenn man spazieren geht«, hielt Vero seufzend dagegen. »Außerdem ist unsere Terrasse viel zu klein. Deshalb gehen alle lieber zur *Kleinen Teestube* oder zu *Nielsens Kaffeegarten* mit dem traumhaften Blick aufs Wattenmeer.« Vero zog ein Gesicht wie sieben Tage Regenwetter, und Nele konnte es ihr nicht verdenken.

»Wie lange lässt denn Hartwig seinen Wagen dort stehen?«, fragte Nele, die fieberhaft überlegte, was man gegen Veros trübe Stimmung tun konnte.

»Angeblich bis zur Winterpause im Februar«, knurrte Vero.

Wie auf Kommando ertönte das höhnisch klingende Gelächter einer Lachmöwe, die in Richtung Meer flog. »Wenn es kalt wird, serviert er Glühwein, Pharisäer, Bratwürstchen und Kartoffelpuffer mit Lachs. Das lieben alle, nicht nur die Urlauber.«

Bei der Erwähnung von gegrillten Würstchen knurrte Neles Magen, sie war den ganzen Tag über so versunken in ihre Malerei gewesen, dass sie, bis auf einen Apfel, völlig vergessen hatte, etwas zu essen. »Verstehe«, murmelte sie bedrückt, denn es tat weh, Vero so geknickt zu sehen. Zudem fiel ihr dummerweise keine Lösung ein, denn der Starkoch aus Hamburg bot dem anspruchsvollen Sylt-Publikum genau das, was es wollte, obwohl Nele fand, dass Vero um Längen besser kochte. Doch Vero war es nicht gewohnt, ihre Künste anzupreisen und sich selbst so in Szene zu setzen, dass die Kunden scharenweise zu ihr strömten. »Ich rede mit Lissy, vielleicht hat sie ja eine Idee«, schlug sie nach einer Weile betretenen Schweigens vor. »Oder wir berufen den Familienrat ein, ist ohnehin schon viel zu lange her, dass wir uns zuletzt gemeinsam getroffen haben. Mach dir jetzt bitte keine allzu großen Sorgen, wir finden gemeinsam eine Lösung. Das haben wir doch bislang immer.«

»Dein Wort in Gottes Ohr«, murmelte Vero und schaute auf ihre Armbanduhr. »Danke für den Eistee und deinen Zuspruch, das hat gutgetan. Leider muss ich jetzt dringend nach Morsum, das Abendessen für Hinrich zubereiten, du weißt doch, wie viel Wert er auf pünktliche Mahlzeiten legt. Grüß Lissy und gib den beiden Mäusen einen Kuss von mir. Wir sehen uns dann morgen, ja?«

Wenige Minuten Fußweg später stand Nele, bepackt mit Veros Korb, an der Eingangspforte des Vorgartens vor dem weiß getünchten Friesenhaus mit dem Maueranker, in dem ihre beste Freundin Larissa, deren Mann Leon, die kleine Liuna-Marie und seit Kurzem auch Niels wohnten. Das reetgedeckte Haus mit der inseltypischen zweigeteilten *Klönschnacktür* wirkte ebenso malerisch wie der Vorgarten, in dem Rosen, Dahlien und Astern ein wahres Farbenfeuerwerk zündeten und damit die Blicke aller Touristen auf sich zogen, die staunend stehen blieben und zahllose Fotos schossen, um sie später auf Instagram zu posten. Auch jetzt posierte ein junges Pärchen vor dem weiß lackierten Zaun für ein Selfie.

»Soll ich ein Foto von euch machen?«, bot Nele an, doch das Paar schüttelte den Kopf und zog von dannen, nachdem es sich für das freundliche Angebot bedankt hatte. Nele öffnete die Pforte zu Lissys Garten, einer Oase voller Wildblumen, zwischen denen auch hübsche Gräser hervorlugten. Lissy rückte dem Unkraut, das in ihren Augen gar keines war, genauso wenig zu Leibe wie den rosafarbenen Anemonen, die sich ebenso schnell verbreiteten wie Klatsch und Tratsch auf der Insel, denn sie wollte, dass Insekten und Schmetterlinge sich hier willkommen und heimisch fühlten. Nele hielt einen Moment inne, ließ den Blick über die Blütenpracht schweifen, und ihr kam plötzlich eine Frage in den Sinn, über die nachzudenken sie mit Kribbeln im Bauch und tiefem Glück erfüllte: Welche Blumen wähle ich für meinen Brautstrauß?

2

Lissy

»Was ist ja eine schöne Überraschung«, rief Lissy, die gemeinsam mit ihren beiden Kindern im Gras auf einer Decke unter dem Magnolienbaum saß und den Besuch als Erste entdeckte. Die fast zweijährige Liu klatschte begeistert in die Händchen, als sie Nele erspähte, und ging ihr fröhlich entgegen.

Sie liebt Nele über alles, dachte Lissy gerührt und stand ebenfalls auf, um ihre Freundin zu begrüßen. »Oder waren wir verabredet, und ich habe es, wie so vieles zurzeit, vergessen? Ich fürchte, ich leide an Stilldemenz. Aber schön, dass du da bist.«

»Keine Sorge, dein Gedächtnis funktioniert wunderbar. Ich dachte, ich schaue einfach mal spontan vorbei und bringe euren Tagesablauf durcheinander«, erwiderte Nele augenzwinkernd und schwenkte demonstrativ den geflochtenen Weidenkorb. »Vero hat etwas zu essen für euch eingepackt, und ich habe Sehnsucht nach den beiden Süßen. Darf ich den Kleinen mal aus der Wanne herausnehmen?«, fragte Nele, und Lissy nickte. Niels war erst seit wenigen Tagen aus der Klinik entlassen worden, wo man ihn aufgepäppelt und immer wieder gründlich untersucht hatte. Noch ehe Nele ihre Hand unter das

Köpfchen von Niels schieben konnte, trat Liu gegen das obere Teil des Kinderwagens, das nun auf dem Rasen stand, und das Baby begann prompt zu weinen.

Nicht schon wieder, dachte Lissy mit einer Mischung aus Bestürzung und Ärger. War das nur ein dummer Zufall gewesen oder Absicht? »Sei bitte ein bisschen vorsichtig mit deinem Brüderchen«, bat Nele und schaute Liu tief in die Augen. »Er ist noch klein und erschrickt leicht.«

Sobald Niels in Neles Arm lag, hörte er auf zu weinen und ließ lediglich ein zufrieden klingendes Schmatzen ertönen. Liuna-Marie stand mit leicht zusammengekniffenen Augen da und starrte ihren Bruder an.

»Tja, das war's dann wohl mit unserem netten Abend«, sagte Lissy schmunzelnd und versuchte den Gedanken daran, dass Liu aus Eifersucht gegen die Wanne getreten hatte, beiseitezuschieben. »Jetzt musst du Niels die ganze Zeit im Garten herumtragen, während Liu und ich uns über die Köstlichkeiten von Vero hermachen.«

Doch Liuna-Marie dachte gar nicht ans Abendessen, sondern stand weiterhin auf ihren kurzen Beinchen in gebührendem Abstand zu Nele und Niels, stemmte die Hände in ihre Hüften und zog einen Flunsch. »Liu, kommst du? Wir packen in der Küche den Korb aus und holen für uns alle etwas zu trinken, ja?«, versuchte Lissy ihr Töchterchen zu locken.

Doch die energische Antwort der Kleinen lautete: »Auf keinen Fall!«

Lissy fiel beinahe die Kinnlade herunter. Wo hatte ihre Tochter denn den Ausdruck her? Liu war alles andere als eine Quasselstrippe und wählte die wenigen Worte, die sie bislang kannte, mit dem für die Nordfriesen typischen Bedacht.

»Hui, das klingt ja ganz wie Tante Bea, die weiß auch immer sehr genau, was sie will, und vor allem, was sie *nicht* will«, sagte Nele lachend. »Hast du denn gar keinen Hunger, Liu-Maus? Also ich schon. Ich könnte glatt drei Maiskolben, ein halbes Hähnchen, zwei Fischbrötchen und einen ganzen Apfelkuchen verdrücken, so leer ist mein Magen.«

Das Mädchen rührte sich nicht vom Fleck und beäugte Nele und Niels weiterhin argwöhnisch. Dabei legte sie den Kopf schräg, sodass ihr einige blonde Locken ins Gesicht fielen.

In diesem Moment wurde Lissy klar, dass sie dringend mit ihrer Tochter zum Friseur musste. Allerdings machte Liu jedes Mal ein riesiges Theater, wenn ihre Haare gewaschen werden mussten. Und wenn dann noch eine große Friseurschere vor ihrem Gesicht auftauchte, stimmte sie ein derart lautes Gebrüll an, dass man es von Keitum bis nach Hörnum hören konnte. Es gab Tage, da lagen Lissys Nerven derart blank, dass sie einfach aufgab.

»Ich mache uns jetzt ein Picknick zurecht«, sagte sie schließlich, weil sie hungrig war und tagsüber lediglich den Rest von Lius Pfannkuchensuppe gegessen hatte. »Und ihr drei amüsiert euch einfach solange hier draußen.«

In der gemütlichen Wohnküche mit hellen Möbeln im Shabby-Style packte Lissy die Mitbringsel aus Veros Café aus, dankbar, heute Abend nicht kochen zu müssen. Sie war noch immer erschöpft von der Geburt, belastet davon, dass sie das Baby nicht gleich mit nach Hause hatte nehmen können, und von der Anstrengung, zwei Kinder zu haben, von denen eines noch so winzig klein und zart war, dass sie zuweilen befürchtete, es beim Wickeln oder Stillen zu zerbrechen. Doch das war bei Weitem nicht die einzige Sorge, die sie seit der Geburt umtrieb:

Sie befürchtete, dass Niels nicht ausreichend zunahm, dass er krank werden könnte oder trotz ihrer überbordenden Liebe und Fürsorge nicht genug Nähe verspürte. Geborgenheit und wohlige Nestwärme waren für Frühchen beinahe noch wichtiger als ohnehin für Babys. Zudem verglich sie seine Entwicklung stets mit der ihrer Tochter, obwohl sie wusste, dass das der falsche Maßstab war – und sie sich kaum noch vorstellen konnte, dass Liu auch mal so klein gewesen war. Wie gut, dass Vero so häufig abends zu ihr kam, um sie zu unterstützen und ihr die Unsicherheit zu nehmen. Und natürlich stand ihr auch Leon liebevoll zur Seite, wenn sie nicht mehr weiterwusste oder das Gefühl hatte, alles falsch zu machen.

»Na, hast du nicht doch ein bisschen Hunger?«, fragte Lissy ihre Tochter wenige Minuten später, als sie den Salat, Quiche, Milchreis und Getränke auf den Teakholztisch unter dem Apfelbaum stellte und für alle deckte. Doch Liu schüttelte trotzig den Kopf und trollte sich zurück auf die Decke, wo ihr Spielzeug lag und rote Sommeräpfel, die vom Baum gefallen waren. Lissy wusste, dass es keinen Sinn hatte, ihre Tochter zu drängen, sie würde sich schon melden, wenn sie Hunger hatte. Nele wiegte immer noch den schlafenden Niels in ihren Armen und gab dabei ein bezauberndes Bild ab, das Lissys Herz zum Schmelzen brachte. »Setz dich ruhig an den Tisch, ich lege Niels hin«, sagte sie, nahm ihrer Freundin das schlafende Baby ab und stellte die Wanne mit dem Kleinen neben sich auf die Bank.

Nele machte sich mit großem Appetit über die Quiche mit Gorgonzola, grünem Spargel und Brokkoli her, Lissy entschied sich für die Version mit Roter Bete und Keitumer Ziegenkäse.

»Mhm, das ist genau das Richtige«, schwärmte sie, während sie dem Aroma der erdigen Bete mit der Zunge nachspürte.

»Wenn ich Vero nicht hätte, würden wir wohl alle verhungern oder jeden zweiten Tag Pizza essen. Leon kommt ja häufig in den Genuss von Geschäftsessen, aber ich …«

»Hast du mal darüber nachgedacht, dir Hilfe zu holen?«, fragte Nele, die sich ein Glas Rosé einschenkte. Lissy trank selbst gemachte Johannisbeerschorle. »Immerhin bist du den ganzen Tag allein mit den beiden Kleinen, hast den Haushalt, machst die Buchhaltung fürs Büchernest und hörst dir geduldig alle paar Tage Beas neue Buchideen an.«

»Ach was, ganz so schlimm ist es nicht«, versuchte Lissy die Bedenken ihrer Freundin vom Tisch zu wischen, obwohl ihr in diesem Moment beinahe vor Müdigkeit die Augen zufielen. »Dreimal die Woche ist Liu bei ihrer Tagesmutter. Leon kümmert sich meist abends um sie, und auch Bea findet es ab und zu ganz schön, sich mit den Kids zu beschäftigen, anstatt ständig Buchexposés zu verfassen. Mir bereitet eher die Situation im Büchernest Kopfzerbrechen, auch wenn Bea seit der Geburt von Niels wieder jeden Vormittag im Laden ist und Rieke jetzt Vollzeit bei uns arbeitet.«

Nele wiegte den Kopf hin und her, sie wirkte nicht recht überzeugt. »Ich habe es dir schon vor Wochen gesagt, und ich sage es dir heute noch mal: Ich arbeite gern wieder mehr im Laden und lehne lieber Aufträge für Kinderbuchillustrationen ab, als dass ich tatenlos dabei zusehe, wie das Büchernest unter Personalmangel leidet. So schön es für Sophie auch ist, dass sie mit Ole nach Herzenslust mit dem Van in der Weltgeschichte umherreisen kann, aber sie fehlt uns im Team.«

»Wir versuchen es einfach weiter und schalten noch mal eine Anzeige in den Branchenblättern und den Jobportalen, auch wenn es schwer ist, Personal und eine passende Unterkunft zu finden«, murmelte Lissy. »Ich möchte nicht, dass du die tollen Aufträge ablehnst, auf die du so lange hingearbeitet hast. Du bist, trotz deiner Liebe zu Büchern, keine Buchhändlerin, sondern Künstlerin. Außerdem hast du vor Kurzem einen Heiratsantrag bekommen und wirst bald alle Hände voll damit zu tun haben, euren großen Tag vorzubereiten. Und wer weiß, was dann noch so alles auf dich wartet.« Lissys Blick blieb erst an Niels hängen und richtete sich schließlich auf Liu, die völlig versunken mit einem Schaufelbagger spielte, der Sand aus der Sandkiste, garniert mit Sylter Muscheln, geladen hatte.

»Du meinst eine große Kinderschar?« Nele schüttelte energisch den Kopf, die Abendsonne ließ die Sommersprossen auf ihrer Nase und dem Dekolleté tanzen. »Ich gehe allmählich auf die vierzig zu. Und bei dem Pensum, das Sven mit dem neuen Hotel zu bewältigen hat, kann ich mir nicht vorstellen, dass er scharf auf Kinder ist.«

»Habt ihr etwa die Kinderfrage noch nicht besprochen?« Lissy war ehrlich verdutzt. Sie selbst hatte schon bald nach dem Antrag von Leon geklärt, wie er zum Thema Familie stand und was er sich für die gemeinsame Zukunft mit ihr erträumte. Zum Glück verspürten beide gleichermaßen den Wunsch, ihre Liebe mit Kindern zu krönen, umso härter war der Weg gewesen, der daraufhin gefolgt war: zwei Fehlgeburten, dann das Aufatmen und das große Glück, Liu zu bekommen, gefolgt von der komplizierten Schwangerschaft mit Niels, die sie größtenteils liegend verbracht hatte, um das Wohl des Babys in ihrem Bauch nicht zu gefährden.

»Nein«, erwiderte Nele und zog die Nase kraus. »Sollten wir das? Ich dachte immer, so etwas ergibt sich ganz automatisch. Man sieht gemeinsam ein süßes Baby, wie diesen kleinen Mann hier, ich sage irgendwann, dass ich das ewige Verhütungsthema leid bin oder … hm. Jetzt, wo ich laut ausspreche, was ich in den vergangenen Wochen immer mal gedacht habe, klingt es auf einmal komisch in meinen Ohren. So … unkonkret.«

»Wünschst du dir denn ein Kind?«

»Ich … äh …« Nele löste ihren Haarknoten, und schon flossen rötliche Locken in Kaskaden über ihre Schultern. Wie schön sie ist, dachte Lissy. Und wie verliebt. Sie hat sich sehr verändert, seit Sven in ihr Leben getreten ist. Diese Veränderung macht sie stark und verletzlich zugleich.

Hoffentlich kommt sie auf Dauer damit zurecht.

»Ich hoffe, meine Geschichte macht dir keine Angst. Nicht jede Schwangerschaft ist so kompliziert und nicht jede Geburt so dramatisch. Vertrau einfach darauf, dass bei dir alles glattgeht.« Während sie dies sagte, wurde sie von vielen Erinnerungen an das Wochenende überflutet, das ganz anders geendet hatte als geplant, und begann innerlich zu zittern: die kurze Zugfahrt der vier Freundinnen, die in Westerland begonnen hatte und schon in Morsum endete. Beas Lachen, als sie die erstaunten Gesichter ihrer Gäste sah, die nichts davon ahnten, dass sie die angekündigte Auszeit auf Sylt verbringen würden. Das wunderschöne Hotel am Morsum-Kliff. Die Hitze … und dann die Übelkeit und das schmerzhafte Ziehen im Unterbauch. Der aufziehende Sturm, das schwere Gewitter, die Meldung, der Hindenburgdamm sei gesperrt. Die Tatsache, dass auch keine Helikopter flogen.

»Hey, alles okay mit dir?« Neles Frage riss Lissy aus der Erinnerung an die Geburt von Niels, die letzten Endes glimpflich verlaufen war, weil sie einen Schutzengel in Gestalt eines Arztes und ihrer Freundinnen gehabt hatte.

»Na klar«, erwiderte Lissy, der Tränen über die Wangen kullerten und der leicht schwindelig war. Sie streichelte sanft das zarte Gesichtchen des schlafenden Babys und blickte zugleich auf ihre Tochter, die mittlerweile in einem der viel geliebten Kinderbücher blätterte, die Bea ihr regelmäßig schenkte. »Kinder sind einfach das größte Geschenk, das das Leben uns machen kann. Ich bin unendlich dankbar und glücklich und hoffe, dass ihr beiden euren eigenen Weg findet.«

Dass der Cocktail aus Hormonen und dem Trauma der dramatischen Geburt nicht ohne war, verschwieg Lissy. Sie kämpfte tapfer und nach Kräften gegen ihre Schlappheit und zuweilen düsteren Gedanken an, sehnte sich jedoch schmerzlich nach ihrem alten Ich, nach Unbeschwertheit, nach Ruhe und Frieden. Nach einer Zeit, in der sie sich nicht so viele Sorgen machen musste.

3

Rieke

Als der Wecker klingelte, fiel es Rieke Ingwersen schwer, die Augen zu öffnen und aus ihrem Traum in die Realität zurückzufinden. Die Zwanzigjährige hatte beim Lesen wieder die Nacht zum Tag gemacht, denn sie hatte sich nicht von ihrem Roman trennen können, den sie sich vor zwei Wochen für die Rückfahrt mit dem Zug von Paris nach Sylt gekauft und für dessen Beendigung sie nach ihrer Rückkehr keine Zeit gefunden hatte.

Ihre beste Freundin Emma und sie waren zum ersten Mal dort gewesen und von der ersten Sekunde an schockverliebt. Emma in die tollen Secondhandshops, Schmuckläden und Flohmärkte. Rieke in die Bouquinisten am Ufer der Seine, die zahllosen Buchhandlungen, die bis spätabends geöffnet hatten und deren Auslagen zum Stöbern verführten, egal, ob die Sonne schien oder das Trottoir vom Regen glänzte. Und natürlich in *Shakespeare and Company*. Sie las gerade mit Begeisterung die Romanbiografie über die kämpferische Buchhändlerin Sylvia Beach, die gegen alle Widerstände *Ulysses* von James Joyce verlegt und damit großen Mut bewiesen hatte. Doch genau das war die Aufgabe der Menschen, die mit Büchern zu tun hatten, egal, ob sie

sie verkauften, verlegten, lektorierten oder Werbekampagnen kreierten. Sie mussten kühne Gedanken, Zukunftsvisionen, Gesellschaftskritik und Fantasien in die Welt tragen. Denn die Macht von Büchern war ungebrochen und würde es immer bleiben, davon war Rieke zutiefst überzeugt.

»Guten Morgen, Schatz, magst du heute lieber Tee oder Kaffee?«

Wie jeden Tag steckte Riekes Mutter Ina den Kopf durch den Türspalt und begrüßte ihre Tochter mit einem fröhlichen Lächeln.

»Ich glaube, du vergisst manchmal, dass ich nicht mehr zur Schule muss, sondern im Büchernest arbeite«, erwiderte Rieke schmunzelnd und schlug die blau-weiß gemusterte Bettdecke beiseite. Dann zog sie ihren flauschigen Bademantel an, gab ihrer Mutter einen Kuss auf die Wange und sagte: »Heute ausnahmsweise mal Tee. Aber den mache ich mir selbst.« Ina wuschelte ihr im Vorbeigehen durch die Haare und begleitete ihre Tochter nach unten in die urige Friesenküche mit der niedrigen Decke, die mit Holzbalken durchzogen war, und Fensterscheiben, die aussahen wie eine halbe Zitrone. »Wahrscheinlich möchte ich einfach nicht wahrhaben, dass du bald zwanzig wirst und ausziehst, sobald du mit Emma eine passende Wohnung für eure Mädels-WG gefunden hast«, erwiderte Ina seufzend und füllte den Kocher mit Wasser. »Also tu mir bitte den Gefallen und lass dich weiterhin ein bisschen von mir verwöhnen, solange du noch hier bist.«

Rieke lächelte und nahm einen Löffel Früchtetee aus der silbernen Dose, die auf dem Hängeregal über dem Herd stand. Die Mischung duftete herrlich frisch, außerdem liebte sie die Farbe Rot und besaß deshalb mehrere Kleider, eine Hose, zwei Hüte und ein paar lange Satinhandschuhe in Rot und zog damit immer wieder die Blicke auf sich. Auf Sylt trug man für gewöhnlich eher Blau und Weiß, auch Grau war eine beliebte Farbe, insbesondere für Sweatshirts und Hoodies, doch Rieke mochte den Kontrast zum maritimen Einheitslook.

»Übrigens gehen Emma und ich heute auf eine Strandparty an der Himmelsleiter«, sagte sie. »Ich bin also beim Abendessen nicht dabei. Und was hast du vor?«

Riekes Mutter arbeitete stundenweise bei *Stil & Blüte*, dem schönen Blumenladen im Herzen Keitums, der zudem auch Dekoartikel und anderen Schnickschnack führte, den die Urlauberinnen so liebten. »Heute machen wir Gestecke für eine Feier in Morsum, ich muss also gleich los. Kannst du mir bitte etwas zum Lesen aus dem Büchernest mitbringen?«

Rieke nickte und steckte zwei Scheiben Sylter Weißbrot in den Toaster. Als das Brot fertig geröstet war, setzte sie sich auf die weiß lasierte Holzbank mit den bunten Kissen, die Ina größtenteils selbst genäht hatte. Dieser Raum war das Herzstück des Häuschens, hier verbrachte Rieke weit mehr Zeit als in ihrem eigenen Zimmer unter dem Reetdach. »Ist dir eher nach Spannung, Romantik oder einem historischen Stoff?«, fragte sie und bestrich den Toast mit goldgelber Butter, welche die Ingwersens im Hofladen eines befreundeten Landwirts kauften.

»Da wir noch Sommer haben, eher nach Romantik. Die psychologischen Krimis und historischen Wälzer müssen warten, bis es draußen kühler wird und die Tage kürzer. Ich lasse mich einfach überraschen, bis jetzt hast du meinen Geschmack ja immer getroffen.«

Nachdem beide gemeinsam gefrühstückt hatten, ging Rieke wieder nach oben, duschte und zog sich danach die legere

Kleidung an, die sie stets trug, wenn sie auf die Koppel zu ihrer Stute Merret ging, die sie auf dem Reiterhof ein paar Querstraßen entfernt am Rande Keitums untergestellt hatte. Merret war nicht mehr die Jüngste, und Rieke hing an ihr, seit ihre Eltern ihr das Pferd zum vierzehnten Geburtstag geschenkt hatten. Rieke genoss die Sonnenstrahlen, die ihr Gesicht streichelten, genau wie die Keitumer Luft, eine Duftmischung aus Heu, Meersalz, Landleben, Sylter Heckenrosen und Wattenmeer. Ein Schwarm Seeschwalben zwitscherte so laut, dass Rieke sich fragte, ob die Vögel gerade eine Art Konferenz am Himmel abhielten und sich über ein besonderes Thema echauffierten. Vielleicht besprachen sie aber auch die Flugroute, denn die Zugvögel würden Sylt irgendwann wieder verlassen, um in wärmere Winterquartiere zu fliegen.

Sobald die Stute versorgt war und Rieke ausgiebig mit ihr geschmust hatte, war es an der Zeit, sich umzuziehen, ins Büchernest zu gehen und das zu tun, was sie neben Reiten, Fotografieren und Lesen am liebsten tat: lesehungriger Kundschaft das passende Buch empfehlen und sie damit glücklich machen. Denn Bücher waren, je nach Situation, Traumerfüller, Ratgeber, Trostpflaster, Medizin und einfach wunderbar. Nur mit Liebesromanen hatte sie zurzeit Probleme, denn die Sache mit der Liebe war so kompliziert, dass sie nicht daran glaubte, dass sie jemals so glücklich werden würde wie die Romanfiguren in den Büchern mit garantiertem Happy End. Es sei denn, es geschah ein Wunder …

4

Bea

Bea Vrohne-Hansen schlich auf Zehenspitzen aus dem Schlafzimmer, in dem ihr Mann Adalbert friedlich schnarchte, denn sie hielt es keine Sekunde länger im Bett aus. Lissys Tante hatte die halbe Nacht wach gelegen, weil ihr immer noch eine zündende Idee für ihren zweiten Roman fehlte. Nicht zum ersten Mal verteufelte sie ihren Plan, von Buchhändlerin auf Autorin umzusatteln und damit im fortgeschrittenen Alter einen neuen Berufsweg einzuschlagen. Natürlich gab es Beispiele von tollen Autorinnen wie Rosamunde Pilcher, Delia Owens oder die von ihr so hochgeschätzte Ingrid Noll. Sie alle hatten erst spät debütiert und dann auf Anhieb Bestseller gelandet.

Aber würde sie mit denen mithalten können?

Doch nicht nur die Fragen rund um den neuen Buchstoff bedrohten seit Tagen ihre Nachtruhe, sondern auch die Sorge um ihre über alles geliebte Buchhandlung. »Ich brauche dringend einen starken Tee!«, murmelte Bea, als sie die Küche betrat, und setzte als Erstes den Wasserkessel auf. Sie liebte den Anblick der verbeulten Kanne aus angelaufenem Aluminium und den fröhlichen Pfeifton, wenn das Wasser den Siedepunkt erreicht hatte. Beides erinnerte sie an ihre unbeschwerte Kindheit, als Sylt weitgehend den Insulanern gehört hatte und alles an seinem Platz gewesen war. Nachdem Bea den Friesentee mit Kluntjes zubereitet und ihn im Halbdunkel auf dem Sofa im Wohnzimmer getrunken hatte, beschloss sie, früher als sonst in die Buchhandlung zu gehen und dort nach dem Rechten zu sehen.

Nach einem zehnminütigen Spaziergang durch das im Dunkeln liegende zauberhafte Örtchen mit den Prachtbauten aus dem 18. Jahrhundert erreichte sie ihr ehemaliges Zuhause. Umgehend verspürte sie ein sehnsuchtsvolles Ziehen in der Brust, als sie die Eingangstür öffnete und den typischen Duft nach Reet, Holz und behaglicher Gemütlichkeit einatmete. In diesem altehrwürdigen Kapitänshaus hatte sie viele glückliche Jahre mit ihrem Mann Knut verbracht, bis dieser verstorben war.

»Aua! Was zum …?« Bea fluchte lautstark, als sie im Halbdunkel mit dem rechten Fuß gegen einen Stapel von Kisten stieß, die sich nach dem Anknipsen einer Tischleuchte als randvoll mit Neuerscheinungen entpuppten, die bislang noch niemand ausgepackt und in die Regale einsortiert hatte. Auf dem Deckel der Kisten prangte ein orangefarbener Aufkleber mit der Aufschrift *Novitäten*. Bea biss sich aus zwei Gründen auf die Unterlippe und versuchte so, ihre aufkeimende Wut zu ersticken: Erstens konnte sie es nicht leiden, wenn Bücher ihr Dasein in Kartons fristeten, denn sie mussten an die Luft, wollten bestaunt, betrachtet, befühlt und Kunden empfohlen werden, die hungrig nach Lesestoff waren. Und zweitens war sie mal wieder stinksauer darüber, dass der Vermieter des ehemaligen Büchernests so raffgierig gewesen war, dass sich Bea mangels Alternativen gezwungen gesehen hatte, ihr altes Zuhause aufzugeben. Wieso nur waren die Immobilienpreise auf der Insel dermaßen explodiert? Bea schnappte sich einen Cutter und begann den obersten Karton zu öffnen.

Wenn sie in einer solchen Stimmung war, tobte sie sich gern körperlich aus oder flüchtete irgendwohin, wo keiner sah, dass sie heimlich ihre Wunden leckte – doch Flucht war zurzeit leider keine Option.

Die Frage »Bist du aus dem Bett gefallen, oder hat Adalbert dich rausgeschmissen?« ließ sie zusammenzucken, und schon war es passiert: Das scharfe Teppichmesser rutschte ab und erwischte ihren linken Zeigefinger. Blut tropfte auf den Karton.

»Wieso schleichst du dich heimlich an und erschreckst mich zu Tode?«, fauchte Bea und reckte Vero anklagend ihren verletzten Finger entgegen. »Schau, was du angerichtet hast.«

»Ich habe mich weder hereingeschlichen, noch war es meine Absicht, dich zu verstümmeln«, entgegnete diese in einem mindestens ebenso ruppigen Tonfall. »Was machst du denn um diese nachtschlafende Zeit hier, und warum überlässt du das Auspacken nicht Rieke?«

»Und was hast *du* um sechs Uhr morgens hier zu suchen?«, blaffte Bea und umwickelte die Wunde mit einem Taschentuch, das Vero aus ihrer Handtasche gezogen hatte. Es duftete wohltuend nach Lavendel und war aus Stoff, weil Vero, genau wie Bea, an bestimmten Dingen und Gewohnheiten hing, die manch einer als *oldschool* bezeichnen würde. »Besser alte Schule als gar keine Bildung«, pflegte Bea in solchen Momenten mit ironischem Lächeln zu sagen und nahm damit allen Spöttern sofort den Wind aus den Segeln.

»Drück eine Weile fest drauf, das stoppt den Blutfluss«, empfahl Vero. »Ich schaue mal eben in der Hausapotheke nach einem Pflaster. Es gibt hier doch eine Hausapotheke, oder?«

»Das fragst du besser Lissy«, erwiderte Bea, die noch nie in ihrem Leben Wert auf Vorsichtsmaßnahmen gelegt hatte.

Stürmen trotzte man, wenn sie stürmten, und nicht schon drei Tage im Voraus. Vero schaltete das Licht an, und nun wurde es hell im Büchernest. Dann nahm sie sich Geschenkband aus dem Kassenbereich und umwickelte damit Beas Finger mitsamt Taschentuch. »Jetzt kann ich weder arbeiten noch meine Hand bewegen«, knurrte diese und setzte sich auf einen ihrer alten Sessel, die für Kunden gedacht waren, die gern in Bücher reinlasen, bevor sie sich zum Kauf entschieden. Die Federung des Sessels gab nach, Bea hatte das Gefühl, darin einzusinken und nicht wieder aufstehen zu können.

»Also, was ist passiert?«, fragte Vero, zog einen zweiten Sessel heran und setzte sich ihrer Freundin gegenüber. »Kommst du immer noch nicht weiter mit deinem Buch?«

Bea schüttelte den Kopf und betrachtete das freundliche Gesicht der Frau, die seit über fünfzig Jahren gemeinsam mit ihr durch dick und dünn ging. Wir sind wie ein altes Ehepaar, dachte sie, und ihr wurde warm ums Herz. Vero würde sie niemals im Stich lassen und kämpfen wie eine Löwin, wenn es um Bea ging. Und die wiederum würde jedem höchstpersönlich den Kopf abreißen, der es wagte, Vero auch nur ein Haar zu krümmen. Aber dennoch konnten die beiden ihre Zankereien nicht lassen, erst recht nicht, wenn eine von ihnen Kummer hatte und zu stolz war, dies vor ihrer Freundin zuzugeben.

»Was sagt denn der Verlag zu deiner Blockade?«

»Die sind natürlich nicht begeistert, wie du dir sicher vorstellen kannst, schließlich soll der zweite Roman ein Jahr nach dem Debüt erscheinen, was mir nur noch sieben Monate Zeit lässt. Und du weißt, wie schwer ich mich damit tue, noch mal einen Krimi zu schreiben. Ich finde, die Welt ist grausam genug, da müssen keine weiteren Verbrechen passieren, auch nicht in Buchform. Dass ich überhaupt damit begonnen habe, war eine Schnapsidee. Aber ich wollte unbedingt Geld verdienen, und das kann man nun mal gut mit Sylt-Krimis.«

Vero wiegte den Kopf hin und her, ihre Augenlider waren auf halbmast, wie Bea es nannte, wenn Vero konzentriert über etwas sinnierte. »Wie denkt deine Lektorin denn mittlerweile über deinen Vorschlag, Geschichten über die mystische Seite Sylts zu schreiben?«

»Sie findet die Idee gut, aber nur in Zusammenhang mit einem Kriminalfall.«

Vero öffnete die Augen wieder und schaute Bea unverwandt an. »Das bedeutet also im Klartext, dass du entweder, wie vereinbart, einen Krimi schreiben musst oder versuchen, aus dem Vertrag herauszukommen. Was aber vermutlich nicht so einfach sein dürfte …«

»… weil ich das Honorar bereits verplant habe, um weitere Durststrecken im Büchernest zu überbrücken«, vervollständigte Bea den Satz. »Sei mir nicht böse, aber ich muss jetzt etwas tun, bevor ich noch schlechtere Laune bekomme als ohnehin schon.« Mit diesen Worten nahm sie den provisorischen Verband vom Finger und öffnete den Bücherkarton. Darin lagen neben den angekündigten Neuerscheinungen unter anderem zehn Exemplare des humorvollen autobiografischen Romans *Ozelot und Friesennerz* von der Sylterin Sabine Matthiesen, der sich genauso wie der Nachfolgeband *Diese eine Liebe wird nie zu Ende gehn* verkaufte wie geschnitten Brot.

»So was in der Art würde ich gern schreiben«, sagte Bea seufzend und ging mit dem Stapel in der Hand zum Bestsellertisch am Eingang der Buchhandlung, wo überwiegend Titel lagen, die mit Sylt oder der gesamten Region Nordfriesland zu tun hatten. »Auch ich hätte jede Menge über meine Kindheit auf der Insel zu erzählen. Aber wenn ich jetzt damit anfange, gelte ich als Nachahmerin, und das will ich auf keinen Fall.«

Vero stellte sich neben sie und schaute zu, wie Bea mit geübten Handgriffen die Buchauslage neu anordnete und dafür sorgte, dass jeder, der den Laden betrat, gar nicht anders konnte, als sich zum Kauf verführen zu lassen: Besonderheiten wurden in der Mitte des Tisches aus alten Schiffsplanken präsentiert. Sie thronten, gut sichtbar, in Deko-Strandkörben und auf Liegestühlen, die Auslage zwischen den einzelnen Titeln war mit Sylter Sand und Muscheln bestreut, die Liu gemeinsam mit Lissy gesammelt hatte.

»Aber jede Kindheit ist doch anders«, hielt Vero dagegen und nahm die restlichen Bücher aus dem Karton.

Der Titel *Fräulein Wunder* von Gisa Pauly erregte dabei ihre besondere Aufmerksamkeit, da sie bislang ausschließlich deren Bestsellerreihe um die italienische Seniorin *Mamma Carlotta* kannte, die ihren Sylter Schwiegersohn bei seinen Ermittlungen als Kommissar regelmäßig zur Weißglut trieb. »Schau mal, hier geht es auch um eine Kindheitsgeschichte, und zwar aus den Sechzigerjahren.« Bea gönnte dem schön gestalteten Cover keinen Blick. »Fünfziger, Sechziger, Sagas, Mehrteiler, ich kann das alles bald nicht mehr sehen«, polterte sie los, obwohl sie wusste, wie verrückt die Lesebegeisterten nach solchen Stoffen waren. Doch so gern Bea selbst in dieser Art von Schmökern versank, so schwierig war es für die Buchhandlungen, der

Fülle an Mehrteilern Platz einzuräumen. Man musste sich entscheiden und sehr genau darauf achten, welche der unzähligen Reihen wirklich Niveau hatten und welche dem Geschmack der Kundschaft entsprachen, die nach Keitum kam, um Bücher zu kaufen.

Doch genau in dieser Auswahl bestand ihre Aufgabe als Buchhändlerin oder Sortimenterin, wie Beas Beruf in der Fachsprache hieß.

Mit einem Mal erfasste sie eine Panik, wie sie sie noch nie zuvor verspürt hatte: Was, wenn sie letzten Endes doch gezwungen war, die Buchhandlung zu schließen und somit ihr Lebenswerk aufzugeben?

5

Nele

Das unbarmherzige Klingeln des Weckers riss Nele aus dem Tiefschlaf und der traumhaften Fantasie, in der sie als wunderschöne Braut Hand in Hand mit Sven am Nordseestrand entlanggelaufen und schließlich auf eine Jolle gestiegen war, die dem Sonnenuntergang entgegensegelte. Ein wenig benommen setzte Nele sich auf und rieb sich die Augen. Sven schlief ungerührt weiter, er wurde in der Regel erst wach, wenn sie ihm einen frisch gebrühten Kaffee unter die Nase hielt oder ihn so lange küsste, bis er sie murmelnd an seine Brust zog, was meist zur Folge hatte, dass beide zu spät zu ihren Terminen kamen. Für gewöhnlich betrachtete Nele den Schlafenden ein Weilchen verliebt, doch heute war sie wie elektrisiert, schnappte sich den kleinen Notizblock, der seit Svens Heiratsantrag auf ihrem Nachttisch lag, und schrieb: wilde Kamille, grüne Chrysantheme und Schneeball.

Der Kranz in ihren Haaren, den sie im Traum gesehen hatte, war traumhaft gewesen, und Nele beschloss, dies als Zeichen zu werten und endlich einen Termin mit der Floristin zu vereinbaren. »Rote Haare und Blumen in Weiß und Grün, das ist hübsch«, murmelte sie. In diesem Moment drehte Sven sich um und kehrte ihr den Rücken zu. Dabei rutschte die Bettdecke herunter, und Nele konnte seine Sommerbräune sehen, und dass seine Arm- und Beinmuskeln noch definierter waren als sonst. Kein Wunder. Beide hatten den traumhaften Sylter Sommer genutzt, um in jeder freien Minute schwimmen zu gehen, die Insel mit dem Rad zu umrunden, zu joggen oder mit dem SUP-Board auf den sanften Wellen zu schaukeln. Sie hatte sich anfangs schwergetan, die Balance auf dem Board zu halten, und war beinahe öfter im Wasser umhergepaddelt als auf dem SUP.

Als Nele als weiteres Stichwort LOCATION!!! notierte, ertönte ein zartes Maunzen, und schon sprang das Kätzchen, das Sven ihr geschenkt hatte, auf die Bettdecke und schaute Nele mit großen, grün-goldenen Augen an. »Hallo, Schneeweißchen, hast du gut geschlafen?« Wie zur Bestätigung miaute die Schönheit, eine Mischung aus gewöhnlicher Hauskatze und norwegischer Wildkatze, und schmiegte ihr flauschiges Köpfchen in Neles Hand. »Okay, Zeit aufzustehen«, flüsterte Nele. Sven schlief nach wie vor tief und fest, also stellte sie die Weckzeit kurzerhand eine halbe Stunde weiter. Wozu war er schließlich Besitzer und Chef des Hotels *Strandkorbträume?* Da musste er auch mal ausschlafen und alle fünf gerade sein lassen können.

Schneeweißchen tapste Nele hinterher und bekam als Erstes ein Leckerli. Nach dem Füttern sprang Nele unter die Dusche, zog sich in Windeseile an und ging schließlich die knarzende Treppe ins Erdgeschoss hinunter, wo die Buchhandlung untergebracht war.

So schön sie das altehrwürdige Kapitänshaus auch fand, auf Dauer war es für Nele keine Option, dort zu wohnen, es war allerhöchste Zeit, endlich eine Lösung für ein gemeinsames Zuhause mit Sven zu finden. Das Paar pendelte nach wie vor zwischen ihrem Zimmer und der kleinen Wohnung in Svens Hotel. Das brachte zwar die Abwechslung, die beide so liebten, doch auch viel Unruhe.

Nele träumte mittlerweile von einem eigenen Haus, ähnlich wie das, das Lissy und Leon gemietet hatten. Allerdings war die Erfüllung dieses Wunschtraums schier unerreichbar. Es würde bei diesem Traum bleiben, wenn nicht ein Wunder geschah: Im Grunde konnte Nele froh darüber sein, dass sie überhaupt eine Bleibe hatte, noch dazu im zauberhaften Inseldorf Keitum. Zudem verlangte Bea keinerlei Miete, weshalb Nele als Dankeschön immer wieder im Büchernest aushalf.

»Moin, Nele, moin, Schneeweißchen«, rief Vero, als Nele den ersten der beiden ineinander übergehenden Räume betrat, in denen die Buchhandlung logierte, und kraulte das gesättigte Kätzchen hinter den Ohren. Beas ehemaliges Ess- und Wohnzimmer bildeten eine atmosphärische, heimelige Kulisse für die Präsentation der Bücher. Allerdings war der Platz viel zu knapp.

»Was machst du denn schon hier, Vero?«, fragte Nele verwundert und bemerkte erst dann, dass auch Bea ungewohnt früh auf den Beinen war und gerade vor dem Regal mit den antiquarischen Sylt-Titeln stand, ihre große Leidenschaft. »Ist irgendetwas passiert? Habe ich eine Besprechung verpennt, oder …?«

»Keine Sorge, nichts dergleichen«, erwiderte Vero, »Bea und ich konnten nur beide nicht mehr schlafen, das ist leider nicht ungewöhnlich, wenn man so alt ist wie wir.«

»Oder wenn man sich Sorgen macht«, ergänzte Nele, die bereits ahnte, woher der Wind wehte. »Aber heute ist ein neuer

Tag, und jeder Tag bietet eine Chance, deshalb helfe ich euch erst mal mit dem Laden, bevor ich nach List fahre. In den Regalen muss dringend wieder staubgewischt werden.«

»Das ist aber eindeutig meine Aufgabe«, ertönte nun die Stimme von Rieke. Die ehemalige Auszubildende war in den vergangenen Monaten zu einer wahren Schönheit geworden und wechselte ihren Look so häufig, wie sich das Wetter auf Sylt änderte. Aktuell wirkte sie wie die klassische Hamburger Tochter aus gutem Hause, trug ihre langen, seidigen Blondhaare zum Pferdeschwanz gebunden, hüfthohe, helle Jeans und Sneaker sowie eine weiße Hemdbluse. »Meinetwegen«, entgegnete Nele. »Ich reiße mich ganz bestimmt nicht ums Putzen.«

Rieke schnappte sich den Staubwedel, der in einem Karton unter der Kasse lag, wo auch Papiertüten, Geschenkpapierrollen und Glasreiniger aufbewahrt wurden. Dann gesellte sie sich zu Bea, die immer noch in den Anblick der Sylt-Titel versunken schien.

»Hast du noch mal über meinen Vorschlag nachgedacht?«, wollte Rieke wissen, und Bea zuckte förmlich zusammen.

»Welchen Vorschlag?«, fragte sie und wirkte auf einmal wie ein Vögelchen, das aus dem Nest gefallen war. Obwohl Nele eigentlich die Auslage am Kassentresen neu sortieren wollte, stellte sie sich an den Tisch, auf dem die Neuerscheinungen präsentiert wurden, um dem Gespräch zwischen Bea und Rieke besser folgen zu können.

»Ich bin immer noch felsenfest davon überzeugt, dass wir mehr Umsatz machen würden, wenn wir den Bereich New Romance und Young Adult ausbauen würden. Die Teens, die Urlaub auf Sylt machen, finden hier fast nichts zum Lesen.«

Ah, daher wehte der Wind! Nele schmunzelte still in sich

hinein und war gespannt, was nun folgte. Schließlich kannte sie Beas Abneigung gegen die Mehrteiler, in denen sich junge Mädchen im College in einen *bad boy* verliebten, der sie so schlecht behandelte, dass es einem in der Seele wehtat.

»Ich fass es nicht, dass du schon wieder mit diesem Thema anfängst«, zischte Bea, nun wieder ganz in ihrem Element. »Nur über meine Leiche bestellen wir Bücher, die Feminismus und weibliches Selbstbewusstsein untergraben.«

Rieke atmete einmal tief durch, erwiderte jedoch nichts.

»Die Sylter Frauen trotzten seit Jahrhunderten schweren Sturmfluten und erzogen ihre Kinder allein, während die Männer auf See waren«, echauffierte Bea sich weiter. »Sie schufteten schwer auf den Feldern oder verteidigten die Insel mutig gegen politische Gefahren. Es wäre ihnen niemals in den Sinn gekommen, sich von irgendwelchen Typen wie Dreck behandeln zu lassen, weil die eine schwierige Kindheit hatten und sich nicht zu benehmen wissen.«

Nele hielt gebannt den Atem an.

»Hast du denn überhaupt eines dieser Bücher gelesen?«, fragte Rieke. Vero war nach einem kurzen Abstecher in die Küche wieder zurück und verfolgte nun ebenfalls aufmerksam die Diskussion.

»Ich brauche diesen Mist nicht zu lesen, um zu wissen, wovon ich spreche«, entgegnete Bea. »Wenn ich allein schon diese pastelligen Cover sehe, die eher zu einem Katalog für Babymoden passen würden, und die kitschige Goldprägung der austauschbaren englischen Titel, wird mir übel. Es gibt so viele großartige und literarisch wertvolle Jugendbücher, warum lesen die Mädels nicht lieber die? Aber das schaffen sie wahrscheinlich gar nicht, weil sie die Aufmerksamkeitsspanne einer …

einer Stubenfliege haben und gar nicht mehr wissen, wie man ein Buch in der Hand hält.«

»Und wie erklärst du dir dann, dass dieses Genre mittlerweile über dreißig Prozent des Buchhandelsumsatzes ausmacht und es sogar Liebhaber- und Sammlereditionen mit wunderschönen Farbschnitten gibt?« Eins zu null für Rieke, dachte Nele und fühlte sich wie der Zaungast eines spannenden Wettkampfs. »Außerdem gibt es mittlerweile eine ganze Reihe von Autorinnen, die sich auf die Fahne geschrieben hat, von starken, emanzipierten jungen Frauen zu erzählen, die zum Beispiel schwer auf einer Farm schuften, ihre Kenntnisse aus dem mit Auszeichnung bestandenen Studium dafür nutzen, Innovationen gegen den Widerstand alter weißer Männer in Machtpositionen auf den Weg zu bringen, und …«

»Trotzdem sind das im Grunde Pornos, getarnt als Babystrampler oder Barbieheft«, blaffte Bea. »Da wird doch seitenweise beschrieben, wie sie übereinander herfallen, in welchen Stellungen und …«

Nele prustete laut los, und auch Vero konnte sich ein leises Lachen nicht verkneifen, was Bea noch wütender machte.

Nur Rieke blieb erstaunlich cool. »Ich mache dir einen Vorschlag: Ich bestelle eine Reihe von Büchern, die aus feministischer Sicht korrekt sind und sprachlich ein gutes Niveau haben. Wenn die sich nach einem halben Jahr nicht gut verkauft haben, betrachten wir den Versuch als gescheitert, und du kannst deine antiquarischen Sylt-Bücher wieder hier unterbringen.«

»Wie bitte?« Bea schnappte sichtlich nach Luft. »Du willst dein Experiment auf Kosten meiner wundervollen Buchschätze starten?«

Anstelle einer Antwort nickte Rieke.

»Ich finde die Idee auch gut«, mischte sich Vero todesmutig ein. »Meine Enkelin liest gerade mit Begeisterung die Cherry-Hill-Reihe von Lilly Lucas, und ich habe da auch mal reingeschaut. Das war echt romantisch und spannend.«

»Jetzt fall du mir auch noch in den Rücken!« Bea sprühte Feuer wie ein wütender Drache, doch keiner wollte sich davon beeindrucken lassen. »Euer Zwergenaufstand erinnert mich an die unsäglichen Diskussionen, die ich früher mit Lissy hatte, als sie neu in der Buchbranche war und auch alles besser wusste, obwohl sie lediglich eine Ausbildung zur Hotelfachfrau absolviert hat.«

»Das mit den Zwergen nimmst du gefälligst zurück, sonst bekommst du heute Mittag keine Kartoffelsuppe mit Lachsstreifen«, drohte Vero. »Nur weil ich seit meinem siebzigsten Geburtstag drei Zentimeter geschrumpft bin, heißt das noch lange nicht, dass du auf mir herumtrampeln darfst, Bea Hansen. Wart's nur ab, das passiert dir auch noch!«

»Darauf brauche ich gar nicht zu warten, ist schon geschehen. Doch bei meiner Größe fallen ein paar Zentimeter nicht ins Gewicht, erst recht nicht, weil ich mich dank Yoga und Ausdauersport kerzengerade halte, im Gegensatz zu …«

»Halt! Stopp! Time-out«, rief Nele, der die Zankerei zu viel wurde. »Ich finde Riekes Vorschlag super und gut durchdacht. So schön deine Sammlung auch ist, so wenig Umsatz machen wir mit diesen Titeln, das belegt Lissys Verkaufsanalyse ganz eindeutig. Aber wo wir gerade dabei sind: Was haltet ihr von einem Treffen, um mal wieder in Ruhe alle Themen zu besprechen, die dringend angegangen werden müssen? Nicht nur das Büchernest braucht höhere Umsätze, auch Veros Café.«

»Dürfte ich ebenfalls kommen?«, fragte Rieke, erstaunt gemustert von sechs Augenpaaren. Bislang war die frischgebackene Jungbuchhändlerin nicht bei Treffen dieser Art dabei gewesen, hatte allerdings auch noch nie den Wunsch einer Teilnahme geäußert.

»Na, das nenne ich doch mal 'ne Ansage«, erwiderte Bea und klopfte Rieke anerkennend auf die Schulter. »Dann müssen wir uns nur noch auf einen Termin einigen.«

»Und auf das Essen, das ich an diesem Abend servieren werde«, ergänzte Vero lächelnd. Dann öffnete sie die Tür für die Kundschaft, die sich morgens als Erstes die *Sylter Tageszeitung* holte, Briefmarken kaufte oder eine TV-Zeitschrift. Offiziell hatte das Büchernest zwar noch nicht geöffnet, aber man nutzte natürlich die Gunst der Stunde, wenn sie sich einem bot.

»Haben Sie etwas Romantisches als Strandkorblektüre?«, fragte eine Dame, schätzungsweise Mitte fünfzig, die sich im Laden umschaute und einen Sonnenhut in der Hand hielt. Ihr Mann stand etwas abseits und rollte mit den Augen.

»Soll es auf Sylt spielen, oder haben Sie andere Vorlieben?«, fragte Rieke, während Vero ihr im Hinausgehen zuwinkte.

»Eine Vorliebe für Schwachsinn«, giftete der Mann, und seine Frau tat, als hätte sie seine Bemerkung nicht gehört.

»Gern etwas mit Liebe und Sylt, wenn ich das hier schon nicht live erleben darf«, erwiderte die Frau seufzend, und Rieke reichte ihr einige Titel zur Auswahl.

6

Vero

Nach dem trubeligen Start in der Buchhandlung wurde es allmählich Zeit für Vero, im Café alles für die Gäste vorzubereiten, die ab neun Uhr bei ihr frühstücken wollten. Sie ging den schmalen Weg zum Pavillon entlang, der von Rosenspalieren gesäumt wurde, zwischen denen Bienen summten und Schmetterlinge umhertanzten. Einige der tiefroten und hellrosafarbenen Blüten waren vertrocknet, Vero nahm sich fest vor, heute Abend mit der Schere loszuziehen, die prachtvollen Schönheiten wieder in Form zu bringen und zu gießen. Viele Rosen standen in voller Blüte und verströmten einen so intensiven Duft, dass Vero innehielt, um tief einzuatmen und diesen wunderbaren Augenblick zu genießen. Es gibt kaum einen schöneren Arbeitsweg, dachte sie und blickte verzückt auf den Gartenpavillon, den Adalbert im Frühsommer hellblau gestrichen hatte. Vero öffnete die Tür und betrachtete ihr Reich, in dem sie seit einigen Monaten nach Herzenslust umherwirbeln und ihre Gäste verwöhnen konnte. Es gab eine Standard- sowie eine wechselnde Wochenkarte, alle darauf stehenden Spezialitäten waren sorgsam ausgewählt und mit viel Liebe zubereitet. Vero legte großen Wert auf regionale und saisonale Speisen, alles musste knackfrisch sein, wenn möglich aus Bioanbau stammen und natürlich zu Sylt passen. Gedankenverloren betrachtete sie die aktuelle Karte, die sie stets per Hand mit Kreide auf eine schwarze Schiefertafel schrieb. Doch waren die Speisen wirklich so originell, wie sie glaubte? Oder lag es vielleicht doch an ihrer Angebotspalette, dass die Gäste sich vom Angebot des Foodtrucks derart magisch angezogen fühlten? Vero wusste, dass sie keine Antwort auf diese Fragen finden würde, wenn sie todmüde war, also beschloss sie, sich ausnahmsweise mal selbst einen starken Kaffee zu kochen und ihn nicht nur für Gäste zuzubereiten.

»Bekomme ich auch einen?«, ertönte in diesem Moment Beas Stimme. Vero drehte sich um, und Bea überreichte ihr einen quadratischen Bildband mit dem Titel *Küstenkochbuch*. »Das habe ich gefunden, als ich eben noch mal die antiquarischen Bücher durchforstet habe. Vielleicht inspiriert es dich ja, es stehen ziemlich schicke Desserts drin, wie ich vorhin beim schnellen Durchblättern gesehen habe. Und Süßes gehört ja nun nicht gerade zu den Spezialitäten von diesem schnöseligen Hartwig, das würde ich mir an deiner Stelle zunutze machen.«

Vero überflog das Inhaltsverzeichnis des Buches, das sie noch nie zuvor gesehen hatte. In der Tat gab es darin Rezepte für Holsteiner Bickbeerensuppe, Hamburger Quetschmadam oder Lübecker Plettenpudding. Auch die obligatorische rote Grütze fehlte nicht, und die Zitronencreme nach Dithmarscher Art sah auf dem Foto ebenfalls köstlich aus. Ihr lief das Wasser im Munde zusammen, denn so gern sie auch herzhaft aß, war sie im Grunde eine *Süße*. »Meinst du nicht, dass es die Gäste irritiert, wenn sie plötzlich Gerichte aus Dithmarschen oder Hamburg auf der Karte finden?«

»Wurde die Currywurst auf Sylt erfunden?«, hielt Bea mit einem Schulterzucken dagegen. »Am Ende zählt doch, dass es schmeckt. Wenn du unbedingt willst, kannst du die Desserts ja auch umtaufen, aber ich persönlich finde gerade diese Mischung spannend. Und klingt die Boddermelksuppe mit Klüten nicht lecker? Steht übrigens auf Seite 126.«

Vero las in Windeseile das Rezept durch, das im Wesentlichen aus Buttermilch, Abrieb einer Zitronenschale und Mehl bestand. Die sogenannten Klüten waren eine Art Gnocchi, die nach der Zubereitung auf der Buttermilchsuppe schwimmen würden. Wenn man dieses Dessert, das laut Beschreibung vermutlich ein wenig blass aussehen würde, mit einem hübschen Topping, wie zum Beispiel Rosenblüten, versah, wäre das ganz sicher ein delikater und zudem dekorativer Nachtisch. Überhaupt: Sollte sie nicht ein Dessert mit Sylter Rosen kreieren?

»Du siehst aus, als würde dir mein Vorschlag gefallen«, stellte Bea zufrieden fest. »Kriege ich als Dankeschön für meine Hilfe jetzt endlich meinen Kaffee? Und komm mir ja nicht damit, dass mein Arzt mir Koffein verboten hat.«

»Das würde ich nie tun«, erwiderte Vero mit unschuldigem Augenaufschlag und reichte Bea die Tasse Kaffee, die sie eigentlich für sich selbst gemacht hatte. Doch mit einem Schlag war sie so putzmunter, dass sie gar keinen Wachmacher mehr brauchte. Hatte sie nicht erst neulich das Rezept für Rosen-Cupcakes aus einer Zeitschrift ausgeschnitten?

Und wie wäre es mit einer Biskuitrolle, gefüllt mit Rosengelee? Vero konnte es kaum erwarten, sich mit neuen Ideen zu beschäftigen. Bea trank währenddessen den Kaffee so gierig, als sei dies der letzte, den sie je zu trinken bekäme. Dann verabschiedete sie sich, um zurück ins Büchernest zu gehen.

Kaum war Vero wieder allein in der winzigen Küche des Pavillons, hörte sie jemanden ihren Namen rufen. Sicher lieferte Bäcker Paulsen gerade die Brötchen und wollte auf einen kleinen Plausch einkehren. Doch zu ihrer großen Überraschung stand Holger Hartwig vor ihr, seit einigen Wochen ihr größter Konkurrent, aber auch ein attraktiver Charmeur, der nur wenige Jahre jünger war als sie.

»Was machen Sie denn hier?«, platzte es aus Vero heraus, und zu ihrem Ärger spürte sie, dass ihre Wangen ganz heiß wurden.

Und ehe Vero sichs versah, hatte sie auch schon den Arm voller traumschöner Sommerblüten.

»Ich wollte Ihnen sowohl einen Besuch abstatten als auch eine Freude machen. Sie mögen doch Blumen, oder?«, erwiderte Hartwig, und Vero stellte mal wieder fest, dass er ein unglaubliches Lächeln hatte. Ehrlich. Entwaffnend. Einnehmend. »Sie haben sich immer noch nicht gemeldet, obwohl ich Ihnen bei unserem Treffen im August meine Karte gegeben und Sie eingeladen habe, sich von mir persönlich bekochen zu lassen. Sind Sie noch immer darüber verärgert, dass mein Foodtruck schräg gegenüber der Buchhandlung parkt, oder haben Sie einfach keine Lust, mit mir zu reden?«

Wie schon bei ihrer letzten Begegnung mit dem Hamburger Starkoch schwankte Vero wie ein Schilfrohr im Wind. Einerseits verabscheute sie die Art von Gastronomie, die Hartwig anbot. Andererseits musste sie zugeben, dass er ausschließlich hochwertige Zutaten verwendete und die Preise für die Speisen sich – zumindest für Sylter Verhältnisse – noch in vertretbarem Rahmen bewegten. Um Zeit zu gewinnen und sich die Antwort gut zu überlegen, nahm sie ein weißes Porzellangefäß aus dem

Schrank, füllte Wasser hinein und schnitt die Stiele der Blumen schräg an.

»Ah, eine Hammershøi-Vase«, sagte Hartwig anerkennend, während Vero immer noch innerlich um Worte rang. »Dann haben wir ja neben unserer Liebe zum Essen und Sylt noch etwas gemeinsam. Guten Geschmack und eine Vorliebe für skandinavisches Design.«

»Die habe ich geschenkt bekommen ... von meinem Mann ... zum Hochzeitstag«, hörte Vero sich zu ihrem Entsetzen stottern. Dass sie verheiratet war und Hinrich ihr ausnahmsweise mal ein wirklich zu ihr passendes Geschenk gemacht hatte, ging niemanden etwas an. Auch ihren Mann hatte sie nie wissen lassen, dass sie davon ausging, dass Nele ihm den Tipp mit der Vase gegeben und sie sogar besorgt hatte. Mit zittrigen Händen arrangierte sie die Blumen und stellte den Strauß im Pavillon auf eine hell lasierte antike Kommode, auf der ein mehrarmiger silberner Kerzenständer sowie eine Treibholzskulptur von Ole standen.

»Ich hätte nicht unangemeldet kommen dürfen und schon gar nicht so frühmorgens. Aber ich habe vorhin gesehen, dass Sie in die Buchhandlung gegangen sind, und da dachte ich ... Bitte entschuldigen Sie den unangemessenen Überfall.«

»Welcher Florist hat denn um diese Uhrzeit schon geöffnet?«, fragte Vero erstaunt. Hatte Hartwig sie gesehen, sich schnell die Deko aus dem Foodtruck geschnappt und geglaubt, dass sie sofort in Ohnmacht fiel, nur weil er sie beschenkte?

Allerdings war der Strauß in Papier von *Stil & Blüte*, dem tollen Laden im Keitumer Gurtstig, gewickelt gewesen.

»Birte Petersen«, erwiderte Hartwig. »Ich habe sie vorhin angerufen, gesagt, es sei ein Notfall, und voilà.«

»Man kann hier ja wohl kaum von Notfall sprechen«, entgegnete Vero, der heißer und heißer wurde.

Wann hatte Hinrich ihr zuletzt Blumen geschenkt? Wann hatte er sie zuletzt richtig angeschaut? Sie bewusst wahrgenommen und in ihr nicht nur einen Bestandteil seines Alltags gesehen wie die *Sylter Tageszeitung*, seine geliebten Hauspuschen und die Wärmflasche, die sie ihm an kühlen Abenden unter die Daunen legte, bevor er ins Bett ging.

»Wie auch immer«, murmelte Holger Hartwig und wandte sich zur Tür. »Ich kann nichts weiter tun, als meine Einladung zu wiederholen. Es wäre schön, wenn ich einmal für Sie kochen könnte, und zwar nicht im Foodtruck, sondern bei mir zu Hause.«

»In Hamburg?«, fragte Vero, ehrlich verblüfft.

»Nein, hier in Keitum«, erwiderte Hartwig, der sich nun wieder zu ihr umdrehte. »Es gefällt mir hier so gut, dass ich mich in einem Häuschen ganz in der Nähe eingemietet habe, mit Option, es zu kaufen, wenn es mir nach dem langen, dunklen Winter auch noch gefällt. Man sagte mir, dass der erste Winter auf Sylt entscheidend dafür ist, herauszufinden, ob man die Insel wirklich liebt oder nur das Bild, das man sich von ihr gemacht hat.«

»Da ist was Wahres dran«, murmelte Vero und dachte dabei an die kalte Jahreszeit, die nach dem Spätsommer nahte.

»Also danke für den schönen Strauß. Ich habe Ihre Karte und … melde mich.«

Daraufhin ging Holger Hartwig durch die Tür, ohne sich noch einmal umzudrehen.

Er würde also auf Sylt bleiben … Und das bedeutete, dass sich auch sein Foodtruck nicht in Luft auflösen würde … Völlig überfordert setzte Vero sich auf den nächstbesten Stuhl und schnaufte tief durch. Sie konnte sich noch gut daran erinnern, dass der Starkoch, trotz der Bedrohung, die er plötzlich für ihre berufliche Situation darstellte, eine andere Seite als die Ängstlichkeit in ihr zum Klingen brachte. Seit ihrer ersten Begegnung mit Hartwig befasste sie sich wieder mit ihrem Äußeren, obgleich sie gänzlich uneitel war. Mit einem Mal maß sie dem Alterungsprozess eine größere Bedeutung bei, stieg ab und zu wieder auf die Waage und registrierte immer deutlicher, dass Hinrich und sie nur noch nebeneinanderher lebten statt miteinander. Bis auf ein kurzes Aufflackern ihrer Liebe nach seinem Herzinfarkt vor einigen Jahren war seit Langem wieder alles beim Alten. Zwei Leben, miteinander verwoben und dennoch nicht eins. Bislang hatte sie dies nicht gestört, sondern sie hatte diese Entwicklung als normalen Lauf der Dinge abgetan, der sich nicht ändern ließ.

Bis zu jenem verhängnisvollen Wochenende, als sie eher zufällig in die Eröffnungsfeierlichkeiten des Foodtrucks geraten war und Holger Hartwig ihre Kochkünste überschwänglich gelobt und sie zum Essen eingeladen hatte.

Kurz darauf hatte Vero seine Visitenkarte in tausend Stücke zerreißen und in den Müll werfen wollen, doch irgendetwas hatte sie in letzter Sekunde davon abgehalten.

Dieses Etwas hieß Eitelkeit. Und Sehnsucht nach Aufmerksamkeit, Zuwendung, Flirt – und Liebe. *Liebe?!*

Vero erschrak angesichts dieses flüchtigen Gedankens derart, dass sie, im wahrsten Sinne des Wortes, vom Stuhl fiel.

»Na hoppla, was ist denn hier los?«, fragte Fiete, einer ihrer Stammkunden, der jeden Morgen bei ihr frühstückte. »Ist alles in Ordnung mit dir?«

7

Lissy

»Blödnüss«, maulte die kleine Liu und schob trotzig die Unterlippe vor. »Blöd, blöd, blöd.«

Lissy war an diesem frühen Abend gerade damit beschäftigt, Niels im Bad zu wickeln und gleichzeitig Liuna-Marie im Auge zu behalten, die seit der Geburt ihres Brüderchens alles versuchte, um die Aufmerksamkeit auf sich zu ziehen. Erst neulich hatte sie sich eine von Niels' Windeln um den Kopf geschlungen und laut geweint wie ein Baby, wahrscheinlich, weil Niels als Frühchen stets in ein kuschelweiches und wärmendes Nest aus Tüchern gebettet war.

»Was ist blöd, mein Schätzchen?«, fragte Lissy, in Gedanken allerdings nicht ganz bei der Sache, sondern bei Nele. Sobald Nele und Sven einen Hochzeitstermin gefunden hatten, wollte sie mit der Organisation des Junggesellinnenabschieds beginnen, und das würde ein Haufen Arbeit werden, bei dem sie unbedingt Hilfe brauchte, damit alles so perfekt wurde, wie sie es sich für Nele wünschte.

»Nüss«, erwiderte Liu, stampfte wütend mit ihren kurzen Beinchen auf und schaute Lissy anklagend an.

»Wer oder was ist Nüss?«, fragte sie verwirrt und hob Niels

vom Tisch. Mhm, wie gut er duftete. Nach Babypuder und Vanille, ein Geruch, nach dem sie geradezu süchtig war.

»Der!«, sagte Liu und deutete auf das kleine Bündel in Lissys Arm. Und dann machte es endlich *klick!*

Nüss sollte offenbar Niels heißen …

»Magst du deinem Bruder ein Küsschen geben?«, fragte Lissy, verunsichert durch Lius Bemerkung. Zunächst war diese ganz verliebt in ihr Geschwisterchen gewesen und hatte stets ein Gebrüll angestimmt, wenn die Besuchszeit in der Klinik endete, wo Niels eine ganze Weile unter Beobachtung gewesen war. Doch seit der Kleine mit im Schlafzimmer von Lissy und Leon schlief, verging kaum eine Nacht ohne riesiges Theater, weil Liu unbedingt zwischen ihren Eltern liegen wollte, dabei ziemlich viel herumstrampelte oder laut zu summen begann, wenn sie nicht schlafen konnte. Diese nächtliche Ruhestörung machte insbesondere Leon zu schaffen, der zurzeit beruflich stark eingespannt war. Lissy bückte sich, damit Liu ihren Bruder auf Augenhöhe sehen konnte, doch anstatt eines liebevollen Kusses verpasste diese ihm einen unfreundlichen Knuff und zwickte ihn heftig.

»Hey, das machst du nicht noch mal, haben wir uns verstanden?«, brüllte Lissy reflexartig, schoss von der Hocke wieder in den Stand und verließ das Badezimmer, ohne ihre Tochter eines weiteren Blickes zu würdigen. Kaum war sie im Schlafzimmer, streichelte sie den weichen Flaum von Niels' Köpfchen, froh, dass er anscheinend weit weniger erschrocken war als sie selbst. Er war doch so winzig und zart und brauchte ihren Schutz. »Schschhh, mein Kleiner, alles gut«, flüsterte sie, auf dem Bett sitzend, und wiegte das Baby sanft in ihren Armen. Dabei hätte sie in diesem Moment selbst jemanden gebraucht, der sie im Arm hielt und schnell für eine Lösung des sich auftürmenden Problems sorgte.

Wie konnte sie ihrer Tochter nur verständlich machen, dass sie nicht weniger geliebt wurde, nur weil es plötzlich Niels gab?

In dem Moment, als sich Tränen hinter ihren Augenlidern sammelten, weil sie sich Lius Eifersucht gegenüber so hilflos fühlte und es sie unendlich schmerzte, wie sehr ihre Tochter darunter litt, dass sie zurzeit nicht im Mittelpunkt stand, hörte sie Leon rufen.

Seine Frage »Jemand daheim?« kam genau im richtigen Moment.

Sie erwiderte: »Hier oben«, doch es dauerte eine Weile, bis Leon die Treppe heraufkam, denn er musste unten erst die weinende Liu trösten, wie Lissy hören konnte. Kurz darauf erschienen die beiden Hand in Hand im Türrahmen, und es zerriss beinahe Lissys Herz vor Rührung, weil Leon, groß und schlank, das Schlafzimmer in gebückter Haltung betrat, um die Hand seiner Tochter festhalten zu können.

»Ich weiß zwar nicht, was passiert ist«, sagte er und warf Lissy ein schiefes Lächeln zu, »aber ich weiß eins: Ich habe mich auf euch gefreut und möchte eigentlich keine Tränen sehen, sondern dass es euch allen gut geht.«

Liu gab einen undefinierbaren Laut von sich und vermied jeglichen Blickkontakt mit ihrer Mutter und dem kleinen Bruder.

»Was haltet ihr von einem kleinen Ausflug an den Strand?«, schlug Leon vor. »Ich habe Fischbrötchen besorgt und leckere Getränke. Die Sonne scheint noch zwei Stündchen, und es ist relativ warm. Wer hat Lust, zusammen mit mir eine Sandburg zu bauen?«

»Ich, ich!«, rief Liu, und ein strahlendes Lächeln überzog ihr süßes Gesichtchen.

»Na, dann los. Wir fahren in fünf Minuten los. Schaffst du das, kleine Maus?«

Liu nickte eifrig und taperte nach nebenan ins Kinderzimmer.

»Hallo, Schatz«, begrüßte Leon seine Frau und streichelte die Wange von Niels. »Stimmt mein Eindruck, dass hier gerade Großalarm war?«

»Das kannst du laut sagen«, erwiderte Lissy und stand auf, um Niels in das Tragetuch zu wickeln, erzählte Leon kurz, was passiert war, und kämpfte mal wieder mit den Tränen.

»Hm, das ist tatsächlich alles andere als schön«, erwiderte Leon und sah in diesem Moment so hilflos aus wie ein kleiner Junge, der im Unterricht den Faden verloren hatte. »Ich sehe auch, dass Liu eifersüchtig ist, aber ist das nicht ein Stück weit normal? Natürlich ist es nicht gut, wenn sie Niels zwickt, aber du weißt, dass das auch bei den Kindern unserer Freunde passiert, nach allem, was die uns so erzählen. Mach dir also bitte keine so großen Sorgen, Schatz.«

Lissy hätte mit Leon gern ausführlicher über ihre Ängste gesprochen, doch Liu ließ von nebenan ein fröhliches »Looooooos!« ertönen. Darum musste sie jetzt gute Miene machen und die Dinge erst einmal auf sich beruhen lassen. Also sagte sie: »Ein bisschen Meerzeit tut uns sicher allen gut, das ist eine wirklich schöne Idee. Wohin wollen wir denn fahren?«

Keine zehn Minuten später ging es in Richtung Wenningstedt, neben Hörnum der Lieblingsstrand von Liu, erst recht, seit sie die farbenfrohen »Alltagsmenschen« entdeckt hatte, die als lebensgroße Figurengruppen, gefertigt von den Künstlerinnen Christel und Laura Lechner, am Übergang des Kliffs zum Strand verteilt waren. Liu fand es großartig, sich hinter den Beinen der Gestalten zu verstecken oder für Fotos zu posieren. Zumal eine der Figuren sogar einen Fotografen darstellte.

Zum Glück war noch ein Parkplatz unweit des Veranstaltungszentrums mit dem imposanten Kursaal frei, in dem Konzerte, Kabarett und Lesungen auf die Bühne gebracht wurden. Von dort war es nur ein Katzensprung bis zur Nordsee.

Liu thronte stolz auf Leons Schultern und winkte den Vorbeilaufenden so huldvoll zu wie eine Königin, als die kleine Familie am Restaurant iismeer vorbei in Richtung Strand spazierte. Jedes Zurückwinken und jede nette Bemerkung wurden mit einem Kichern quittiert, und Lissy hoffte inständig, dass die Zuwendung derer, die Bemerkungen wie »Ist die niedlich« fallen ließen, ihrer Tochter guttat.

Nach einem kurzen Fotostopp ging die kleine Familie in Richtung der dunkelbraunen Strandkörbe mit dem weißen Flechtwerk, die äußerst edel aussahen und einen Kontrast zu den schneeweißen von Westerland bildeten. Sobald sie am Flutsaum angekommen waren, ließ Leon Liu hinunter, und Lissy reichte ihrer Tochter Eimer und Schaufel, die Liu sich schnappte, um sich sofort ans Werk zu machen.

»Ich schätze, sie wird mal Bauingenieurin«, kommentierte Leon schmunzelnd das eifrige Buddeln ihrer Tochter im Sand.

Lissy lächelte ebenfalls, doch so weit in die Zukunft wollte sie nach diesem nervenaufreibenden Nachmittag gar nicht blicken, für sie zählte das Hier und Jetzt. »Danke für deinen Vorschlag, herzukommen. Die Luft ist großartig und das Wellenspiel wieder einmal atemberaubend«, murmelte sie, schloss für einen Moment die Augen und seufzte leise. »Wir verbringen eindeutig zu wenig Zeit am Meer.« Die tief stehende Abendsonne hatte noch viel Kraft, streichelte und wärmte ihre Haut, tauchte den hellen Sand in goldgelbes Licht, und Lissy konnte förmlich fühlen, wie sich ihr Akku mit jedem Sonnenstrahl und jedem Atemzug auflud.

»Soll ich dir Niels mal abnehmen?«, fragte Leon.

Lissy nickte dankbar und löste das Babytragetuch.

»Wenn du willst, kannst du auch gern eine Runde drehen, ich kümmere mich schon um die beiden Süßen. Danach gibt's Fischbrötchen und Saft, wie versprochen.«

Leon hatte eine Tasche mit Proviant mitgenommen, und Lissy dachte nicht zum ersten Mal im Lauf ihrer Ehejahre, wie viel Glück sie hatte, diesem liebevollen, zuverlässigen und klugen Mann begegnet zu sein, der sie immer noch zum Lachen brachte und sie nie im Stich ließ, egal, was auch immer geschah.

»Danke dir, das ist genau das, was ich jetzt brauche«, erwiderte sie, winkte kurz den Kindern zu und ging wieder die Treppe hinauf. Dann schlug sie den Weg in Richtung *Gosch* ein. Doch das beliebte Fischrestaurant war nicht ihr eigentliches Ziel. Stattdessen betrat sie, einem spontanen Impuls folgend, das Restaurant *Twisters*. Leon hatte bald Geburtstag, und sie wollte fragen, was es kostete, die Feier dort auszurichten.

»Moin, Lissy«, begrüßte der Besitzer sie lächelnd. »Lange nicht mehr gesehen, hast wohl viel mit deinen Kiddies zu tun?«

Lissy bejahte, ließ sich einen Kostenvoranschlag machen und plauderte noch ein Weilchen mit den Kellnern, die sie ebenfalls kannte, weil sie leidenschaftliche Surfer waren und gute Bekannte von Leon. Danach trat sie zufrieden lächelnd wieder ins Freie, passierte das hellblau gestrichene Badehäuschen und steuerte auf die zweite Holztreppe zu, die zum Strand führte. Lissy liebte diesen geschwungenen Weg zwischen den Dünen. Solche Stellen gab es zwar häufig auf Sylt, aber sie übten immer noch eine geradezu magische Anziehungskraft auf Lissy aus. Vielleicht, weil am Ende solcher Wege immer die traumschöne Nordsee wartete? Oder weil diese Pfade zuweilen so verschlungen waren wie das Leben selbst?

Und dann war es so weit: Lissy sah, wie sich die sanften Nordseewellen glitzernd kräuselten und dann gemächlich auf dem breiten Strand ausrollten. Je weiter sie am Wasser entlangging, desto ruhiger und einsamer wurde es. Ihr Blick glitt immer wieder in Richtung Boden, weil sie gern Muscheln, Vogelfedern, besondere Steine und Äste sammelte, die von der Flut an den Strand gespült wurden. Zwischen den selteneren Gehäusen von Wellhornschnecken und den für Sylt typischen weißen Herzmuscheln entdeckte sie kleine und größere Quallen, die sich bläulich schimmernd vom hellen Sand abhoben. Lissy schmunzelte, denn sie wusste, dass Liu diese Meeresbewohner *Igitt!* fand, aber auch faszinierend. Und zwar so sehr, dass »Qualle auf Sand« neben Kartoffelpuffer mit Apfelmus und Brötchen mit Backfisch und viel Remoulade zu ihren Lieblingsgerichten gehörte. Sie nahm sich vor, Liu am morgigen Tag damit eine Freude zu machen, und überlegte, ob sie alle Zutaten dafür daheim hatte oder noch etwas besorgen musste. Das ursprüngliche Rezept für den Nusskuchen mit Sauerkirschen stammte aus der *Friesischen Teestube* des legendären Witthüs in Wenningstedt, das früher als Künstlertreff bekannt war.

Wie kann ich Liu nur beweisen, dass in meinem Herzen Platz und Liebe für zwei Kinder sind?, überlegte sie. Der dicke Kloß in ihrem Hals sprach eine eigene Sprache, und sie fragte sich nicht zum ersten Mal: Waren das immer noch die Hormone, oder nahm sie die Dinge einfach zu schwer? Wann auch immer sie Vero seit den ersten Anzeichen von Lius Eifersucht diese Frage gestellt hatte, lautete die Antwort stets: »Das rüttelt sich alles zurecht, so was braucht Zeit.«

Im Prinzip wusste sie das selbst, doch die ruppige Attacke vorhin war ihrer Ansicht nach ein ernst zu nehmendes Warnsignal, auf das sie schnellstmöglich reagieren musste. Deshalb blieb Lissy stehen und googelte auf dem Handy die Stichworte *Kinderpsychologie* und *Sylt* und wurde tatsächlich fündig. Es gab Praxen in Westerland und sogar eine in Keitum. Da rufe ich gleich morgen früh an, beschloss sie, und ihre Laune hob sich schlagartig. Beschwingt von der Aussicht, etwas für Liu tun zu können, zog sie die Sneaker aus, krempelte ihre Jeans hoch und platschte mit den Füßen im flachen Wasser umher. Es gibt kaum etwas Schöneres, als Sand zwischen den Zehen zu spüren, dem Flug der Möwen und Seeschwalben zuzuschauen und den Nachhall des Wellenrauschens als Meeresmelodie in den Ohren zu haben, dachte sie, ging in die Knie und spritzte übermütig mit Wasser umher. Plötzlich traf ein Schwall sie von hinten, und als sie sich umdrehte, blickte sie in die belustigten Gesichter von Leon und Liu, die aufgeregt kicherte.

»Na wartet, das gibt Rache«, rief Lissy, und im Nu war eine Wasserschlacht im Gange, die Niels im Tragetuch an Leons Brust verschlief. Er öffnete nur einmal kurz die Augen und schlummerte danach wieder zufrieden ein.

Das hier ist Glück pur, dachte Lissy voller Dankbarkeit und umschlang schließlich ihre kleine Familie.

Dass sie nun alle nass und voller Sand waren, egal! Das Leben war zu kurz, um sich an solchen Dingen zu stören.

Außerdem sollte man die Feste feiern, wie sie fielen, deshalb würde sie alles dafür tun, Leons vierzigsten Geburtstag zu einem wundervollen Ereignis werden zu lassen, das er so schnell nicht wieder vergaß. Sie wollte etwas von der Liebe und der Fürsorglichkeit zurückgeben, mit der er sie verwöhnte, seit die beiden einander zum ersten Mal begegnet waren.

8

Nele

Der purpurfarbene Schimmer der untergehenden Sonne umschmeichelte die hohen Wanderdünen vor List, als Nele nach einem langen Tag im Atelier zurück nach Keitum fuhr und lauthals den Song *Drei Tage am Meer* von der Band AnnenMayKantereit mitsang. Neles Stimme war eher laut als schön, doch das störte zum Glück niemanden, denn es hörte ja keiner. Der Anblick der nur zum Teil mit Strandhafer bewachsenen und von Heidekraut umsäumten Sandriesen war so einzigartig, dass Nele am liebsten angehalten und sich ein Weilchen in der traumschönen Aussicht verloren hätte. Doch sie war schon zu spät dran und wollte sich noch hübsch machen für eines der seltenen Rendezvous mit Sven in dessen Hotel. Obgleich Sven gern Privates und Berufliches trennte, hatte er Nele diesmal darum gebeten, um neun Uhr im *Strandkorbträume* zu sein, und wirkte dabei ziemlich geheimnisvoll.

Als Nele ihr Auto auf dem Parkplatz des Büchernests zum Stehen brachte, sah sie, wie Vero die Rosen in den Spalieren schnitt, einige besonders prachtvolle Blütenstände festband und Blätter in einem Körbchen sammelte.

»Moin, Vero, sind die für unsere Hochzeit?«, fragte Nele mit Blick auf das Potpourri aus roséfarbenen und roten Blüten, nachdem sie ausgestiegen war und den betörenden Duft einatmete.

Vero war offenbar zutiefst versunken in ihre Tätigkeit, denn sie reagierte nicht sofort auf die Frage.

»Hochzeit?«, wiederholte Nele, deutete zuerst auf sich selbst und dann auf die Rosenblätter.

Doch Vero schüttelte den Kopf und wischte sich einmal kurz über die Stirn. Erst dann schien sie wieder ganz bei sich zu sein und lächelte. »Apropos Hochzeit. Zum einen wüsste ich gern, wann wir uns wegen des Menüs zusammensetzen, und dann, ob … nun ja …«

»Ob was?« Nele war neugierig geworden, denn Vero wirkte gerade äußerst unsicher, was so gar nicht zu ihrer gestandenen Persönlichkeit passte.

»Ich habe keine Ahnung, was ich anziehen soll, weil ich nicht weiß, in welchem Monat und in welchem Rahmen ihr heiraten werdet. Und ich hätte gern so etwas wie eine … Typberatung, damit ich bei diesem Anlass ganz besonders chic bin.«

Dieses Anliegen war derart untypisch für Vero, dass Nele überlegte, was hier vor sich ging. »Bist du unzufrieden mit deinem Aussehen?«, fragte sie, obwohl sie wusste, dass sie sich jede Minute, die sie jetzt verplauderte, von der Zeit abzwacken musste, die sie benötigte, um sich von einer Künstlerin im Schlabberlook in eine Frau zu verwandeln, die gleich die Liebe ihres Lebens zu einer *date night* traf.

»Nun ja, was heißt unzufrieden?« Vero trat verlegen von einem Fuß auf den anderen. »Ich bin nun mal keine sechzehn mehr und eher der ländlich praktische Typ. Aber vielleicht könnte man mit einigen kleinen Tricks und Kniffen ein paar Jährchen wegmogeln und noch ein wenig Pfiff herausholen?«

Allein der Begriff *Pfiff* ließ Nele innerlich schmunzeln, doch Mode und Styling waren ihr zweiter und dritter Vorname. »Heute Abend geht es leider nicht, weil ich gleich mit Sven den Termin für die Hochzeit besprechen möchte. Doch Samstagabend müsste klappen. Ach nee, Quatsch, da tagt ja der Familienrat wegen des Büchernests. Aber wir könnten uns ein Stündchen früher treffen und kurz darüber sprechen, was dir so vorschwebt.«

»Das wäre wirklich großartig«, erwiderte Vero mit strahlendem Lächeln. »Dann mach, dass du schnell unter die Dusche kommst. Grüß Sven, ich wünsch euch einen richtig schönen Abend!«

Nele zog die Nase kraus. »Müffle ich, oder was willst du mir damit sagen?«

Vero schüttelte den Kopf. »Natürlich nicht, du duftest immer gut. Ich kann mich nur daran erinnern, dass ich als junge Frau stets unter die erfrischende Brause gegangen bin, bevor ich eine Verabredung mit Hinrich hatte. Ich wollte mit dem Wasser alles abwaschen, was an dem Tag womöglich nicht so schön war, damit es mein Rendezvous nicht störte. Also, ab mit dir.«

Fehlt nur noch, dass sie mir einen Klaps auf den Po gibt, dachte Nele amüsiert und stürmte auch schon davon. Doch so einfach, wie sie sich das mit dem schnellen Styling vorgestellt hatte, war es nicht. Schneeweißchen verlangte ausnahmsweise nicht nur das abendliche Futter, sondern zeigte sich ungewohnt schmusebedürftig und klebte förmlich an ihr. Schließlich gab Nele auf und ließ es zu, dass das Kätzchen sich auf die Fußmatte legte, während Nele unter der Dusche stand und die Vor- und

Nachteile einer Frühlingshochzeit abwägte. Für das Frühjahr sprach, dass es nicht mehr so ewig dauerte, bis Sven und sie einander das Jawort gaben. Dagegen, dass die meisten sich im Wonnemonat Mai trauen ließen, was Nele ziemlich öde fand, denn sie legte Wert darauf, sich vom Rest der Welt abzuheben.

»Heiligabend, Silvester, Neujahr, Geburtstag, Sonnenwende«, zählte sie laut alles auf, was ihr spontan an Möglichkeiten in den Sinn kam. »Jahrestag des Kennenlernens, Erntedank, Halloween?« Beim Gedanken an die letzte Möglichkeit musste sie lachen. Sven und sie könnten, wie in der Disney-Version von *Aschenputtel*, in einer Kürbiskutsche zur Kirche fahren. Er verkleidet als Skelett mit schwarzem Zylinder und sie selbst als Frankensteins Braut oder so. Doch, dieser Gedanke hatte etwas durchaus Reizvolles. Halloween war am 31. Oktober, da blieb allerdings nicht mehr viel Zeit für die Vorbereitungen. Natürlich war das Datum in der Nacht vor Allerheiligen etwas schräg und morbid, aber sie wusste, dass zumindest Bea das ganz bestimmt lustig finden würde. Allerdings nicht Lissy …

Ich habe sie noch gar nicht gefragt, ob sie meine Trauzeugin werden will, fiel ihr siedend heiß ein, als sie sich abtrocknete und Schneeweißchen mit ihrer rauen, hellrosa Katzenzunge immer wieder ihre nackten Füße abschleckte.

Ich werde Leon fragen, ob ich Lissy mal für zwei Stündchen entführen kann, beschloss sie und überlegte, wie es sich in so einem Fall mit dem Stillen verhielt. Als sie darüber nachdachte, ob Lissy gelegentlich abpumpte, wurde ihr schlagartig klar, dass sie nicht die geringste Ahnung von Kindern und vor allem von Babys hatte, keine besonders gute Voraussetzung für eine Familiengründung.

Nele versuchte den Anflug von Unsicherheit zu unterdrücken, denn sie war schon zu spät dran. Also warf sie einen letzten Blick in den Spiegel, zog sich einen leichten Mantel über das schulterfreie, nachtblaue Kleid und machte sich schnellen Schrittes auf den Weg zu Sven.

Das Hotel lag zwar nur zwei Kilometer Luftlinie von Beas Kapitänshaus entfernt, dennoch musste Nele zunächst eine Weile an den malerischen Friesenhäuschen vorbeigehen, in deren Fenstern größtenteils noch Licht brannte, bevor sie in Richtung Bahnhofstraße abbog. Hinter einer der Scheiben hatte sich eine Familie rund um den Küchentisch versammelt, Nele konnte sehen, dass ein Kleinkind im Hochstuhl saß und gerade von einer jungen Frau gefüttert wurde. Interessiert blieb sie stehen und betrachtete als Zaungast die routinierten Bewegungen der Mutter. Ein Löffel Brei, dann eine kleine Pause, ein zweiter … und dann wischte sie das Mündchen kurz mit einem Tuch ab.

Gedankenverloren ging Nele schließlich in Richtung Bahndamm weiter, wo das Boutique-Hotel *Strandkorbträume* vor einigen Monaten seine Pforten geöffnet hatte. Da es mittlerweile fast dunkel war, schimmerten die Windlichter im Eingangsbereich wie kleine Flammen, der Himmel schlug gerade sein goldenes Sternenzelt auf. Eigentlich war alles zauberhaft, doch Nele beschäftigten mit einem Mal völlig andere Themen, die ganz und gar nichts mit Romantik oder gar Magie zu tun hatten, sondern äußerst realistischer Natur waren.

»Da bist du ja, wie schön«, sagte Sven, der in einem der Strandkörbe saß und beinahe völlig von der Dunkelheit verschluckt wurde. »Magst du dich zu mir setzen?«

Nele schlug plötzlich das Herz bis zum Hals. Es war eine Sache, miteinander herumzuturteln, heiße Nächte zusammen zu verbringen oder mal ein aufregendes Wochenende in Hamburg.

Doch zu heiraten und womöglich eine Familie zu gründen, Verantwortung füreinander zu übernehmen – das war eine völlig andere Nummer. Die beiden hatten noch nicht einmal Erfahrung damit, gemeinsam viel Zeit zu verbringen, geschweige denn zusammenzuwohnen. Ihre Beziehung bestand bislang aus Leidenschaft, einem emotionalen Auf und Ab, Romantik und gestohlener Zeit. Alltagsroutine, womöglich gepaart mit Langeweile, Aufgabenverteilungen im Haushalt oder gar Streit darüber, hatten sie noch nicht erlebt.

Nele versuchte die Panik zu ignorieren, die angesichts dieser Erkenntnis wie eine hohe Welle über ihr zusammenschlug, schlüpfte zu Sven, schmiegte sich an ihn und gab ihm einen Kuss.

»Unser Barkeeper hat einen neuen Aperitif kreiert, den wir den Gästen ab der kommenden Woche bei ihrer Ankunft anbieten. Hast du Lust auf eine Kostprobe?«, fragte Sven und reichte ihr ein Glas. Nele stieg ein köstliches Aroma in die Nase, das an laue Sommernächte in Südfrankreich erinnerte, und tatsächlich schimmerte der Drink in einem zarten Lilaton. Im Schein der Windlichter entdeckte sie zudem zwei Lavendel- und einen Rosmarinzweig sowie Blaubeeren im Getränk.

»Jetzt bin ich aber gespannt«, sagte Sven und beobachtete sie genau. »Wie immer gibt's den Drink mit und ohne Alkohol.«

»Sind da Wodka und Zitronensaft drin?«, fragte Nele, der das Erspüren der einzelnen Aromen gerade recht kam, denn es vertrieb kurzfristig ihre dunklen Sorgenwolken.

»Das hast du sehr gut erkannt«, erwiderte Sven lächelnd. »Wenn du diese Mischung magst, brauchen wir nur noch einen hübschen Namen und viele Gäste, die sich an diesem Willkommenstrunk erfreuen. Aber sag: Wie war dein Tag?«

Nele erzählte von der Arbeit an ihrem neuen Kinderbuch

und von ihrer kurzen Begegnung mit Vero. Dass diese sie nach dem Termin für die Hochzeit gefragt hatte, verschwieg sie und spürte, wie sie erneut von Nervosität gepackt wurde. Dabei hatte sie sich doch so darauf gefreut, heute Abend endlich mal in Ruhe Pläne für diesen großen und bedeutsamen Tag zu schmieden.

»Und war sonst noch irgendetwas los? Du wirkst ein wenig bedrückt.«

»Findest du nicht, dass wir erst mal ausprobieren sollten, ob wir zusammenwohnen können, bevor wir heiraten?«, platzte es aus ihr heraus. Mist! Da war er wieder, der Verlust der Impulskontrolle, wie Lissy ihren fatalen Hang zu unüberlegten Aktionen bezeichnete. »Ich habe überhaupt keine Erfahrung mit so was … und …«

»… das macht dir Angst«, mutmaßte Sven und seufzte kurz.

»Ganz genau«, gab Nele unumwunden zu. »Wie du weißt, hatte ich im Gegensatz zu dir nie längere Beziehungen. Du und Olivia, ihr hättet beinahe geheiratet und habt in Hamburg zusammengelebt. Ich hingegen bin der Typ Schmetterling, flatterhaft und schnell weg, wenn eine Krise droht.«

»Verstehe«, murmelte Sven, und in Nele krampfte sich alles zusammen. Sicher war es ungeschickt, nein, geradezu dumm von ihr gewesen, ihre Gedanken derart unreflektiert herauszuposaunen. Sie wollte ihn schließlich nicht verletzen oder gar die geplante Hochzeit infrage stellen. »Verzeih mir, wenn ich dir widerspreche, aber ich kenne dich zwar als eine, die schnell flüchtet, wenn es brenzlig wird, die aber sofort wiederkommt und die Dinge in Ordnung bringt, wenn sie ihr wichtig sind. Sonst wären wir wohl kaum noch zusammen.«

Ohne dass Sven es direkt ansprach, wusste Nele, dass sich

seine Bemerkung auf die zahllosen Auseinandersetzungen wegen seiner Ex-Freundin Olivia bezog, die alles versucht hatte, um ihn wieder zurückzugewinnen, als Sven von Hamburg nach Sylt gezogen war. Auch jetzt versetzte es Nele einen Stich, wenn der Name Olivia fiel, doch sie hatte akzeptiert, dass sie ihre Eifersucht im Zaum halten musste, weil Svens Ex als freie PR-Referentin nach wie vor erfolgreich Pressearbeit für die *Strandkorbträume* machte.

»Würdest du dich wohler fühlen, wenn wir erst mal auf Probe zusammenwohnen?«, fragte Sven, stellte das leere Glas auf einen Beistelltisch und streichelte zärtlich ihre Hand. »Oder willst du lieber gar nicht heiraten?«

»Nein, so habe ich das nicht gemeint«, erwiderte sie zutiefst erschrocken. »Natürlich möchte ich deine Frau werden, sonst hätte ich deinen Antrag niemals angenommen. Ich finde nur, dass wir nichts überstürzen und erst mal testen sollten, ob wir auch wirklich zusammenleben können. Wenn nicht, ist das auch kein Ding! Es gibt etliche verheiratete Paare, die getrennt wohnen.«

»Das sehe ich genauso«, erwiderte Sven. »Das Wichtigste für mich ist, dass wir einander lieben und wissen, dass wir zusammengehören. Alles andere findet sich schon, genau wie ein Ort, an dem wir das Zusammenleben testen können.«

Erleichtert legte Nele den Kopf auf seine Schulter. »Aber wo sollte das sein?«, murmelte sie und blickte in den funkelnden Sternenhimmel. »Mein Zimmer im Kapitänshaus ist für so ein Experiment denkbar ungeeignet und deine kleine Wohnung im Hotel auch. Die wird nämlich vom Reinigungspersonal geputzt, du hast jemanden, der die Bettwäsche wechselt und den Müll rausbringt. Außerdem gibt es in keiner der beiden Unterkünfte

Rückzugsmöglichkeiten, und die brauchen wir erfahrungsgemäß beide.«

Sven machte: »Hm«, und wiegte den Kopf hin und her. »Wie wäre es mit einer Ferienwohnung? Vielleicht finden wir etwas Bezahlbares, wo wir in Ruhe ausprobieren können, ob wir den gemeinsamen Alltag meistern, auch wenn ich daran keinerlei Zweifel habe. Ich erkundige mich gleich morgen beim Tourismusverband, und dann sehen wir weiter, ja? Und jetzt würde ich dich gern zu dem versprochenen Abendessen entführen, der Chef de Cuisine wartet schon auf uns. Oder hast du etwa keinen Hunger?«

Nele folgte Sven in das kleine Separee, das an das Restaurant angrenzte. Der Tisch war mit Rosen dekoriert und von Kerzenschein erhellt. Daneben stand ein Champagnerkühler, und Sven rückte für Nele formvollendet den Stuhl zurecht.

In diesem Moment tauchte, als wäre es heimlich abgesprochen gewesen, ein Kellner mit einer Flasche Dom Pérignon auf. Als er den Korken knallen ließ, kam Nele eine Idee. »Weißt du, was?«, sagte sie, froh über diese Eingebung. »Ich glaube, ich weiß eine Lösung. Sie setzt zwar einige Fahrerei voraus und auch, dass Campino und Schneeweißchen sich verstehen, aber sie wäre kostengünstig, und wir hätten ein halbes Jahr Zeit für unsere Testphase.«

Während der Champagner nach dem Einschenken in den Gläsern perlte und »der kleine Gruß aus der Küche« serviert wurde, begriff auch Sven, was Nele meinte. »Du denkst an Oles Haus in List?«

Nele nickte und spürte, wie ihr Appetit wieder zurückkehrte. »Mein Atelier ist dort, und ich bin zurzeit ohnehin Haus- und Katzensitterin. Das Haus bietet genug Platz für uns beide und somit auch genug Fläche, die geputzt werden müsste, wenn du verstehst, was ich meine.«

»Das ist eine wirklich grandiose Idee«, erwiderte Sven. »Aber glaubst du, dass Ole damit einverstanden wäre?«

»Fragen kostet nichts, oder?«, hielt Nele vergnügt dagegen. »Ich rufe ihn am Sonntag an, vorher ist er leider nicht erreichbar.«

»Dann sollten wir jetzt darauf anstoßen, dass wir uns bald darüber verständigen müssen, wer einkauft, kocht, wäscht und meine Hemden bügelt«, sagte Sven grinsend und erhob sein Glas. »Du weißt schon, dass ich jeden Tag ein frisches, blütenweißes Hemd trage, zumindest, wenn ich im Hotel bin.«

»Vergiss es«, sagte Nele und beugte sich über den Tisch, um ihm einen Kuss zu geben. »Ich hasse Bügeln und werde es immer hassen. Aber ich habe kein Problem damit, Fenster zu putzen oder staubzusaugen.«

»Na, siehst du«, erwiderte Sven. »Wir ergänzen uns hervorragend, denn ich habe wiederum null Lust auf Fensterputzen. Die werden durch die salzhaltige Sylter Luft ohnehin schnell wieder schmutzig. Meine Hemden bügle ich selbstverständlich selbst.« Dann stand er auf, ging um den Tisch herum und zog Nele zu sich heran. Sven küsste Neles nackte Schultern, und alles in ihr vibrierte.

Ob es die Aussicht auf die bevorstehende Hochzeit war, auf das Wohnexperiment oder einfach nur das Zusammensein mit ihm, sie wusste es nicht.

Was sie aber wusste, war, dass sie sich nicht mehr so viele Sorgen machen wollte, weil sie noch nie so viel Liebe für einen Mann empfunden hatte, und diese Liebe wollte sie in vollen Zügen genießen.

9

Rieke

Die Sylter Himmelsleiter war mit 26 Metern die höchste Treppe der Insel und seit Jahren *der* Feier-Hotspot für Insulaner und Touristen. »Man muss nur dem Sound der Musik folgen, dann weiß man, wo hier die Party abgeht«, sagte Riekes Freundin Emma und warf ihr Fahrrad einfach auf den Boden, nachdem die beiden am Absatz der Treppe zwischen den Westerländer Dünen angekommen waren. Dann zog sie das selbst genähte Bandeautop nach oben, denn der Gummizug war ein bisschen ausgeleiert, und Emma hatte sich bei der Fahrt im Gegenwind ziemlich abgestrampelt. »Hoffentlich sind zur Abwechslung mal coole Leute da und nicht nur dieses schnöselige Partyvolk, das Champagnerkorken knallen lässt oder magnumflaschenweise Vodka Belvedere trinkt«, fuhr sie fort und rollte entnervt ihre wunderschönen, nougatfarbenen Augen mit den langen Wimpern. Emmas Papa kam aus Portugal und hatte ihr die dunklen, frechen Korkenzieherlocken vererbt, um die Rieke sie fast ein wenig beneidete. Heute hatte Emma sich ein rotes Tuch mit weißen Punkten um die Haare geknotet, trug das getigerte Top, Jeans und rote Sneaker, die sofort ins Auge stachen, genau wie

Emma selbst, die mit einem Meter achtundfünfzig allerdings sehr klein war.

»Wenn's uns nervt, können wir ja wieder gehen«, entgegnete Rieke, die noch gar nicht in Feierlaune war, sondern gedanklich im Büchernest. Sie hatte sich zum ersten Mal gegenüber ihrer Chefin Bea behauptet und war ziemlich stolz auf sich. Als Azubi hatte sie Muffensausen vor der Besitzerin der Buchhandlung gehabt, die zwar sehr nett und im Grunde gutherzig war, aber leider auch streng, launisch und dickköpfig. Doch das änderte sich allmählich, denn Rieke wurde von Tag zu Tag selbstsicherer und war der Meinung, dass eine Brise frischer Wind dem Büchernest sehr guttun würde. »Ich hoffe ja, dass Bengt da ist.«

Der attraktive Bengt war ihr neulich abends am Brandenburger Strand über den Weg gelaufen, als sie sich, mit einem Eis in der Hand, an den Flutsaum gesetzt und dem Spiel der Wellen zugeschaut hatte. Er war mit einem Freund zum Kitesurfen verabredet gewesen und beim Ausbreiten seines Schirms von einem verspielten jungen Hund gestört worden, der sich schwanzwedelnd in den Leinen verbissen hatte und partout nicht locker lassen wollte. Rieke hatte das Spielchen eine Weile amüsiert beobachtet und schließlich den strubbeligen Mischling mit einem Stück Eiswaffel zu sich gelockt. Dann hatte sie ihn so lange festgehalten und gestreichelt, bis Bengt das Kitesegel startklar gemacht hatte.

»Danke, du hast was bei mir gut. Frag einfach am DLRG-Stand nach Bengt, falls ich nicht da bin, und ich rette dich vor allem, was dir Angst macht, oder lade dich zum Kaffee ein«, hatte der Kiter mit breitem Grinsen gesagt. Dann hatte er sich lässig an die Stirn getippt und war seinem Freund in die schäumenden Nordseefluten gefolgt.

Riekes Herz hatte einen Satz gemacht, und sie hatte, so laut sie konnte, gerufen: »Ich kann mich durchaus selbst retten!« Dabei hatte sie ihre Hand vom Halsband des jungen Hundes gelöst, der jedoch gar nicht daran gedacht hatte, von ihrer Seite zu weichen. »Magst du noch ein Stück Waffel?«, hatte Rieke den süßen Strubbel mit der schwarzen Nase gefragt und aus dem Augenwinkel beobachtet, wie gekonnt Bengt auf dem Board stand, das rote Surfsegel aufgebläht vom Wind.

Er war groß, schlank und durchtrainiert, seine gewellten, längeren Haare flatterten wild umher.

Bevor er zu einem kühnen Sprung ansetzte, drehte er sich kurz zu ihr um, und spätestens da war es endgültig um sie geschehen. In dieser Nacht hatte sie kaum ein Auge zugetan, weil sie überlegte, ob sie gleich am kommenden Tag beim DLRG-Häuschen nach Bengt Ausschau halten sollte. Morgens um fünf verwarf sie den Gedanken jedoch wieder, weil sie genau wusste, dass garantiert nicht nur die Mädchen von der Insel durchdrehten, wenn sie Bengt sahen, sondern auch die Touristinnen.

»Ich hoffe auch für dich, dass Bengt da ist, und für mich, dass er einen heißen Freund dabeihat«, erwiderte Emma mit einem anzüglichen Grinsen. »Schließlich gibt es kaum etwas Schöneres als einen Flirt in einer lauen Nacht an der Nordsee. Ich für meinen Teil bin so oder so wild entschlossen, heute Abend jemanden unter dem Sternenzelt zu küssen, bevor ich das Küssen endgültig verlerne. Es kann doch nicht sein, dass wir beide diesen grandiosen Sommer fast ausschließlich mit unseren Girls verbracht haben.«

Rieke wusste genau, was Emma meinte. Auch sie sehnte sich nach Aufregung, Leidenschaft und den großen Gefühlen, von denen sie zurzeit nur in Büchern las. Doch sie wusste, dass sie es nicht zulassen durfte, dass ihr das Herz erneut gebrochen wurde. Nicht nach der langen Zeit, die sie gebraucht hatte, um die Trennung von ihrem ersten Freund Keno zu verkraften, der Sylt – und damit sie – verlassen hatte, um für ein Jahr nach Costa Rica zu gehen. Keine Surfer! Keine Weltenbummler! Keine Typen, hinter denen alle Mädels her sind!, betete sie sich mantraartig vor und folgte Emma auf dem Weg hinunter zum Strand.

Schon bald wurden die beiden von Electrosounds beschallt, von irgendwoher wehte Rieke der süßliche Duft eines Joints in die Nase. »Neue heiße Ware! Nice, nice«, rief ein Typ, sichtlich zugedröhnt, und fuhr sich mit den Fingern durch die blonden Haare. Dabei sah Rieke eine goldene Rolex an seinem Handgelenk blitzen.

»Frauen sind keine Ware, du Vollhonk«, schimpfte Emma mit blitzenden Augen und baute sich breitbeinig vor dem Sprücheklopfer auf. Neben ihm standen einige bildhübsche Mädchen und zwei weitere Typen. Alle sahen gelangweilt und nach *Geld* aus, also nach der Sorte Mensch, um die Rieke tunlichst einen großen Bogen machte. »Komm, lass uns gehen«, zischte Rieke Emma zu und zog sie mit sich in Richtung Flutsaum. Doch der *Vollhonk* trabte neben ihnen her, offenbar nicht bereit, Emmas Bemerkung auf sich beruhen zu lassen. Seine Pupillen waren geweitet, die Augen gerötet. Im Grunde sah er super aus, doch er war offensichtlich so zugedröhnt, dass es keinen Sinn hatte, sich weiter mit ihm zu beschäftigen.

»So klein und schon so eine große Klappe«, ätzte der Vollhonk weiter und versuchte Emma in die Haare zu fassen.

In Rieke verkrampfte sich alles, sie ballte die Hand zur Faust und winkelte ihr Bein an, bereit, den Typen mit einem gezielten Schlag schachmatt zu setzen, falls es nötig war – wozu hatte sie schließlich einen Selbstverteidigungskurs gemacht?

»So groß und so dämlich«, ertönte auf einmal die Stimme, nach der Rieke sich in ihrem nächtlichen Traum gesehnt hatte. »Lass die Mädels in Ruhe, Ronny«, sagte Bengt, der unverhofft aus dem Halbdunkel aufgetaucht war, und stellte sich schützend vor Emma und Rieke. »Wenn du wieder nüchtern bist, wirst du dich entschuldigen, ist das klar?«

Statt einer Antwort fiel der Maulheld einfach in voller Länge auf den Rücken in den Sand und begann zu schnarchen.

»Klarer Fall von zu viel Alkohol, gepaart mit Größenwahnsinn, Daddys Kohle und irgendwelchen Drogen. Ich hab dir neulich schon gesagt, dass das total uncool ist«, sagte Bengt und kniete sich neben Ronny. »Hat jemand von euch zufällig Wasser dabei?«

»Du kennst diesen Mistkerl?«, fragte Emma, und Rieke wusste gar nicht, was sie zuerst denken oder fühlen sollte. War es Schicksal, dass Bengt und sie sich innerhalb so kurzer Zeit zweimal begegnet waren? Sie nahm ihren Rucksack ab, holte die Trinkflasche hervor, die sie stets dabeihatte, und reichte sie Bengt.

Der setzte sie wiederum Ronny an die Lippen und versuchte den Schlafenden zu wecken, damit er Wasser trinken konnte. »Ja, ich kenne ihn vom Kiten«, erwiderte er und zog Ronnys Kopf auf seinen Schoß. »Er ist normalerweise ganz okay, aber er hat zurzeit jede Menge Stress und offenbar keine guten Freunde, die ihm bei seinen Problemen helfen. Ist nicht immer leicht, ein ausgewachsenes *rich kid* zu sein. Er ist den Sommer über immer im Haus seiner Eltern in Kampen mit sogenannten Freunden, aber im Grunde einsam wie nur was.«

In diesem Moment schlug Ronny die Augen auf und trank mit großen Schlucken. Dann verschluckte er sich, begann zu husten und schien zu realisieren, dass sein Kopf auf den Knien von Bengt lag und Rieke und Emma Zeuginnen seines unwürdigen Zustands geworden waren. »Was ist passiert, Mann?«, fragte er, rappelte sich mühsam auf und rieb sich die Augen.

»Du hast eindeutig zu hart gefeiert«, erwiderte Bengt, half Ronny endgültig auf und hakte ihn bei sich unter, damit er nicht wieder umfiel wie ein vom Sturm geknickter Baum. »Und du kannst von Glück sagen, dass diese Hübsche hier« – dabei deutete er auf Rieke – »dich nicht k. o. geschlagen hat, weil du sie, aber vor allem ihre Freundin, beleidigt hast.«

»Ich heiße übrigens Rieke, und das da ist Emma«, stellte Rieke sich vor und freute sich insgeheim darüber, dass Bengt gesehen hatte, dass sie gewillt gewesen war, Emma und sich selbst zu verteidigen. Wie schon gesagt: Sie konnte sich selbst retten!

»Hallo, Rieke, hallo, Emma«, entgegnete Ronny sichtlich geknickt und gab beiden die Hand. »Ich weiß zwar nicht mehr, was ich gesagt oder getan habe, aber wenn Bengt meint, dass es Mist war, dann war es das wohl auch. Sorry dafür.«

»Das will ich dir aber auch geraten haben«, zischte Emma. »Du warst superübergriffig und superätzend. Keine Ahnung, was du für ein Problem hast. Aber was auch immer es ist, es gibt dir nicht das Recht, dich so zu benehmen.«

»Ich hab doch gesagt, dass es mir leidtut«, erwiderte Ronny und verzog schmerzverzerrt das Gesicht. »Ich schätze, ich muss nach Hause und mich hinlegen, bevor mein Schädel zerplatzt. Kannst du mich bringen, Kumpel?«

Die Frage ging an Bengt, der zuerst zu Rieke schaute und dann zu Ronny. War da tatsächlich so etwas wie Bedauern in seinem Blick, oder bildete sie sich das nur ein, weil sie sich das wünschte?

»Feiert noch schön, ihr zwei«, war das Letzte, was sie von Bengt hörte, bevor die Sylter Nacht die beiden zu Riekes Leidwesen verschluckte.

»Das war also dein Bengt. Toller Typ«, sagte Emma bewundernd und schob Rieke in Richtung des hell lodernden Lagerfeuers neben den zusammengeschobenen Strandkörben, die den Anschein einer Festung erweckten. »Und er scheint dich zu mögen, wenn ich seinen Blick richtig gedeutet habe. Bleibt nur noch zu hoffen, dass er wieder zurückkommt, wenn er diesen durchgeknallten Ronny verarztet hat. Was für ein Idiot! Dem hat Daddy wahrscheinlich die Platinum Card von Amex gesperrt, oder jemand hat ihm den Porsche geklaut.«

Rieke hatte keine Lust, sich mit der Frage zu beschäftigen, was Ronny so aus der Bahn geworfen hatte, dass er sich selbst derart abschießen musste. Sie überlegte stattdessen, ob sie irgendwie Bengts Handynummer herausbekommen und ihm eine Nachricht schicken konnte. Denn auch sie hatte große Sehnsucht nach einer Romanze unter dem funkelnden Sternenhimmel. Nach zärtlichen Liebkosungen und heißen Küssen.

Just in dem Moment, als sie sich versonnen in die Arme von Bengt träumte, sah sie einen Lichtschein mit hellem Schweif am Horizont, schloss die Augen und wünschte sich den Mann herbei, der ihr Herz gerade in Flammen gesetzt hatte …

10

Bea

Bea saß vor dem Laptop und bestaunte die Morgendämmerung, die das Keitumer Watt in rötlichen Schimmer tauchte. Es wurde von Minute zu Minute heller, als zöge der Himmel den Vorhang über Sylt auf, bereit, die Insel in wenigen Minuten allen zu präsentieren, die dort lebten oder Urlaub machten.

»Dieses Panoramafenster ist ein Traum«, murmelte sie, nippte an ihrem schwarzen Tee und trommelte dann ungeduldig mit dem Finger auf die Holzplatte des Schreibtisches. Dieser stand, entgegen der Empfehlung aller Experten für Arbeitssicherheit, direkt vor dem Fenster mit Premiumblick auf den Nationalpark Wattenmeer mit seinen Prielen, Sandbänken, Buhnen und dem hohen Strandhafer, der sanft im Spätsommerwind wogte. Noch wenige Wochen, dann wird es Herbst, dachte Bea und überlegte, ob sie es für heute mit dem Schreiben sein lassen sollte.

Die Muse zierte sich immer noch, und Bea musste sich im Zaum halten, um nicht auszurasten, den Laptop aus dem Fenster zu pfeffern oder eine Mail an den Verlag zu schreiben, in der sie bekannt gab, dass sie schweren Herzens kapitulierte.

»Na, wie läuft's?«, fragte ihr Mann Adalbert, der eine Kanne Tee in der Hand hielt und mal wieder so leise ins Arbeitszimmer gekommen war, als schwebte er etliche Zentimeter über dem alten Dielenboden. »Möchtest du etwas Nachschub?«

Bea streckte ihm die leere Tasse entgegen und schaute zu, wie die goldgelbe, dampfend heiße Flüssigkeit in die Porzellantasse floss.

»Das Einzige, was läuft, ist meine Nase«, erwiderte sie mürrisch und nieste wie zur Bestätigung. Dann nahm sie ein Taschentuch aus der Schreibtischschublade und schnäuzte sich einmal kräftig.

»Du wirst doch nicht etwa krank?«, erwiderte Adalbert und fühlte besorgt ihre Stirn.

»Ach was, ich bin kerngesund, mir fehlt nichts außer einer zündenden Idee. Und die kommt nun mal leider nicht auf Kommando. Ich weiß gar nicht, wie die Autorinnen und Autoren das machen, die seit zig Jahren jedes Jahr ein neues Buch auf den Markt bringen, pünktlich wie ein Uhrwerk und stets so fantasievoll, als wäre alles, was an Kreativität in ihnen steckt, in diesen Roman geflossen. Schreiben die sich denn niemals leer? Haben die nie eine Blockade? Oder anderes im Leben, das ihre Aufmerksamkeit fordert?«

»Was hältst du von einem kleinen Spaziergang?«, schlug Adalbert vor, statt auf die Fragen einzugehen, die ohnehin niemand beantworten konnte. »Ich war gerade im Garten, die Luft ist herrlich klar, und es duftet großartig nach Nordsee.«

Anstelle einer Antwort stand Bea auf, gab ihrem Mann einen Kuss auf die Wange und schnappte sich die leichte Windjacke, die neben Adalberts Mänteln an der Garderobe hing. Die Tür führte hinaus in den Vorgarten des Watthuis, der große

Garten erstreckte sich rund um das Haus bis hin zur Kliffkante, unweit des früheren Standortes der Buchhandlung Büchernest, der Apotheke, einiger Boutiquen, der Weinbar *Reblaus* und des Sylt-Museums. Sollte Adalbert jemals auf die Idee kommen zu verkaufen, würden er und der Makler ein nahezu unanständiges Vermögen verdienen. Erst kürzlich war ein Friesenhaus im Nachbardorf Archsum für zwölf Millionen Euro an Zweitwohnungsbesitzer veräußert worden, die sich vermutlich genauso selten auf der Insel blicken lassen würden wie so viele, die hier Häuser besaßen.

»Hast du eigentlich schon mal einen Blick in das Buch des Sylter Maklers geworfen, das ich dir neulich aus dem Laden mitgebracht habe?«, fragte sie, als sie in trauter Eintracht die Stufen zum Keitumer Watt hinuntergingen.

»Du meinst *Aber bitte mit Reet!*?«, fragte Adalbert und hakte sich bei Bea unter. »Ich bin noch nicht ganz fertig, so was kann man nur häppchenweise lesen, denn die geballte Ladung Dekadenz und Sylt-Ausverkauf bleibt einem schnell im Hals stecken. Kaum zu glauben, dass es Menschen gibt, die eine millionenschwere Immobilie aufgrund eines Handyvideos kaufen, ohne sie vorher zu besichtigen, oder Häuser mit Sauna, um darin Kaschmirpullover zu trocknen. Aber Eric Weißmann schreibt äußerst amüsant und scheint ein sympathischer Mensch mit Berufsethos zu sein. Ich habe ihn schon häufiger beim Strandspaziergang mit seinem Corgi Charles gesehen. Wenn ich ihm das nächste Mal begegne, sage ich mal Hallo.«

»Meinst du nicht, dass der Mythos unserer Insel irgendwann seinen Zauber verliert?«, fragte Bea und schlug den Weg zum Hafen von Munkmarsch ein. »Sylt bekommt immer wieder viel negative Presse, mal ist es die Immobiliensituation, dann sind es die Punks – auch wenn diese sich weitgehend anständig benommen haben und sympathisch sind –, dann die wilden Strandpartys, die Vermüllung und Verstöße gegen den Küstenschutz mit sich bringen. Zudem gibt es für die Journaille kaum etwas Schöneres, als in aller Regelmäßigkeit Schlagzeilen zu produzieren, die einem den Atem stocken lassen, aber im Grunde ausschließlich auf Klickzahlen im Internet abzielen. Ich kann sehr gut verstehen, dass Leon immer mehr mit seinem Beruf hadert, denn mit seriösem Journalismus hat dieser Schmierfinkendreckskram nichts zu tun.«

»Meinst du, dass Leon mit dem Gedanken spielt zu kündigen?«, fragte Adalbert, stets besorgt um das Wohlergehen der Familie, in die er hineingeheiratet hatte. »Das wäre jetzt kein guter Zeitpunkt, immerhin ist Niels gerade erst geboren, und Liu hat erst nächstes Jahr einen Platz im Kindergarten. Außerdem wüsste ich nicht, womit er auf Sylt sein Geld verdienen könnte, wenn er seinen Beruf an den Nagel hängen würde.«

»Leon würde niemals etwas tun, das die Existenz seiner Familie gefährdet oder mit dem Lissy nicht einverstanden ist«, erwiderte Bea, die sich jedoch in schlaflosen Nächten ebenfalls den Kopf darüber zerbrach, wie es langfristig mit den beruflichen Ambitionen von Lissys Ehemann weitergehen könnte.

Im Grunde steckten sie beide in einem ähnlichen Konflikt fest: Mit dem Label Sylt ließ sich enorm viel Geld verdienen, aber man musste trotz allem integer bleiben, sich selbst gegenüber und auch gegenüber der Insel, die ihnen allen so viel bedeutete, weil sie nicht nur atemberaubend schön, sondern ihre Heimat war.

»Aber es ist nicht von der Hand zu weisen, dass er immer schweigsamer wird, wenn ich ihn nach seiner Arbeit in der

Redaktion frage, wohingegen er einem früher manchmal regelrecht ein Ohr abgekaut hat, wenn er so richtig in Fahrt war. Mir tut das in der Seele weh, denn Leon ist so klug, warmherzig, ein toller Beobachter und kann schreiben wie kaum ein Zweiter. Aber von irgendwoher muss nun mal die Butter aufs Brot kommen, und mittlerweile sind die Süßen sogar zu viert.«

»Soll ich mal mit ihm sprechen?«, schlug Adalbert vor, während sie sich schnellen Schrittes der Lügenbrücke näherten.

»Du meinst, so von Mann zu Mann? Das fände er sicher gut«, sagte Bea und schaute in die Ferne. Obwohl sie die geschwungene Holzbrücke zwischen Keitum und Munkmarsch sicher schon eine Million Mal gesehen und überquert hatte, ließ der Anblick ihr Herz immer noch ein kleines bisschen höherschlagen. In früheren Zeiten hatten Eltern ihren Kindern erzählt, dass die Brücke unter ihnen zusammenbrechen würde, wenn sie logen. Sylt war voll von derartigen Geschichten, und Bea hoffte, dass diese Erzählungen niemals in Vergessenheit gerieten.

»Ich rufe ihn nachher mal an und frage ihn, ob wir mal gemeinsam eine Runde mit dem SUP-Board auf dem Wasser drehen und anschließend etwas zusammen trinken wollen«, sagte Adalbert und blieb stehen. Dann schlang er den Arm um Bea, beide schauten auf den hölzernen Übergang nach Munkmarsch, unter dem ein Ausläufer der Nordsee plätscherte. »Es ist noch gar nicht lange her, da haben wir gemeinsam mit Leon, Lissy, Nele, Vero und Hinrich an diesem Ort gefeiert, dass es mir nach langer Zeit geduldigen Werbens endlich gelungen ist, mit dir den Bund der Ehe einzugehen. Ich habe versucht, eine Brücke zwischen deinem Freiheitsdrang und meinem Bedürfnis nach Nähe zu dir zu schlagen, und frage mich beinahe jeden Tag, ob mir das gelungen ist.«

Bea wurde augenblicklich warm ums Herz, denn Adalbert hatte wirklich Nervenstärke und Langmut bewiesen. Nach dem Tod ihres geliebten Ehemanns Knut hatte sie sich nicht träumen lassen, dass sie sich jemals wieder würde verlieben können, und sie hatte auch nicht nach der Liebe Ausschau gehalten. Das überließ sie gern den Jüngeren und beneidete diese Generation wahrlich nicht um die Irrungen und Wirrungen, die starke Gefühle meist mit sich brachten.

»Das ist es, mein Lieber, das ist es«, erwiderte sie leise. »Ich danke dir dafür, dass du es mit mir aushältst. Ich weiß nämlich sehr genau, wie anstrengend und störrisch ich sein kann. Außerdem ist bei uns ständig was los, und ich wünschte, es käme endlich mal eine Zeit, in der wir nicht im Krisenmodus sind. Geht dir das denn nicht alles auf die Nerven?«

»Es wird zumindest nie langweilig«, erwiderte Adalbert schmunzelnd. »Natürlich hatte ich es ruhiger und gemütlicher, bevor du in mein Leben getreten bist, doch es war wirklich deutlich weniger spannend. Wenn ich überhaupt irgendetwas bereue, dann nur die Zeit, die ich ohne dich verbracht habe, denn Zeit ist nun mal äußerst kostbar, besonders in unserem Alter. Was hältst du davon, wenn wir beide mal wieder ein paar Tage verreisen? Vielleicht bringt dich der Tapetenwechsel auf andere Gedanken oder gibt dir die nötige Inspiration für dein Buch. Und wenn das alles nicht hilft und du das Gefühl hast, dass es einfach nichts gibt, worüber du in deinem zweiten Roman schreiben möchtest, habe ich genug Geld, damit du dem Verlag den Vorschuss zurückzahlen kannst.«

Innerhalb einer Nanosekunde versteifte Bea sich in Adalberts Arm. Es kam auf keinen Fall infrage, dass er die Suppe auslöffelte, die sie sich selbst eingebrockt hatte. Sollte sie sich entschließen, den Buchvertrag aufzulösen, würde sie das selbst finanzieren, so, wie sie ihr Leben lang jeden Cent, den sie ausgab, eigenhändig verdient hatte. Eine Bea Hansen ließ sich nichts schenken. So etwas schaffte Abhängigkeiten und führte langfristig dazu, dass Beziehungen in die Brüche gingen. Sie wollte auf keinen Fall, dass etwas zwischen Adalbert und ihr stand, dazu liebte sie diesen stattlichen, attraktiven, klugen und sympathischen Mann viel zu sehr.

»Das ist sehr lieb von dir, aber keine Sorge, ich schaffe das schon. Mir gefällt die Idee einer kleinen Auszeit, doch die hat einen Haken. Ich kann Rieke nicht allein im Büchernest arbeiten lassen, so toll sie ihren Job auch macht. Wir werden zwar zurzeit nicht gerade von Kunden überrannt, aber wenn sich Kauflustige in den Laden verirren, sollten sie auch vernünftig beraten werden.«

»Wie wäre es dann mit einem verlängerten Wochenende?« Adalbert ließ nicht locker, was Bea rührte.

»Nun, das ginge vielleicht, vorausgesetzt, Nele unterstützt Rieke. Hast du denn ein bestimmtes Reiseziel im Auge?«

»Hamburg ist immer wieder eine Reise wert, Schleswig ebenso. Flensburg ist ebenfalls wunderschön, oder wir fahren auf eine Hallig. Du sprichst, seit ich dich kenne, davon, dass du mal ein paar Tage auf Langeneß, Gröde, Oland oder Hooge verbringen möchtest.«

Beas Herz begann augenblicklich wild zu klopfen, ein unfehlbares Zeichen dafür, dass Adalberts Vorschlag ganz nach ihrem Geschmack war.

Land unter auf einer Hallig … Abgeschnitten von der Außenwelt … War das nicht ein spannender Stoff für ein Buch?

»Lass uns das machen«, stimmte sie vergnügt zu, als sie direkt vor der Brücke standen. »Ich spreche gleich nach unserem Spaziergang mit Nele, und du könntest dich, wenn du magst, nach Unterkünften umhören. Die sind zwar meist Monate im Voraus ausgebucht, aber wer weiß, vielleicht haben wir Glück.«

»Wenn es so sein soll, dann soll es so sein«, erwiderte Adalbert und reichte Bea den Arm, als wollte er sie um ein Tänzchen bitten. »Wie sieht's aus, Frau Vrohne-Hansen, darf ich Sie über die Schwelle führen?«

»Wie wäre es mit tragen?«, konterte Bea verschmitzt grinsend und hatte diebischen Spaß an Adalberts entsetztem Gesichtsausdruck. »Ja, was denn, was denn? Wer jung genug ist, um auf einem SUP-Board zu stehen, wird es doch wohl noch schaffen, seine Angetraute zu schultern. Zumal ich nun wahrlich nicht viel wiege.«

Adalbert umschlang Beas schmale Hüften, doch die lachte, wand sich aus seiner Umarmung und sprintete über die Lügenbrücke. Dann drehte sie sich zu ihrem Mann um und warf ihm eine Kusshand zu.

»Du bist echt verrückt, aber genau dafür liebe ich dich«, rief er grinsend.

11

Vero

Vero stand auf der ausladenden Terrasse ihres Friesenhauses am Rande von Morsum und blickte stolz auf den Garten, der sich unterhalb der Veranda aus Holz weitläufig vor ihren Augen erstreckte. Das war das Schöne an der Anordnung des Langdorfes, das weitgehend parallel zu den Schienen der Bahnlinie verlief: Hinter den Häusern lagen riesige Grundstücke und Felder, so weit das Auge reichte. Der Anblick der knorrigen Obstbäume auf ihrem Grundstück ließ ihr Herz höherschlagen: Birnen färbten sich allmählich goldgelb, die Sommeräpfel hatten rote Bäckchen, die Kirschen waren längst abgeerntet, am Walnussbaum reiften die Früchte, ein kleines Paradies für Eichhörnchen. Vero hatte in den vergangenen Wochen zahllose Abende damit verbracht, Obst zu pflücken, zu entsaften, Marmelade zu kochen und Kuchen zu backen. Die kleine Liu naschte gern Veros Pflaumenmus mit Zimt, Leon konnte seine Finger kaum vom Kirschstreuselkuchen lassen, Bea aß gern täglich einen knackfrischen Apfel. Keiner ihrer Lieben brauchte je Salat, Gemüse oder Obst zu kaufen, denn Veros Reich war eine wahre Schatzkammer, die sie gern jederzeit großzügig öffnete. Alles war natürlich angebaut, Vero verabscheute chemische Dünge- und Schädlingsbekämpfungsmittel genau wie Convenience-Food.

Auch wenn sie nicht mehr so gut hören konnte wie früher, drang ein Gespräch zwischen Nele und ihrem Mann Hinrich an ihr Ohr.

Es war fünf Uhr nachmittags, und Nele war gekommen, um mit ihr über die gewünschte Typveränderung zu sprechen.

Vero war aufgeregt wie ein kleines Kind, schämte sich jedoch zugleich ein wenig für die ungewohnte Eitelkeit.

»Nele ist da«, rief Hinrich von drinnen, statt den Gast persönlich auf die Terrasse zu begleiten. Sein Tonfall klang in ihren Ohren ein wenig verwundert, vermutlich hatte er schon wieder vergessen, dass Vero ihm beim Mittagessen erzählt hatte, dass Nele kurz vor dem offiziellen Treffen des Familienrats vorbeischauen wollte.

»Moin, Vero, alles gut bei dir?«, fragte Nele, die heute ganz besonders strahlend aussah. »Wollen wir die Typberatung hier draußen machen oder lieber bei dir oben im Schlafzimmer? Mein Tablet hat zwar noch ein bisschen Akku, aber es kann sein, dass ich es gleich ans Ladekabel anschließen muss.«

»Wieso Tablet?«, fragte Vero verwirrt.

»Weil ich dir Vorschläge für Frisuren, Haarfarben, Kleidung, Fitnessvideos und Anleitungen fürs Basenfasten zeigen möchte, die du demnächst in Angriff nehmen müsstest, wenn du bis zu unserer Hochzeit in Form kommen willst.«

Farbe?! Fitness?! Fasten?! »Habt ihr denn schon einen Termin?«, fragte Vero mit banger Stimme. Es war das eine, sich eine verbesserte Version des eigenen Selbst zu wünschen, aber etwas völlig anderes, aktiv etwas dafür zu tun. Mit einem Mal war Vero sich nicht sicher, ob sie wirklich bereit war, Dinge in Angriff zu nehmen, die ihr schwerfielen.

»Was machst du denn für ein Gesicht?«, fragte Nele, die natürlich ahnte, woher der Wind wehte. »Keine Sorge, du hast noch viel, viel Zeit. Sven fand meine Idee, an Halloween zu heiraten, zwar originell, machte mich aber darauf aufmerksam, dass das arg kurzfristig wäre, es sei denn, wir sprechen vom nächsten Jahr. Momentan stehen die Zeichen auf Biikebrennen. Was hältst du von diesem Datum?«

»Eine Winterhochzeit?« Vero wusste gerade nicht, wie sie die Vorstellung finden sollte, am 21. Februar ein Ereignis zu feiern, das ihrer Ansicht nach förmlich nach Sonne und Wärme schrie. Allerdings war das Wetter auf Sylt ganz besonders unberechenbar, sie hatte durchaus schon Tage im Januar oder Februar erlebt, die sonnig und mit achtzehn Grad äußerst mild waren. Aber genauso gab es Tage, an denen ein schneidender Ostwind jegliches Sommergefühl zunichtemachte und sowohl Insulaner als auch Urlauber mit seiner eisigen Kälte an den Rand der Verzweiflung trieb. »Das … das könnte sehr stimmungsvoll sein. Immerhin lieben wir alle das Biikefeuer und das Grünkohlessen danach. Aber soll es denn überhaupt Grünkohl geben, oder wollt ihr anlässlich dieses besonderen Ereignisses mit der nordfriesischen Tradition brechen?«

»Auf keinen Fall! Grünkohl, karamellisierte Kartoffeln, Schnaps, Tanz. Wir wollen das volle rustikale Programm. Schön, dass wir schon mal deinen Segen haben, mal schauen, was die anderen gleich dazu sagen«, erwiderte Nele vergnügt, setzte sich an den runden Holztisch und startete das Tablet. »Womit fangen wir an? Mit deinen Haaren? Deinen neuen Outfits?«

»Meinst du wirklich, ich sollte mir auf meine alten Tage die Haare färben?«, fragte Vero zweifelnd und setzte sich neben Nele. »Ich bin schon seit vielen, vielen Jahren grau, was würden die Leute sagen, wenn ich auf einmal erblonde oder zum Rotschopf mutiere? Oder woran hast du genau gedacht?«

»Als Erstes solltest du dir einen schicken Bob schneiden lassen«, erwiderte Nele und deutete auf Fotos von älteren Models, die allesamt so aussahen, als seien sie nur künstlich auf älter getrimmt und im wahren Leben gerade mal Ende vierzig. »Den hattest du zwar vor ein paar Jahren, bist dann aber wieder zu deinem eher biederen Dutt zurückgekehrt, was ich schade finde.«

»Das habe ich getan, weil ich weder Zeit noch Geld habe, um alle sechs Wochen zum Friseur zu gehen«, hielt Vero dagegen. »Wenn ich mich wirklich entschließen sollte, zu färben, müsste ich wahrscheinlich sogar einmal im Monat, und das wäre mir wirklich zu viel. Aber ich kann mir auch nicht alternativ dieses stinkige Hennazeug in die Haare klatschen. Und selbst wenn ich es könnte, würde ich aussehen wie Pumuckl und nicht so wunderschön wie du. Über einen anständigen Schnitt lasse ich mit mir reden, aber nicht übers Färben!«

»Da ich geahnt habe, dass du dich sträuben würdest, habe ich dir einen Vorschlag für ein richtig gutes Silbershampoo herausgesucht, das dein Haar nicht so gelbstichig, matt und kraftlos erscheinen lässt. Fein, dann haben wir also Punkt eins geklärt, kommen wir zu deiner Kleidung. Ich weiß, dass du es bequem magst und dich beim Kochen und Backen nicht eingeengt fühlen willst, aber es gibt deutlich witzigere und schmeichelhaftere Outfits als deine weiten Tuniken, Pullover und Schlabberhosen. Ein Paar coole Sneaker würden auch wesentlich peppiger wirken als deine breiten Sandalen.«

»Aber Birkenstocks sind doch gerade total in Mode«, protestierte Vero, die sich in diesem Moment fühlte wie ein Dinosaurier, kurz bevor diese Spezies ausstarb. War es denn wirklich so schlimm um sie bestellt? Und wenn dem tatsächlich so war, weshalb umgarnte Starkoch Holger Hartwig sie dann?

»Wenn wir ehrlich sind, sehen diese Sandalen nur an langbeinigen, zartgliedrigen Models gut aus. Ich bereue es schon, dass ich mir neulich in Westerland ein Paar in Gold gekauft habe. Wahrscheinlich werde ich sie Lissy schenken, die nach ihren zwei Schwangerschaften Plattfüße hat. Übrigens ihre Worte, nicht meine.«

Wie aufs Stichwort ertönte ein zartes »Hallooooo«, Lissy betrat die Veranda mit der kleinen Liu im Schlepptau, die sich ungewohnt schüchtern hinter den Beinen ihrer Mama versteckte.

»Habe ich da gerade meinen Namen in Zusammenhang mit der Farbe Gold gehört?«, fragte Lissy und schaute in die Runde. »Vergiss es! Wenn schon Glitzer und Glamour, dann Silber. Gold steht mir überhaupt nicht.«

»Dann muss Nele die Schuhe eben Silber einfärben«, erwiderte Vero und stand auf, um den Besuch zu begrüßen. Sie liebte Lissys Tochter wie ihr eigenes Fleisch und Blut und freute sich, dass die Kleine mal wieder hier war. Es war allerdings verwunderlich, dass sich Liu im Hintergrund hielt und ihr sonst so kräftiges Stimmchen plötzlich so zart war wie das eines Elfenwesens. »Na, du kleine Zuckerschnute, wie geht es dir heute?«, fragte Vero und hätte Liu am liebsten auf den Arm genommen. Doch erstens war Lissys Tochter mittlerweile zu schwer für sie, und zweitens hatte Liu erst neulich dagegen protestiert, ständig in der Gegend herumgetragen zu werden wie eine Puppe.

Anstelle einer Antwort löste sich die Kleine von Lissy und rannte schnurstracks auf die Schaukel zu, die Hinrich extra für sie am Kirschbaum in einer Höhe befestigt hatte, die Liu gut erreichen konnte. Allerdings brauchte sie dafür Anschwung und natürlich eine Aufsichtsperson, damit nichts passierte.

»Ich gehe mal eben mit«, verkündete Nele und rannte hinter Lissys Tochter her.

»Liu ist zurzeit sehr eifersüchtig auf Niels, deshalb bin ich extra früher gekommen, damit sie noch ein bisschen Zeit mit euch hat, bevor Leon mit dem Baby nachkommt. Ich wollte vermeiden, dass sich die Aufmerksamkeit zu sehr auf Niels konzentriert«, erklärte Lissy sichtlich angespannt.

»Tut mir leid, dass das bei euch gerade so schwierig ist«, erwiderte Vero und beobachtete gerührt, wie Nele Liu auf den Schoß nahm und gemeinsam mit ihr sanft zu schaukeln begann. »Ich kenne das Problem von meinen Kindern und weiß genau, wie du dich fühlst.«

»Haben die ihre kleinen Geschwister auch mit Knüffen und Zwicken traktiert?«, fragte Lissy und blickte ebenfalls zur Schaukel hinüber. Ein vergnügtes Quietschen flog durch die Luft, genau wie die kurzen Beinchen von Liu in der dunkelblau-weiß geringelten Leggins, die sie unter ihrem hellblauen Kleidchen trug, das sie neulich von Bea geschenkt bekommen hatte.

»Nein, das haben sie zum Glück nicht«, erwiderte Vero und zog ihre Stirn kraus. Oje, das klang ja gar nicht gut. Mitgefühl für die Kleine, aber auch für ihre Mutter wallte in Vero auf, denn sie wusste haargenau, dass Lissy sich mit dieser Situation quälte. Wenn es eine Person gab, für die Harmonie geradezu lebenswichtig war, dann war das Lissy. Sie hatte ihre Eltern bei einem Autounfall verloren und war von ihrem Freund betrogen worden, bevor sie nach Sylt gekommen war. Seitdem waren viele, viele Jahre vergangen, doch eines hatte sich nicht geändert: Lissy brauchte Geborgenheit und Frieden so sehr wie die Sylter Luft zum Atmen.

»Ich habe am Mittwoch einen Termin bei einer Kinderpsychologin und hoffe, dass sie uns helfen kann. So, jetzt aber genug von mir. Wie geht's dir? Was macht das Café?«

»Über das Café sprechen wir gleich, ansonsten ist alles in bester Ordnung. Nele hat gerade erzählt, dass Sven und sie zur Biike heiraten werden, und ich bastle im Geiste schon am Menü, wie du dir sicher vorstellen kannst.«

»Zur Biike?! Also im Februar?!« Lissy räusperte sich. »Das kommt jetzt aber ein bisschen überraschend.«

»Hat Nele dir noch gar nichts davon erzählt?«, fragte Vero erstaunt. Sie war ganz selbstverständlich davon ausgegangen, dass Lissy als Erste von dem Datum der Hochzeit erfahren hatte.

»Wovon habe ich nichts gesagt?«, erkundigte sich Nele, die, mit der kleinen Liu an der Hand, zurückgekommen war.

»Vom Biikebrennen«, erwiderte Lissy und schaute ihre Tochter prüfend an. Diese sah fröhlich aus und hatte rote Wangen, endlich mal wieder. »Das bedeutet dann wohl ein langärmliges Kleid und einen Mantel als Dresscode. Wollt ihr im Hotel feiern oder einen anderen Festsaal mieten?«

»Was ist mit Biike?« Bea und Adalbert hatten nun ebenfalls die Terrasse betreten und blickten neugierig in die Runde. Dann drehte Bea sich zu Adalbert, der heute mal wieder verboten gut aussah, wie Vero feststellte, als sich in genau diesem Moment Hinrich zu den Gästen gesellte. Größer könnte der Unterschied zwischen uns kaum sein, dachte Vero. Bea und

Adalbert sind beide hochgewachsen, schlank, durchtrainiert, geschmackvoll gekleidet und wirken deutlich jünger, als sie sind. Wohingegen Hinrich und ich das rundliche, schlaffe Gegenstück bilden, das es sich eher auf der Couch gemütlich macht und liest, statt sich gesund zu ernähren und regelmäßig Yoga zu machen, was ja an sich okay ist. *Aber trotzdem …*

In diesem Moment ärgerte sie sich darüber, dass Hinrich ausgerechnet heute seinen fusseligen Wollpulli herausgekramt hatte, der Löcher am Bündchen und am Ärmel hatte. Hinrich warf niemals etwas weg, doch Vero konnte es nicht leiden, wenn Kleidung kaputt oder schmutzig war, weshalb sie den Pulli ganz hinten in ihrer eigenen Kommode versteckt hatte. Wie Hinrich ihn in der Schublade gefunden hatte, bevor sie ihn ausbessern konnte, war ihr schleierhaft.

»Weißt du noch, dass wir beide ursprünglich auch an Biike heiraten wollten?«, fragte Bea, und Adalbert lächelte verliebt.

Vero durchfuhr ein kleiner Stich, wenngleich sie es ihrer Freundin von Herzen gönnte, so angehimmelt zu werden. Bea hatte lange Zeit gebraucht, um den Tod von Knut zu verwinden, und es hatte Momente gegeben, in denen Vero befürchtet hatte, dass Bea sich in ihrer Trauer völlig auflösen und einfach verschwinden würde …

»Ich finde die Idee großartig, das ist doch mal etwas ganz anderes als die ewigen traditionellen Frühlingshochzeiten. Aber sag, wo ist denn Sven? Steckt er wieder im Hotel fest?«, fragte Adalbert.

»Wahrscheinlich«, erwiderte Nele und checkte ihr Handy, aufmerksam beobachtet von Liuna-Marie, die Smartphones ungeheuer faszinierend fand und jede Gelegenheit nutzte, um sich eines zu schnappen, wenn sie sich unbeobachtet wähnte.

»Ich bin hier und zudem in Begleitung von Rieke, Leon und Niels«, verkündete Sven und lächelte fröhlich in die Runde. »Habe ich da eben etwas von Hochzeit gehört?«

Beim Anblick ihres Brüderchens stieß Liu einen ohrenbetäubenden Schrei aus, stampfte mit dem Fuß auf und rannte wieder in Richtung Schaukel. Der Ausruf »Langweiliger Blödnüss!« schallte durch den Garten, und in Vero krampfte sich alles zusammen. Es tat ihr in der Seele weh, mit anzusehen, dass Lissys Familie nach der schwierigen Schwangerschaft und der komplikationsreichen Geburt von Niels erneut große Probleme hatte. Hörten die Schwierigkeiten denn niemals auf?

12

Lissy

Möchte jemand einen kleinen Absacker?«, fragte Hinrich, doch niemand nahm sein Angebot an, offenbar wollten alle einen klaren Kopf für die Sitzung behalten. Also schenkte er sich einen Kräuterschnaps ein und kippte das Glas in Windeseile. Kurz darauf folgte ein zweites.

Da es mittlerweile kühl draußen geworden war, hatte sich der *Familienrat* nach dem Essen ins Innere des Friesenhauses verzogen, wo ein Kachelofen behagliche Wärme verströmte.

»Lasst uns endlich mit der Besprechung loslegen, Rieke hat sicher heute Abend weitaus Interessanteres vor, als stundenlang hier mit uns zu sitzen und Probleme zu wälzen«, ergriff Bea energisch das Wort.

»Ich bleibe, bis wir eine Erfolg versprechende Strategie gefunden haben«, erwiderte Rieke, die ihre blonden Haare heute offen trug und der das eng anliegende Kleid aus dunklem Denim ganz hervorragend stand. Lissy freute sich darüber, dass ihre ehemalige Auszubildende so engagiert bei der Sache war und sich ernsthaft für die Belange des Büchernests interessierte. Rieke hatte nach dem Abschluss ihrer Lehre Angebote von der *Badebuchhandlung* in Westerland bekommen, und sie hätte auch bei der Organisation des Kampener Literatursommers mitarbeiten können, wenn sie dies gewollt hätte.

»Hat irgendjemand eine Idee, wie wir wieder zu altem Glanz zurückfinden?«, fragte Bea und musterte jeden Einzelnen.

Lissy hüstelte verlegen, denn sie war in den vergangenen Tagen viel zu sehr mit ihrer Familie beschäftigt gewesen, um jetzt mit neuen Ideen oder gar Konzepten aufwarten zu können.

»Wir müssten auf alle Fälle Werbung machen, um mehr Besucher ins Kapitänshaus zu locken«, sagte Nele, die nahe bei Sven auf dem gemütlichen Lesesessel von Hinrich saß, der mittlerweile den dritten Schnaps intus hatte. »Wir sollten attraktive Flyer in großen Mengen drucken und sie überall dort verteilen, wo Urlauber sie in die Hand bekommen, also in Hotels, Ferienwohnungen, Restaurants, Bars, den Touristeninformationen und am besten auch in den Supermärkten und Läden. Auch Plakate könnten hilfreich sein, genau wie Werbung auf den Bildschirmen in den Bussen.«

»Können wir uns das denn leisten?«, fragte Vero und zupfte an ihrer langen Hemdbluse herum. »Und damit meine ich nicht nur den Druck der Werbemaßnahmen, sondern auch das hochwertige Papier, damit die Werbung einen guten Eindruck macht, sowie das Verteilen und Plakatieren. Natürlich brauchen wir zudem jemanden, der die Logistik für all das ausarbeitet. Außerdem benötigen wir einen richtigen Namen für das Café. Seit dem Umzug ist es ja nicht mehr in die Buchhandlung integriert, also ist der Name Büchernest im Grunde unzutreffend.«

»Wo du recht hast, hast du recht«, mischte sich nun Hinrich ins Gespräch, eher ungewöhnlich für jemanden, der es gern einfach und gemütlich hatte. »Ohne einen eigenen Namen kann Vero den Laden bald dichtmachen«, fuhr er fort, »denn wie soll sie sonst auf sich aufmerksam machen? Natürlich gibt es Kunden, die beim Verlassen der Buchhandlung das Hinweisschild auf das Café bemerken und dann in den Pavillon gehen, doch wenn zu wenig Kundschaft in den Laden kommt, dann beißt sich die Katze in den Schwanz, der neue Standort ist ein Flop. Nichts gegen dich, Bea, und deine Idee, aber hier läuft gerade etwas gewaltig schief, und ich habe allmählich die Nase voll von den ewigen Problemen. Wir sind schon alt und sollten das Leben auf unserer schönen Insel genießen, statt uns ständig zu stressen.«

»Was soll das denn heißen?«, empörte sich Vero. »Willst du, dass wir aufgeben und das Büchernest ab sofort Geschichte ist, oder was?«

»Wenn ihr mich fragt, hättet ihr das schon tun sollen, als der Vermieter den Pachtvertrag nach dem Wasserschaden gekündigt hat. Es hat doch keinen Sinn, ständig gegen Windmühlen zu kämpfen und sich dabei auszulaugen. Du kannst doch weiterhin Kuchen backen und Suppen kochen. Und du, Bea, hast ohnehin eine Karriere als Buchautorin vor dir. Nele will bald heiraten und bekommt massenweise Aufträge als Kinderbuchillustratorin, und Lissy ist vollauf mit den beiden Lütten beschäftigt.«

Nun meldete sich Leon zu Wort. »Aber geht es nicht darum, dass ihr eine alte Tradition bewahren und den Menschen hier im Ort weiterhin den Kauf von Büchern ermöglichen wollt? Und wenn dieser Traum der Bequemlichkeit, gepaart mit Ohnmachtsgefühlen und Pessimismus, geopfert wird, gibt es bald nur noch in Westerland Buchhandlungen. Und das wäre doch jammerschade, denn die Kinder der Urlauber haben ein Anrecht darauf, auch hier in Keitum Malbücher, Rätselhefte, Detektivromane und Bestimmungsbücher für Strandfunde zu bekommen. Wir sollten alles daransetzen, zu verhindern, dass es in diesem schönen Dorf fast nur noch Kleidung zu kaufen gibt. Wie viele Boutiquen haben wir hier eigentlich? Sieben?«

»Über zwanzig«, korrigierte Nele ihn, dann war es eine Weile still im Raum.

»Ich gebe Leon recht«, meldete sich schließlich Rieke zu Wort. »Wir müssen kreativer werden und könnten eine ganze Menge erreichen, auch ohne exorbitante Summen für Werbung auszugeben. Ihr wisst, dass Social Media heutzutage das A und O ist, betreibt das aber bislang nur halbherzig. Lasst mich ein Konzept dafür entwickeln und gebt mir die Freiheit, zu tun, was ich für richtig halte, dann kann ich sicher einiges auf die Beine stellen, was hilft, um unseren Bekanntheitsgrad zu steigern. Egal, wie ihr über Insta und Co. denkt, es geht heutzutage nicht mehr ohne.«

Sven nickte zustimmend und fuhr sich dabei über die Stoppeln seines Dreitagebarts, den er seit Kurzem trug und der ihm ausgesprochen gut stand. »Rieke bringt es auf den Punkt. Ohne Social-Media-Präsenz läuft heutzutage gar nichts, so viel ist klar.«

»Was müssten wir denn deiner Ansicht nach tun?«, wollte Bea wissen, die sich eifrig Notizen machte. »Wir sind doch auf Facebook und Instagram, oder etwa nicht?«

»Man muss täglich online sein, Reels erstellen und sollte nicht nur Fotos von Büchern posten, sondern auch von Sylt«, erklärte Rieke. »Schön wäre auch, Videos mit Buchtipps aufzunehmen, zugeschnitten auf Alter und Lesevorlieben. Also Bea für die gehobene Literatur, Lissy für Kinderbücher, ich für den

Bereich New Romance und Nele für gute Unterhaltung, Mode, Kunst und Lifestyle. Hinrich hätte ich gern für Krimis und Adalbert für Themen, die sich im weitesten Sinne mit Mindstyle, Yoga sowie Achtsamkeit befassen. Und du, Vero, stehst natürlich für die Kulinarik.«

»Ich soll vor die Kamera?«, empörte Hinrich sich. Sein Gesicht hatte einen ungesunden Rotton angenommen, die Augen wirkten glasig. »Nur über meine Leiche! Ich mache mich doch nicht zum Affen, nur weil ich abends gern in einem spannenden Buch schmökere und gern Krimiserien gucke, die an der See spielen.«

»Könntest du es nicht zumindest mal versuchen?«, fragte Adalbert, der sich bislang dezent zurückgehalten und das Gespräch aufmerksam verfolgt hatte. »Auch ich habe so was noch nie zuvor gemacht, aber wenn es hilft, das Büchernest wieder auf die Beine zu bringen, bin ich gern bereit, über meinen Schatten zu springen und etwas Neues auszuprobieren. Vorausgesetzt, du hilfst mir dabei, Rieke.«

»Dann macht ihr das mal, und lasst mich bitte in Ruhe mit dem ganzen Tinnef!« Hinrich griff zur Flasche und schenkte sich einen vierten Schnaps ein.

Vero rutschte auf dem Sessel hin und her, Lissy konnte förmlich spüren, wie unangenehm ihr das Verhalten ihres Mannes war.

»Das klingt so weit schön und gut, aber was unternehmen wir bezüglich des Cafés?«, fragte Vero schließlich.

»Wie gesagt: Du empfiehlst Bücher über das Kochen und Backen sowie Ernährungsratgeber, und es wäre superschön, wenn du während deiner Arbeit Videos im Café produzieren könntest, bei denen ich dir natürlich sehr gern helfe.«

Vero machte: »Hm«, und es war still im Raum. Bis Niels plötzlich erwachte und anfing zu weinen.

»Ich fürchte, der kleine Mann hat Hunger«, sagte Lissy entschuldigend. »Am besten gehe ich mal kurz nach oben, um ihn dort in Ruhe zu stillen.«

»Und ich würde sagen, dass wir heute schon eine ganze Menge an Vorschlägen gehört haben, die wir erst mal sacken lassen und dann genauer unter die Lupe nehmen sollten. Rieke, es ist sehr schön, dich bei uns an Bord zu haben, und ich gebe dir freie Hand, zu tun, was du für nötig hältst. Also, Kinners, dann mal gute Nacht. Wir sehen uns spätestens am Montag.« Mit diesen Worten stand Bea auf, und Lissy schnappte sich das Tragekörbchen von Niels.

Nach dem nervenaufreibenden Treffen kuschelte sich Lissy am Abend im Bett in die wärmenden Arme ihres Mannes. Durch das geöffnete Fenster ertönte der Ruf eines Käuzchens, der sich mit den Schreien der Möwen abwechselte, die noch spät ihre Kreise über dem alten Kapitänsdorf zogen. Der Wind bauschte die Vorhänge auf, Niels schlief tief und fest in seinem Kinderbettchen neben Lissy.

»Ich habe heute übrigens erfahren, dass die Redaktion zum Ende des Jahres umstrukturiert wird«, sagte Leon, während er Lissys Arm streichelte, und seufzte tief. »Die Zeitung wurde gerade an einen großen Konzern verkauft, und es kann sein, dass das Auswirkungen auf meinen Job hat. Der Käufer setzt fast nur noch auf online. Außerdem bin ich denen zu alt, wie mir der Vorstand vorhin schonungslos mitgeteilt hat.«

Lissy war mit einem Schlag wieder hellwach. »Zu alt?«, fragte sie bestürzt. »Du bist noch nicht mal vierzig.«

»Trotzdem suchen sie jemanden, der ihrer Ansicht nach näher am Puls der Zeit ist, der über Themen schreibt, die polarisieren und zur Online-Diskussion anregen, kurz: die hohe Klickzahlen bringen«, widersprach Leon.

Lissy stockte der Atem. Soweit sie wusste, gab es auf Sylt keine berufliche Alternative für Leon.

»Mach dir keine Sorgen, ich finde schon eine Lösung, denn ich werde auf keinen Fall für diesen Konzern arbeiten. Das verbieten mir mein Ehrgefühl und mein Berufsethos.«

»Ich mache mir keine Sorgen, denn ich weiß, was du kannst und wer du bist«, erwiderte Lissy und versuchte so viel Überzeugungskraft in ihre Stimme zu legen, wie sie um diese nachtschlafende Zeit aufbringen konnte. Insgeheim schlug ihr jedoch das Herz bis zum Hals, denn das Timing hätte nicht schlechter sein können.

13

Nele

Nele summte am Sonntagmorgen fröhlich vor sich hin, während Schneeweißchen im Körbchen schlafenderweise seine hellrosa Zunge herausstreckte. Die Pfoten des Kätzchens zuckten, als sei es gerade auf Mäusejagd. Nachdem Nele sich in der Küche einen Kaffee gekocht hatte, tappte sie barfuß über den Holzboden des Büchernests, das heute geschlossen hatte. Sven war nach dem gestrigen Treffen des Familienrats ins Hotel zurückgegangen, weil er etliches im Büro aufarbeiten musste. Immer noch ein wenig verträumt trank Nele den Kaffee, tippte die Nummer von Sophie auf ihrem Handy an und freute sich, dass diese bereits nach dem zweiten Klingeln ranging.

»Na, wo steckt ihr?«, fragte Nele ihre Freundin und blickte durch das Rundbogenfenster in Beas Garten. Heute lag ein zarter Grauschleier über Sylt, wie ein Vorbote für die bevorstehende kühlere Jahreszeit, wenn das helle Grau gelegentlich in Anthrazittöne überging, Stürme über die Insel jagten und es gar nicht mehr richtig hell wurde.

»In der Bretagne«, erwiderte Sophie gut gelaunt. »Es ist hier ähnlich frisch wie auf Sylt, und es gibt jede Menge Austern, also hätten wir im Grunde gar nicht wegfahren müssen. Trotzdem ist es großartig, ohne bestimmtes Ziel und ohne Plan unterwegs zu sein. Mal schauen, wohin es uns als Nächstes verschlägt.«

»Seit wann magst du denn Austern?«, fragte Nele verwundert.

»Bislang mochte ich nur ihre Schalen, aber jetzt sehe ich sie aus einem anderen Blickwinkel«, erklärte Sophie.

Ole verkaufte in seinem Laden Kerzen in Austernschalen, die gerade im Herbst ein echter Verkaufsschlager waren. Sophie half ihm ab und zu dabei, die Schalen mit Wachs auszugießen, einen Docht hineinzustecken und die Schale anschließend mit schönen Schnüren, die sie durch Muschelschnecken steckte, zu verschönern.

»Ich finde sie zwar immer noch glibberig und völlig überbewertet. Aber sie gehören nun mal zu diesem Landstrich dazu wie die hohen Wellen, die zerklüftete Küste und der raue Wind. Und wie geht's euch? Alles gut?«

Nele berichtete von ihren Planungen für die Hochzeit und der Tagung des Familienrats. Sie ließ jedoch unerwähnt, dass die Auszeit von Sophie weit mehr Probleme mit sich brachte als gedacht. Die Freundin sollte schließlich ihren Liebesurlaub mit Ole ungestört genießen. Zuletzt fragte sie, ob sie gemeinsam mit Sven in Oles Haus in List umsiedeln durfte.

»Klar, macht das«, sagte Ole, der das Telefonat anscheinend mithörte. »Kein Ding, ich freue mich, wenn wieder Leben in der Bude ist und ich euch einen Gefallen tun kann. Du kennst ja den Spruch ›Drum prüfe, wer sich ewig bindet‹ …«

»Das ist eine tolle Idee«, stimmte nun auch Sophie zu, die Ole offensichtlich das Handy wieder weggenommen oder auf die Lautsprecherfunktion umgestellt hatte. »Wenn wir zwei die monatelange Tour im Bulli schaffen, ohne uns heillos zu zerstreiten, wüsste ich nicht, was uns noch auseinanderbringen könnte, also ist so ein Crashtest wahrscheinlich gar nicht so verkehrt. Bin gespannt, wie es bei euch läuft.«

Nachdem Nele noch ein Weilchen mit ihrer Freundin geplaudert und ihr eine gute Weiterreise gewünscht hatte, schickte sie eine Nachricht mit der Frage »Wann wollen wir nach List umziehen?« an Sven, gepaart mit einem zwinkernden Smiley.

Sein »Von mir aus gern gleich heute Abend« erfolgte so schnell, als hätte Sven nur auf diese Nachricht gewartet.

Nele schmunzelte, ein warmes Gefühl durchströmte ihren Körper, und sie verlor sich eine Weile in romantischen Träumereien über das Zusammenwohnen auf Probe. Sie freute sich am meisten darauf, abends gemeinsam mit Sven einzuschlafen und am nächsten Morgen wieder neben ihm aufzuwachen. Seite an Seite, Haut an Haut. Früher hatte sie nach einer Liebesnacht stets das Weite gesucht, doch mit Sven war es anders: Er war nach und nach zu ihrem sicheren Hafen geworden, ohne dass das Zusammensein mit ihm langweilig wurde oder an Attraktivität verlor.

Nachdem sie das Handy beiseitegelegt hatte, ging sie in der Buchhandlung auf und ab, um zu schauen, ob dort auch wirklich alles so war, wie die Kunden es wünschten, oder ob man, von Werbung abgesehen, noch etwas optimieren konnte. Doch so kritisch sie auch in alle Ecken blickte, sie fand keinen Grund, weshalb Lesehungrige das neue Büchernest nicht genauso lieben sollten wie das alte.

Das Kapitänshaus hatte weitaus mehr Charme als der schlichte Bau am Keitumer Watt. Man hatte das Gefühl, bei guten

Freunden zu Besuch zu sein und sich ganz in Ruhe dem Zauber der Bücherwelten hingeben zu können. Allerdings fehlte die Lebendigkeit, die vorher durch die direkte Anbindung des Cafés geherrscht hatte, das Sortiment war deutlich reduzierter, und Kinder konnten hier nicht mehr so herumtoben wie früher. Statt der Sitzsäcke und der Spielecke in der Kinderbuchabteilung gab es antike Sessel, Erbstücke aus Beas Familie. Wenn Nele ehrlich mit sich war, wirkte die Buchhandlung eher wie ein schönes Museum und war immer noch einen Tick zu dunkel, egal, wie häufig Nele und Lissy schon mit der Beleuchtung herumexperimentiert hatten.

Je länger Nele die Buchhandlung kritisch beäugte, desto unsicherer wurde sie, denn Hinrichs bittere Worte vom Vorabend hallten in ihren Ohren nach. Natürlich hatte Veros Mann gestern einen *im Tee* gehabt, aber er hatte genau das ausgesprochen, was Nele schon seit Wochen gefühlt, jedoch nicht weiter durchdacht hatte, dazu war sie zu sehr mit der Vorfreude auf die Hochzeit und mit ihren Kinderbuchillustrationen beschäftigt gewesen. Deshalb zuckte sie beinahe schuldbewusst zusammen, als sich die Tür der Buchhandlung öffnete und auf einmal Lissy vor ihr stand.

»Habe ich dich erschreckt?«, fragte diese und umarmte Nele zur Begrüßung. »Du hast doch nicht etwa vergessen, dass wir verabredet sind, um in die *Kleine Teestube* zu gehen, oder?«

»Natürlich nicht«, sagte Nele. »Ich freue mich schon seit dem Aufwachen auf unser Treffen. Lass uns schnell los, damit wir die knappe Zeit ausgiebig nutzen können.«

Die Freundinnen schlugen den Weg zum Westerhörn ein und gingen den letzten Teil der Strecke Arm in Arm. Mittlerweile hatte die Sonne die Wolkendecke durchdrungen und kitzelte mit ihren Strahlen Neles Nase. Der leichte Wind wehte den Duft der Sylter Heckenrosen heran, mit denen die Keitumer Friesenwälle üppig bepflanzt waren. In den Rosenduft mischte sich der von Rosmarin und Lavendel, die auf der Insel ebenfalls wunderbar gediehen. Die beiden Freundinnen hielten kurz vor dem Schaufenster eines Ladens, in dem Wintermäntel und Daunenjacken präsentiert wurden, jedoch zu schier unerschwinglichen Preisen, also gingen sie rasch weiter.

»Wollen wir auf der Terrasse sitzen oder drinnen?«, fragte Lissy, als sie durch die Eingangspforte gegangen waren und sich suchend umschauten. Nele erkannte sofort, dass beinahe jeder Platz draußen belegt war, obwohl die *Kleine Teestube* gerade erst geöffnet hatte. Nach einigem Hin und Her entschieden sie sich hineinzugehen, denn beide liebten die plüschigen Sofas und den köstlichen Duft, der aus der Backstube strömte.

»Heute gönne ich mir Waffeln mit Pflaumenmus«, beschloss Lissy, und Nele lief bei dem bloßen Gedanken an das Feingebäck das Wasser im Munde zusammen. Nachdem die zwei bestellt hatten, wurde sie unruhig, denn sie hatte sich vorgenommen, Lissy endlich zu fragen, ob sie ihre Trauzeugin werden wollte. Doch ihr Herz galoppierte mit einem Mal wie ein scheuendes Pferd, was sich schrecklich anfühlte, und sie wusste nicht, was mit ihr los war.

»Kann es sein, dass du heute ein bisschen durch den Wind bist?« Lissy schaute Nele fest in die Augen, und eine Sekunde lang glaubte Nele, dass Lissy gerade mehr über ihren Seelenzustand wusste als sie selbst. Vielleicht hatte sie eine Erklärung für Neles instabile Gefühlslage? »Bist du nervös wegen der Hochzeit und des relativ knappen Zeitplans?«, fragte Lissy.

Nele überlegte, ob das immer wiederkehrende Flattern ihrer Nerven tatsächlich damit zu tun hatte, dass noch so viel zu planen und zu organisieren war. Oder was war sonst mit ihr los? Sie war doch glücklich mit Sven und freute sich unbändig auf die Hochzeit.

»Im Übrigen solltest du mir so bald wie möglich verraten, wie du dir deinen Junggesellinnenabschied vorstellst und was du dir als Geschenk wünschst.«

Junggesellinnenabschied?! An eine solche Veranstaltung hatte Nele bislang keinen einzigen Gedanken verschwendet. Mit diesem Begriff verband sie Trupps von Frauen, die sich auf der Fahrt nach Westerland im Zug betranken und alberne Häschenohren auf dem Kopf und kleine Plüschschwänzchen am Hinterteil fragwürdiger Satinkleider trugen.

»Willst du meine Trauzeugin sein?«, platzte es aus ihr heraus, obwohl sie diese bedeutsame Frage eigentlich mit Bedacht und mit sehr viel schöneren Worten hatte stellen wollen.

Lissy strahlte über das ganze, von Müdigkeit gezeichnete Gesicht, dann kullerten Tränen ihre Wangen hinunter. »Nichts lieber als das«, flüsterte sie.

»Ist jemand gestorben?«, fragte die Kellnerin entsetzt, als sie das schwere Tablett an den Tisch balancierte.

»Gott sei Dank nicht«, sagte Lissy rasch, putzte sich die Nase und erklärte dann so laut, dass jeder im Raum es hören konnte, dass Nele und Sven bald heiraten würden und ihr die Ehre zuteilwurde, diese Eheschließung zu bezeugen.

»Dass ich das noch mal erleben darf«, erwiderte die nette Mitarbeiterin der *Kleinen Teestube* augenzwinkernd und stellte die Teller mit Waffeln sowie zwei dampfende Kännchen auf den Tisch. »Ich dachte schon, du flatterst den Rest deines Lebens wie ein rastloser Schmetterling herum, Nele. Gut, dass du endlich sesshaft wirst und zur Ruhe kommst. Im Übrigen hast du mit Sven einen tollen Fang gemacht, und das meine ich nicht wegen seines Hotels. Glückwunsch!«

Natürlich waren unter den Gästen auch einige Insulaner, und so verflog die Hälfte ihrer kostbaren Zeit mit Glückwünschen, Fragen und der Bitte darum, Sven Grüße zu bestellen.

»Genau deshalb lebe ich so gern hier, alle freuen sich mit und nehmen Anteil«, sagte Nele schließlich schmunzelnd, als der Ansturm abgeebbt war und sie endlich dazu kam, ein Stück von der Waffel zu essen, die auf einem weißen Teller mit einem niedlichen Marienkäfermuster serviert wurde und einfach himmlisch schmeckte. »Aber jetzt sag mal, was mit dir los ist. Deine Tränen rühren doch sicher nicht nur daher, dass dich meine Bitte, Trauzeugin zu werden, so umgehauen hat.«

»Das stimmt«, erwiderte Lissy und schenkte sich den Rest des aromatischen Sylter Orangentees ein. »Leons Zeitung wurde an einen Konzern verkauft, der eine völlig andere Vorstellung von Journalismus hat als er. Und das bedeutet, dass er einen neuen Job finden muss, was, wie du weißt, auf Sylt so gut wie unmöglich ist.«

»Shit!« Nele konnte nicht anders, sie musste einfach fluchen.

»Ja, Shit!«, wiederholte Lissy, deren Augen leicht gerötet waren und die aussah, als bräuchte sie dringend Urlaub. »Einerseits fürchte ich mich davor, was passiert, andererseits wünsche ich Leon, dass er einen Job findet, der ihn ausfüllt und nicht in Gewissenskonflikte bringt. Er hat das wohl schon kommen sehen und bereits vor einiger Zeit einen Headhunter kontaktiert. Die beiden treffen sich nächste Woche in Hamburg, vielleicht kommt dabei ja etwas Gutes heraus. Wenn alle Stricke reißen, müsste Leon eben pendeln, so wie viele, aber diese Vorstellung macht mir ehrlich gesagt ein wenig Angst. Wir haben auch schon ohne derart erschwerende Umstände kaum noch Zeit füreinander.«

Nele überkam das ungute Gefühl, dass das bisherige Gefüge nach und nach auseinanderbrach. Bislang waren es ein oder zwei Baustellen gewesen, die ihnen zu schaffen gemacht hatten, doch nun schien es, als nähmen die Schwierigkeiten gar kein Ende mehr.

»Du guckst so ernst, was denkst du gerade?«, wollte Lissy wissen und runzelte die Stirn. »Ich werde das Gefühl nicht los, dass dich ebenfalls etwas bedrückt. Los, spuck's aus.«

Nele rang mit sich und überlegte, ob dies der richtige Moment war, um Lissy zu sagen, was ihr vorhin im Büchernest aufgefallen war. Doch sie wusste, dass sie jetzt nicht mit der Wahrheit hinter dem Berg halten durfte, denn damit war niemandem gedient.

»Könnte sein, dass du recht hast«, murmelte Lissy, die eine Weile brauchte, um das Gehörte zu verdauen, nachdem Nele ihre Gedanken schonungslos formuliert hatte. »Wir waren damals alle so froh, als Bea im Alleingang beschlossen hatte, das Büchernest ins Kapitänshaus zu verlegen, dass wir ihre Entscheidung nicht eine Sekunde lang hinterfragt oder im Vorhinein auf etwaige Schwachstellen abgeklopft haben.«

»Und weißt du, was das Allerschlimmste ist?«, fuhr Lissy leise fort. »Insgeheim muss ich Hinrich zustimmen. Wäre es nicht viel entspannter, uns auf das private Glück zu besinnen? Keiner von uns wird verhungern, wir haben alle ein Dach über dem Kopf und leben an einem der schönsten Orte Deutschlands.

Doch was nützt es uns, auf Sylt zu wohnen, wenn wir kaum Zeit haben, an den Strand zu gehen, den Sonnenuntergang in Westerland zu bestaunen, von der Uwe-Düne aus auf die Nordsee zu schauen oder uns an der prachtvollen Blüte der Braderuper Heide zu erfreuen. Außerdem brauche ich zurzeit all meine Energie für die Kinder.«

»Meinst du das wirklich ernst? Oder spricht jetzt eher die Überforderung aus dir?«, fragte Nele, erschrocken über die Wendung, die ihre Unterhaltung genommen hatte.

»Die Übermüdung und die Sorgen spielen natürlich auch mit rein, aber die sind nicht ausschlaggebend. Schau uns doch an: Wir sitzen im gemütlichsten Café der Insel und lassen die Waffeln und den Tee kalt werden, anstatt uns über zwei geschenkte Stunden zu freuen und uns als Freundinnen an die Planung deiner Hochzeit zu machen. Stattdessen wälzen wir zum x-ten Mal dieselben Probleme. Ich fühle mich mittlerweile wie in dem Film *Und täglich grüßt das Murmeltier.*«

»Das stimmt allerdings«, erwiderte Nele. »Meinst du, wir sollten darüber noch mal mit Bea und Vero sprechen?«

»Ja, und zwar so schnell wie möglich«, erwiderte Lissy.

14

Vero

Der Mittwochmorgen begann für Vero ausnahmsweise nicht mit einem Rundgang durch ihren Morsumer Garten, sondern mit einer Fahrt nach Westerland zum Friseur. Zum Glück war eine Kundin abgesprungen, sonst hätte sie bei *Friseur Nadia* in der Bomhoffstraße keinen so kurzfristigen Termin bekommen. Doch sie konnte jetzt auf keinen Fall länger warten, denn sie hatte am Sonntag tatsächlich eine Nachricht an Holger Hartwig geschrieben und seine Einladung zu einem Essen bei ihm zu Hause angenommen. Erstaunlicherweise schlug Hartwig sofort den Mittwochabend vor, und nun fühlte sich Vero wie … tja, wie eigentlich?

So genau konnte sie gar nicht sagen, was in ihr vorging, als sie das Auto parkte und wenig später vor dem Friseursalon stand. Es war eine Mischung aus Verwegenheit und Abenteuerlust, gepaart mit einem schlechten Gewissen, weil sie das Gefühl hatte, etwas höchst Verwerfliches, wenn nicht sogar Verbotenes zu tun. Und dabei ging es ganz bestimmt nicht darum, dass sie sich die Haare zum Bob schneiden ließ oder sich fest vorgenommen hatte, nach dem Termin ein bisschen durch die Geschäfte in der Friedrichstraße zu bummeln. Auch nicht darum, dass sie heute Morgen ein Schild mit der Aufschrift *Geschlossen* an die Tür des Cafés gehängt hatte, was in all den Jahren, in denen sie für das Büchernest backte und kochte, noch nie vorgekommen war. Vero war zuverlässig wie ein Uhrwerk gewesen, egal, ob Freunde, ihre Tochter, Enkel und Hinrich ihre Hilfe brauchten oder sie selbst krank war, was zum Glück äußerst selten vorkam.

Doch Hinrichs Bemerkung am Samstagabend hatte an ihr genagt und später sogar richtiggehend in ihr gewütet. Zuerst war sie böse auf ihren Mann gewesen, der am Sonntag verkatert und äußerst übellaunig verkündet hatte, dass er den ganzen Tag im Bett bleiben würde. Doch dann hatte sie einen langen Spaziergang durch Morsum unternommen, obwohl sich die Sonne nicht blicken ließ und ein ziemlich kühler Wind wehte. Gedankenverloren war sie am Hotel Hofgalerie vorbeigegangen und hatte ein Pärchen beobachtet, das eng umschlungen aus dem historischen Gebäude gekommen war und sich verliebt geküsst hatte. Die beiden waren allerdings nicht mehr ganz jung gewesen, sondern ähnlich alt wie sie selbst, doch sie konnte sich beim besten Willen nicht daran erinnern, wann Hinrich und sie sich zuletzt so nahe gewesen waren.

Ihr Weg hatte sie dann in Richtung Ortseingang geführt, vorbei am Malatelier Alte Schmiede, mit einem kleinen Schlenker zum urigen Hofladen des Bauernhofs Hoffmann und schließlich zum Eisboot, einer Fischerschute aus Holz, die vom Morsumer Kulturverein gestiftet und mit fünf lebensgroßen Holzfiguren ausgestattet worden war. Das Kunstwerk lockte viele Touristen an, wenn sie nach Morsum kamen, und war ein beliebtes Fotomotiv.

Ja, wir sitzen alle in einem Boot, hatte sie mit Blick auf die

Ruderer des Dorfwahrzeichens gedacht und damit sich und das Team des Büchernests gemeint.

Auf dem Rückweg war sie an der heruntergekommenen Fassade des ehemaligen Traditionsgasthauses Kayser am Terpstich vorbeigekommen und hatte das Schild einer Immobilienfirma mit der Aufschrift *Den Kayser wach küssen?* gelesen. Nach der Schließung des Friesenpesels, des Nes Pük und der Fränkischen Weinstube gab es in Veros Heimatort nicht mehr viel, das an die alten Dorftraditionen erinnerte und wo Insulaner sich ungestört trafen. Doch nicht alles konnte wieder neu eröffnet oder wach geküsst werden, so bedauerlich dies auch war. Der Zahn der Zeit nagte nun mal auch an der Insel und veränderte das Gesicht Sylts, genau wie der stürmische *Blanke Hans* alles mit sich riss, wonach es ihn gerade gelüstete.

Kann man das Büchernest wach küssen und meine Ehe mit Hinrich?, hatte sie sich betrübt gefragt und beschlossen, ausnahmsweise einmal etwas zu tun, was keiner von ihr erwartete, am wenigsten sie selbst – nämlich das, wonach ihr gerade der Sinn stand.

Neunzig Minuten nach dem Friseurtermin bestaunte sie erneut ihr Spiegelbild in der Umkleidekabine einer Boutique mit dem klangvollen Namen *Traumstück* in der Friedrichstraße. Es war äußerst ungewohnt, in das Gesicht einer Frau zu blicken, deren mittelbraun gefärbte Haare zu einem Bob geschnitten waren, der ihr Kinn sanft umschmeichelte. Vero hatte am Morgen Wimperntusche und einen rosenholzfarbenen Lippenstift aufgetragen, was ebenfalls Kontur und Frische ins Gesicht zauberte. Da sie sich in den vergangenen Wochen viel an der frischen Luft und in der Sonne aufgehalten hatte, konnte sie getrost auf die getönte Tagescreme verzichten, die Nele ihr letztes

Jahr zu Weihnachten geschenkt hatte und die immer noch ungeöffnet im Badezimmerschrank lag.

»Gar nicht mal so übel«, murmelte Vero und leckte sich mit der Zunge über die Lippen. Wenn sie zusätzlich Gloss auftrug, würden diese ein wenig voller wirken, was bestimmt nicht schadete, auch wenn sie persönlich immer noch der Ansicht war, dass es in erster Linie auf die inneren Werte ankam.

»Ich finde auch, dass Ihnen dieses Oberteil und der Rock ausgezeichnet stehen«, stimmte die Verkäuferin ihr zu, die gerade mit weiteren Kleidungsstücken zu ihr in die Kabine gekommen war. Sie konnte ja nicht ahnen, dass Vero bislang ausschließlich mit der Betrachtung ihres Gesichts und der neuen Frisur beschäftigt gewesen war und nicht mit dem, was sie gerade anhatte, oder mit den Outfits, die an den Bügeln in der Umkleide hingen und darauf warteten, anprobiert zu werden. Nach einer einstündigen Beratung und mit zweihundert Euro weniger im Portemonnaie verstaute Vero die Einkäufe im Auto und beschloss, noch etwas zu tun, wofür sie sich so gut wie nie Zeit nahm: ans Meer zu gehen.

Zuerst spazierte sie über die Westerländer Promenade, sah Urlauber in den Strandkörben sitzen und auf die Nordsee schauen und genoss die Sonnenstrahlen auf der Haut. Einige Touristen hielten Kaffeebecher in der Hand, andere eine Flasche Bier. Sie erblickte Freundinnen, die mit Aperol Spritz oder Hugo auf den Beginn des Urlaubs anstießen, und beobachtete beutehungrige Möwen, die über den Köpfen derjenigen kreisten, die sich gerade ein Fischbrötchen geholt hatten. Kitesurfer trugen ihre Boards ins Wasser, Meeresliebhaber wateten am Flutsaum barfuß durch die Nordsee, kleine Kinder formten mit Muscheln, Treibgut und Algen Muster auf dem hellen Sand oder schrieben mit Stöckchen krakelige Buchstaben. Mit einem Mal sah Vero Sylt mit den Augen derjenigen, die lange von einem Urlaub auf dieser Insel geträumt, ihn sich mühsam zusammengespart hatten oder als Tagesgäste gekommen waren, um sich wenigstens für einige Stunden das viel gerühmte *Sylt-Gefühl* zu gönnen und ihre Inselsehnsucht zu stillen. Gedankenverloren ging Vero weiter in Richtung Hotel *Miramar* und überlegte, wie es dort drinnen wohl aussah, denn sie kannte den Prachtbau, der 1903 für die ersten Gäste seine Pforten geöffnet hatte, lediglich von außen.

»Moin, Vero, was für ein Zufall«, sagte Adalbert, der plötzlich direkt neben ihr stand. »Wie kommt's, dass du nicht arbeitest?«

Vero zuckte zusammen und war versucht, einen Arztbesuch oder eine Erledigung im Rathaus vorzuschützen, doch dann beschloss sie, bei der Wahrheit zu bleiben. »Ich mache heute blau und erwäge gerade ernsthaft, das *Miramar* unter die Lupe zu nehmen. Warst du da schon mal drin?«

Erst jetzt schien Adalbert die Veränderung an Vero bemerkt zu haben, und er lächelte anerkennend. »Auch wenn man es kaum glauben mag, noch nie. Und so toll, wie du aussiehst, schreit förmlich alles danach, dass ich dich einlade, gemeinsam mit mir hier reinzugehen und auf deinen spontanen Kurzurlaub anzustoßen. Hast du Lust dazu, oder möchtest du lieber allein sein?«

Über diesen Vorschlag musste Vero keine Sekunde lang nachdenken, sie hakte sich bei Adalbert ein, und so schritten die beiden hoheitsvoll durch den Eingang des Nobelhotels.

Ans Foyer schloss sich die Bar an, die aussah wie aus einem Märchenbuch oder einem Schloss.

Ein freundlicher Kellner passte beide ab, und Adalbert fragte, ob es ausnahmsweise möglich sei, ein Getränk auf der Terrasse zu genießen, die den Hotelgästen vorbehalten war. Eine Minute später wurden beide nach draußen begleitet, und Vero war glücklich. Dieser schöne Ort war gleichzeitig so schlicht, dass sie sich weder unwohl noch deplatziert fühlte, wie sonst an den touristischen Hotspots auf Sylt, die sie tunlichst mied. Auf dem Rasen standen stylishe, aber gemütliche Korbmöbel unter ausladenden Sonnenschirmen. Runde Holztische luden dazu ein, es sich in Grüppchen gemütlich zu machen, und Strandkörbe dazu, vom Wind geschützt mit Blick auf die Nordsee zu sitzen und sich am Spiel der Wellen zu erfreuen. Eine halbhohe Hecke schirmte die Terrasse ab, Vero verliebte sich sofort in die hübschen Windlichter aus Bast, die überall verteilt worden waren, und freute sich, dass sie so unerwartet in den Genuss von Adalberts Gesellschaft gekommen war. Nachdem die beiden etwas zu trinken geordert hatten, wurde Vero neugierig. »Und was machst du heute in Westerland?«, wollte sie wissen und schaute verträumt aufs Meer.

»Ich war bei einem Immobilienmakler, weil ich mich nach einem neuen Standort für das Büchernest erkundigt habe«, erwiderte Adalbert. »Es wäre aber schön, wenn das erst mal unter uns bleiben würde, denn du weißt ja, wie Bea ist. Sie will sich um nichts in der Welt unter die Arme greifen lassen, und ehe ich nicht etwas Geeignetes gefunden habe, muss ich ja nun wahrlich nicht die Pferde scheu machen.«

»Allerdings«, murmelte Vero und staunte, als der Kellner eine Etagere an den Tisch brachte, auf der sich verschiedene Nusssorten, Chips und andere Leckereien befanden.

»Eine kleine Grundlage für Ihren Drink«, kommentierte er augenzwinkernd Veros fragenden Blick und stellte dann zwei Gläser mit perlendem *Miramar*-Sekt vor die beiden.

»Auf uns, das Leben und auf Feste, die man feiern sollte, wenn sich die Gelegenheit dafür bietet«, sagte Adalbert und hob das Glas.

»Darauf stoße ich ganz besonders gern an und auch darauf, dass Bea in dir einen so liebevollen, fürsorglichen und tollen Ehemann gefunden hat«, erwiderte Vero und blinzelte eine Träne weg, die sich in ihren Augenwinkel gestohlen hatte. Sie schalt sich innerlich dafür, dass sie ihre Ehe seit Neuestem häufig mit der von Bea und Adalbert verglich.

»Das dahinten ist doch dieser Starkoch Holger Hartwig, oder irre ich mich?«, hörte sie Adalbert fragen, und nun sah auch sie, dass der Mann, bei dem sie heute Abend zum Essen eingeladen war, drei Tische weiter mit zwei Herren zu Mittag aß. Den eher ernsten Mienen und den schicken Anzügen der Männer nach zu urteilen, handelte es sich um einen Business-Lunch. »Ja, das ist er, gemeinsam mit dem Makler, bei dem ich vorhin einen Termin hatte.«

Als spürte er, dass gerade über ihn gesprochen wurde, blickte Holger Hartwig von seinem Teller Suppe auf, taxierte Vero einen Moment, als sei er sich unschlüssig darüber, ob sie es auch wirklich war, und lächelte ihr dann unverwandt zu.

Vero spürte, wie schon wieder heiße Röte in ihre Wangen schoss, und hoffte, dass Adalbert dies nicht bemerkte. Sie lächelte freundlich zurück, aber nur so kurz, dass es nicht auffiel. Wenn Beas Mann wüsste, dass sie heute Abend eine Verabredung mit demjenigen hatte, der sich als ernsthafte Bedrohung für ihr Café erwies!

Ich treffe mich nur mit *dem Feind*, um für das Büchernest zu spionieren, rechtfertigte sie in Gedanken ihr Vorhaben.

Ich habe mich bloß deshalb so hübsch gemacht, weil ich mich verändern und für Neles Hochzeit in Form bringen will.

Außerdem hoffe ich, dass Hinrich mich dann endlich mal wieder als seine Frau wahrnimmt und nicht nur als eine, die verlässlich da ist, weil sie es nun mal immer schon war.

»Übrigens gibt es tatsächlich einige Immobilien, die als neuer Standort infrage kämen, magst du mal einen Blick auf die Exposés werfen?«, fragte Adalbert und öffnete die Mappe, die er unter dem Arm getragen hatte.

Vero fühlte sich hundsmiserabel, gleichzeitig aber auch ein bisschen verwegen. Sie saß auf der Terrasse eines Nobelhotels mit fantastischem Blick auf die Nordsee, trank köstlichen Sekt und ließ sich von den Unterlagen des Immobilienmaklers in Welten entführen, von denen sie kaum zu träumen wagte.

Lag es am Sekt, der ihr allmählich zu Kopf stieg, am neuen Styling oder schlicht daran, dass sie ausnahmsweise aus dem Alltagskarussell ausgestiegen war?

Vero hatte das Gefühl, dass es allerhöchste Zeit war, Dinge zu ändern und neue Wege zu gehen, auch wenn sie nicht mehr die Jüngste war. Oder womöglich gerade deshalb!

15

Lissy

Auch Lissy war an diesem Tag in Westerland unterwegs – zum heiß ersehnten Termin mit der Kinderpsychologin. Bevor sie den Klingelknopf der Praxis von Dr. Anka Vogel drückte, atmete sie tief durch. Würde es ihr gelingen, Lius Problem mit ihrem Brüderchen Niels zu schildern, ohne sofort in Tränen auszubrechen?

Nachdem der Türsummer ertönte, ging sie zu Fuß in den dritten Stock des Hochhauses und sagte sich zum wiederholten Mal, dass Psychologinnen schon so einiges gehört hatten und dass sie versuchen musste, ihre Sorgen so authentisch wie möglich in Worte zu fassen.

Frau Dr. Vogel begrüßte sie mit einem herzlichen »Moin« und einem Lächeln, das jedem Sonnenstrahl Konkurrenz machte. »Wie schön, Sie kennenzulernen. Mögen Sie einen Tee oder Kaffee?«

Lissy schüttelte den Kopf, obwohl sie sich liebend gern an einen Becher geklammert hätte. Doch die Psychologin hatte keine Sprechstundenhilfe, und sie wollte die kostbare Zeit nicht damit verschwenden, dass die Therapeutin ein Getränk zubereitete. Deren Frage »Wie geht es Ihnen heute?« warf sie völlig aus der Bahn, schließlich ging es um das Wohl ihrer Kinder, nicht um sie selbst.

»Soweit ganz gut, außer dass ich mir Sorgen um meine beiden Kleinen mache«, erwiderte sie und erzählte, ermuntert durch weitere Fragen, sowohl von den beiden Fehlgeburten als auch von der schwierigen Schwangerschaft mit Niels und dessen dramatischer Geburt in der Sturmnacht in Morsum.

»Das sind ja wirklich einschneidende und belastende Erlebnisse, mit denen Sie sicher noch zu kämpfen haben. Ich kann mir gut vorstellen, welchen Stellenwert der kleine Niels in Ihrem Leben hat und dass Sie bei seiner Geburt furchtbare Ängste ausgestanden haben«, sagte sie mit einer warmen, verständnisvollen Stimme, die Lissy wohltuend umhüllte. »Seine Schwester spürt das natürlich auch, wie Sie sich bestimmt vorstellen können.« Dank der Empathie der Therapeutin ließ ihre angestaute Anspannung Stück für Stück nach, Lissy bemerkte erst jetzt, wie sehr sie sich verkrampft hatte.

Sie hatte all die Ereignisse im Schnelltempo geschildert, weil sie die Therapeutin über die Begleitumstände des aktuellen Problems ins Bild setzen und keine unnötige Zeit mit der Betrachtung der Vergangenheit verschwenden wollte.

Sie hatte schon genug darunter gelitten und wollte diese unschönen Erinnerungen schnellstmöglich hinter sich lassen. Doch dass dies so einfach möglich war, war offensichtlich ein Trugschluss, sie hatte das Gefühl, beim Erzählen ein zweites Mal um das Leben ihres kleinen Sohns bangen zu müssen, und so brach Lissy schlussendlich doch in Tränen aus, obwohl sie genau dies hatte vermeiden wollen.

»Weinen Sie ruhig, das hilft und befreit«, sagte Anka Vogel

und reichte Lissy eine Box mit Taschentüchern. »Es hat sich sehr viel in Ihnen angestaut, und das muss jetzt alles raus.«

»Ich … ich«, Lissys Schultern bebten, als sie versuchte zu schildern, wie sie sich seit der Geburt von Niels fühlte. »Es ist mir ganz, ganz wichtig, dass weder Liu noch Niels merken, dass ich mich um sie sorge und manchmal beinahe verrückt vor Angst werde, wenn mich die Erinnerungen einholen.«

Anka Vogel nickte zustimmend, hakte nach, wenn Lissy vor Aufregung zu schnell sprach, machte sich Notizen, und ehe Lissy sichs versah, sprang der Zeiger der Praxisuhr auf vier, die Stunde war vorbei.

»Und wie fühlen Sie sich jetzt?«

»Als hätte ich zentnerschweren Ballast abgeworfen und kurz darauf wieder aufgeladen«, erwiderte sie spontan. Wie hatten diese sechzig Minuten nur so unglaublich schnell verfliegen können? »Ich hatte mir erhofft, heute schon konkrete Tipps für den Umgang mit Liu und Niels zu bekommen, aber stattdessen habe ich geredet wie ein Wasserfall, ohne Sie zu Wort kommen zu lassen. Und zudem geheult wie ein Schlosshund.«

»Kann es sein, dass Sie häufig die Schuld bei sich selbst suchen und Sorge haben, nicht zu genügen?« Frau Dr. Vogel stellte diese Frage mit einem warmen Lächeln und einem Blick, der bis in die tiefsten Winkel ihrer Seele zu dringen schien. Erstaunlicherweise war Lissy dieser Blick aber nicht unangenehm – ganz im Gegenteil. Diese Frau, nur wenig älter als sie selbst, strahlte eine Ruhe und Souveränität aus, wie sie es sich für sich selbst wünschte. In diesem Moment hätte sie der Psychologin am liebsten von allem erzählt, was sie sonst noch bedrückte: die Sorge um Leons berufliche Zukunft, die Überlegungen hinsichtlich des Büchernests und auch, dass sie seit der Geburt ihrer Kinder immer wieder vom Unfalltod ihrer Eltern träumte. Sie erwachte immer häufiger voller Angst, Leon und ihr könnte etwas zustoßen und die beiden Kleinen blieben allein zurück. So wie sie selbst, bis Tante Bea sich einst ihrer angenommen hatte. Wer würde sich um Liuna-Marie und Niels kümmern, falls ihr und Leon etwas Schlimmes passierte? Bea und Vero waren beide nicht mehr die Jüngsten. Zum Glück gab es wenigstens Nele und Sven.

»Im Grunde bin ich wahrscheinlich sehr viel unsicherer, als ich es mir eingestehen möchte«, erwiderte Lissy beschämt, trocknete die Tränen mit dem Taschentuch und putzte sich anschließend die Nase. Bea, Nele und auch Vero waren, jede auf ihre eigene Art, sehr starke, kämpferische Frauen. Manchmal fühlte Lissy sich ihnen unterlegen, weil sie sich zu häufig den Kopf über alles zerbrach, anstatt die Dinge gelassener und leichter zu nehmen.

»Was stört Sie so daran?«, hakte die Psychologin nach.

»Mich stört am meisten, dass ich aufgrund dieser Unsicherheit manchmal nicht in der Lage bin, konsequent zu sein, weil ich versuche, mich in die Situation des Gegenübers hineinzuversetzen, und dann schnell ins Schlingern gerate. Ich weiß oft nicht, was richtig ist und was falsch.«

»So wie bei Ihrer kleinen Tochter? Sie versetzen sich in sie hinein und spüren nahezu körperlich, wie es sich anfühlt, Angst um die Position des Lieblingskinds in der Familie zu haben, oder?«

»Ganz genau«, erwiderte Lissy, nun kaum noch hörbar. Erstaunlich, dass diese Frau so viel über sie wusste, obgleich sie sich heute zum ersten Mal begegnet waren.

»Könnten Sie sich auch vorstellen, dass diese – für Sie verstörende – Phase in der Entwicklung von Liuna-Marie nichts weiter ist als eine Episode, die Sie beide gemeinsam durchstehen müssen? Sie haben doch erzählt, dass die Kleine anfangs geradezu verliebt in ihr Brüderchen war. Wieso zweifeln Sie jetzt daran, dass sie Niels liebt?«

»Man knufft und zwickt doch niemanden, den man in sein Herz geschlossen hat. Mir macht jede Form von körperlicher … nun ja, Gewalt Angst«, erwiderte Lissy. Es fiel ihr schwer, das Wort *Gewalt* laut auszusprechen, aber es ging nicht anders.

»Meinen Sie, dass Ihre Tochter sich dessen bewusst ist, dass ihre Handlungen für Niels schmerzhaft waren?«

Lissy kam Lius Frage *»Können wir Nüss zurückgeben?«* in den Sinn. Deutlicher konnte man seine Ablehnung wohl kaum ausdrücken. Doch Ablehnung war das eine, Kneifen das andere.

Schrecklich, dass das alles so vertrackt war!

»Es ist sehr wichtig, Ihrer Tochter zu signalisieren, dass Sie Verständnis für ihre Gefühle haben, nicht aber für ihr Verhalten gegenüber dem Brüderchen«, erklärte Frau Dr. Vogel. »Rivalität gehört zum menschlichen Alltag, genau wie die Angst, womöglich unterlegen zu sein, und sich zurückgesetzt zu fühlen, ungerecht behandelt zu werden. Doch der Umgang mit Empfindungen dieser Art muss erlernt werden, was ganz sicher nicht von heute auf morgen gelingt. Kinder brauchen für ihre Entwicklung die Gewissheit, dass negative Gefühle grundsätzlich in Ordnung sind, und dürfen sich nicht deshalb bestraft fühlen. Gab es denn mehrere solche Vorfälle?«

Lissy schüttelte den Kopf. Zum Glück nicht!

»Das ist doch schon mal etwas Positives. Es war sicher hilfreich und gut, dass den Knüffen keine Sanktionen gefolgt sind, sondern Sie sich stattdessen gemeinsam als Familie einen schönen Abend am Strand gemacht haben. Vielleicht haben Sie das

Heftigste ja bereits überstanden, und Liu hat sich schon ein wenig an die neue Situation mit ihrem Brüderchen gewöhnt. Wollen wir so verbleiben, dass Sie sich melden, wenn Sie weitere Fragen haben? Ich habe hier übrigens eine Broschüre für Sie, die ich gemeinsam mit einer Familientherapeutin zum Thema *Eifersucht unter Geschwistern* verfasst habe. Lesen Sie sich die in Ruhe durch, ich denke, das wird Ihnen guttun. Und seien Sie gewiss, dass ich immer ein offenes Ohr für Sie habe und gerne auch einmal Liu näher kennenlernen würde, wenn Ihnen dies recht ist. Außerdem möchte ich Ihnen anbieten, dass Sie jederzeit in eigener Sache kommen können, um sich zu stabilisieren, denn ich bin auch als Therapeutin im Erwachsenenbereich tätig. Sie sind eine liebende Mutter. Aber auch Mütter brauchen zuweilen Unterstützung und sollten die ihnen angebotene Hilfe annehmen. Das ist kein Zeichen von Schwäche, sondern von Stärke.«

Mit der Broschüre in der Hand und dem Gefühl, noch eine lange Wegstrecke vor sich zu haben, trat Lissy kurz darauf auf die Straße und atmete erneut tief durch.

Die Stunde in der Praxis war wie ein Wirbelsturm über sie hereingebrochen, und es würde sicher eine Weile dauern, bis sie alles richtig eingeordnet und verdaut hatte. Doch sie war froh, dass sie diesen Schritt gegangen war und in der Psychologin eine so kompetente und sympathische Frau gefunden hatte, die ihr künftig zur Seite stehen wollte. Aber nun musste sie erst einmal herausfinden, ob bei Niels alles in Ordnung war, deshalb checkte sie die Nachricht von Bea auf dem Handy. »Alles bestens, Niels schläft tief und fest, und Liu spielt im Wohnzimmer, wo wir es sehr gemütlich haben. Wenn du länger in Westerland bleiben willst, kein Problem. Ich melde mich schon, wenn du heimkommen musst.«

Ermuntert durch das Angebot ihrer Tante, beschloss Lissy spontan, an den Strand zu gehen, um sich ein wenig Zeit für sich selbst zu gönnen, bevor sie wieder zurück nach Keitum zu ihrer Familie fuhr.

Als sie am Ende der Friedrichstraße angelangt war, wurde sie sich wieder einmal dessen bewusst, dass dieser Straßenabschnitt der reinste Windtrichter war. Es kostete Mühe, gegen die Kraft anzukämpfen, mit der die Nordseeluft zwischen den Häusern tobte, aber Lissy wusste auch, dass die steife Brise spätestens beim Übergang zum Wasser abflauen würde. Heute erschien ihr der starke Gegenwind wie eine Metapher für ihre aktuelle Lebenssituation, und sie war froh, dass die Therapeutin ihr angeboten hatte, dass sie jederzeit wiederkommen könnte, wenn sie Unterstützung brauchte.

An der Promenade überkam sie mit einem Mal unbändige Lust auf einen starken Kaffee, also holte sie sich einen zum Mitnehmen und ging über den gepflasterten Weg Richtung Hotel *Miramar*. Am Strand schlug die Nordsee gegen die Buhnen, auf denen sich grüne Algen gebildet und wie Langhaarperücken über die einzelnen Holzpfähle gelegt hatten. Jungmöwen staksten im Schutz der Pflöcke umher, und Lissy beobachtete sie eine Weile. Einige von ihnen unternahmen mutig Flugversuche, gaben jedoch wieder auf, weil sie noch nicht genug Kraft hatten, um sich gegen den Wind zu stemmen.

Alles braucht seine Zeit, um sich zu entwickeln, dachte Lissy mit neu erwachendem Optimismus. Im Grunde macht die Natur es uns vor. Wir müssen nur genau hinschauen, lernen und auf den natürlichen Lauf der Dinge vertrauen …

Das Heißgetränk tat sein Übriges, Lissy spürte, wie Schluck für Schluck ihre Energie und Zuversicht zurückkehrten. So anstrengend der Termin bei Frau Dr. Vogel auch gewesen war, so wohltuend hatte es sich angefühlt, sich all den Kummer von der Seele zu reden, von dem sie fürchtete, dass ihre Freundinnen und Leon ihn schon längst nicht mehr hören konnten. Das Muttersein löste in Lissy wirklich ein Gefühl von Unzulänglichkeit aus, weil sie befürchtete, nicht gut genug zu sein, Dinge falsch zu machen und deshalb für Liu und Niels nicht das sein zu können, was sie sich so sehr für die beiden wünschte – nämlich die beste Mutter der Welt. Vielleicht hatte Frau Dr. Vogel recht, als sie angedeutet hatte, dass es ihr guttun würde, einige Therapiestunden für sich selbst in Anspruch zu nehmen. Immerhin standen große Veränderungen an, nicht nur privat, sondern auch beruflich.

Nele und sie hatten beschlossen, so bald wie möglich mit Bea und Vero zu sprechen und die realen Chancen des Büchernests auszuloten.

Ich weiß gerade nicht, was ich schwieriger finde: die Buchhandlung weiterzuführen oder endgültig aufzugeben, dachte Lissy traurig und blinzelte gegen die schräg stehende Sonne. Als sie plötzlich glaubte, Adalbert und eine fremde Frau Arm in Arm auf sie zuschlendern zu sehen, nahm sie sich fest vor, heute vor dem Zubettgehen einen Lavendeltee zu trinken und einen Einschlaf-Podcast zu hören, damit sie endlich zur Ruhe kam. Kein Wunder, dass sie halluzinierte, wenn sie seit Wochen nur wenige Stunden schlief, und auch die nicht durchgängig.

»Lissy, was für eine Überraschung«, rief die Frau, von der sie eben noch gedacht hatte, sie sei gar nicht real. Lissy blinzelte erneut, denn ihr Gegenüber sah Vero ähnlich und dennoch völlig anders aus. »Ich weiß, ich weiß, ich war beim Friseur, bin geschminkt und habe die neuen Klamotten nach dem Shoppen gleich anbehalten«, erklärte die Frau, die tatsächlich Vero war.

»Sieht sie nicht fantastisch aus?«, fragte Adalbert und strahlte über das ganze Gesicht.

»In der Tat«, stimmt Lissy ihm zu, erstaunt darüber, was ein neuer Haarschnitt, Farbe und modische Kleidung bewirken konnten. Vero sah zehn Jahre jünger aus und versprühte auffallend gute Laune.

»Wir haben uns hier zufällig getroffen und waren eben auf der Terrasse des *Miramar* ein Gläschen trinken. Und was machst du hier?« Adalberts Atem roch ein wenig nach Alkohol, seine Wangen waren leicht gerötet, und auch er schien allerbester Stimmung zu sein. Lissy erzählte freimütig von ihrem Termin bei der Kinderpsychologin.

»Das klingt vielversprechend«, sagte Vero und nickte ein paarmal, als wolle sie damit ihre Einschätzung verstärken und Lissy ermutigen. »Manchmal ist es gut, gewisse Dinge den Experten zu überlassen, sonst wird man noch ganz verrückt im Kopf. Apropos verrückt. Hat jemand Lust auf Eis, auch wenn es heute ein bisschen kühl ist? Ich spendiere eine Runde.«

»Was für eine Frage!«, erwiderten Adalbert und Lissy synchron und fingen beide zeitgleich an zu lachen. Lissy wurde warm ums Herz, denn es gab für sie kaum etwas Schöneres, als mit den Menschen Zeit zu verbringen, die sie lange kannte, denen sie vertraute und die sie liebte.

Außer vielleicht Pistazieneis. Das schmeckte einfach überirdisch gut!

16

Vero

Nachdem Lissy sie abgesetzt hatte und mit Adalbert in Richtung Keitum weitergefahren war, stand Vero eine Weile unschlüssig vor der Haustür in Morsum und fragte sich, wie Hinrich wohl auf die Veränderung ihres Äußeren reagieren würde und was sie mehr schmerzen würde: eine spöttische Bemerkung oder dass er die Verwandlung gar nicht erst bemerkte. Sie bedauerte nicht zum ersten Mal, weder eine Rückzugsmöglichkeit noch ein eigenes Zimmer zu haben. Dennoch war es sinnlos, sich aus Sorge vor der Konfrontation mit Hinrich weiter im Eingang herumzudrücken, zudem blieb ihr nicht mehr viel Zeit bis zu ihrer Verabredung mit Holger Hartwig in Keitum. Als ihr bewusst wurde, dass das Auto noch in Westerland parkte, wurde Vero heiß und kalt. Hätte sie vorhin in ihrem Übermut nicht mit Adalbert zwei Gläser Sekt getrunken, hätte sie jetzt den notwendigen fahrbaren Untersatz gehabt. Leider fuhren die Busse auf dieser Strecke nicht so häufig, daher streifte sie ganz kurz der Gedanke, sich ein Taxi zu gönnen. Doch sie verwarf ihn sofort wieder, denn was würden die Nachbarn und vor allem Hinrich sagen, wenn sie mitbekämen, dass Vero sich an einem gewöhnlichen Mittwochabend in ein Taxi setzte, noch dazu allein. In diesem Moment fiel ihr ein, dass sie sich noch eine kleine Notlüge zurechtlegen musste, falls Hinrich sie fragen würde, wo sie den Abend verbrachte. Sollte sie behaupten, ihr Wagen sei in der Werkstatt und sie müsste heute Abend Lissy mit den beiden Kindern zur Hand gehen? Vero hasste Unehrlichkeit, sie war dazu erzogen worden, geradeheraus zu sein und mit nichts hinter dem Berg zu halten.

»Wenn du etwas zu verheimlichen hast, dann bist du im Begriff, Unrechtes zu tun«, hatte ihr Vater ihr von klein auf eingebläut, und seine mahnenden Worte hatten sich tief in ihre Kinderseele eingebrannt. Je höher sich die Schwierigkeiten vor Vero auftürmten, desto unsicherer wurde sie. Feine Schweißperlen bildeten sich auf Stirn und Nase, die aufgekratzte Stimmung und die Freude darüber, etwas Ungewöhnliches zu tun: wie weggeblasen.

War sie denn wirklich die Frau, die noch eben auf der Terrasse des Nobelhotels gesessen und Holger Hartwig ein verstohlenes Lächeln geschenkt hatte, während am Meer das Watt allmählich trockenfiel und Sandbänke sichtbar wurden? Nach der Flut kommt Ebbe, das war schon immer so, dachte Vero betrübt, während ihre Finger mit dem Haustürschlüssel spielten. »Ich sage ab, denn ich mag keine Heimlichkeiten«, murmelte sie und öffnete die Tür. Im Haus war es so still, dass man eine Stecknadel hätte fallen hören können. Auf der Anrichte im Flur lag ein Zettel, auf den Hinrich die Worte *Bin beim Skat* gekritzelt hatte. Kein Gruß, keine lieben Wünsche, nur die schlichte Information. Vero atmete einmal tief durch, froh, ihrem Mann nicht in dieser Stimmung über den Weg laufen zu müssen. Sie schalt sich innerlich für ihre Gedanken und Empfindlichkeiten. Dahingeworfene Nachrichten wie diese hatten sie bis vor Kurzem kein bisschen gestört. Ganz im Gegenteil: Sie fand es schön, dass Hinrich sie wissen ließ, wo er war und mit wem er seine Zeit verbrachte. Dass er diese Notizen per Hand schrieb, war auch nicht selbstverständlich, denn seit einiger Zeit wurde er immer wieder von einem leichten Zittern heimgesucht, das Vero Sorgen bereitete. Das Tippen einer Nachricht ins Handy fiel Hinrich deutlich leichter, und dennoch wählte er den Weg, auf dem er ihr früher kleine Liebeserklärungen gemacht hatte, oftmals begleitet von einem Gruß aus der Natur.

Vero hatte die selbst gesammelten Kastanien, gepressten Herbstblätter, Frühjahrsblüten, Herzmuscheln und besonderen Vogelfedern aufbewahrt und betrachtete sie für gewöhnlich kurz vor Silvester, wenn sie ihre ganz persönliche Jahresrückschau hielt.

Hinrich ist weg, also könnte ich mich ja vielleicht doch mit Holger treffen, dachte Vero und zuckte schuldbewusst zusammen, als sie bemerkte, dass sie in Gedanken an den Hamburger Starkoch bereits den Nachnamen weggelassen, also die nötige Distanz zu ihm verloren hatte – und zudem sekündlich ihre innere Haltung änderte. Diese Erkenntnis alarmierte sie dermaßen, dass sie das Handy aus der Tasche nahm und schon eine Absage schreiben wollte, als sie sah, dass Hartwig eine Nachricht geschickt hatte. »Mein Fahrer holt Sie gern in Morsum ab, er muss ohnehin etwas im Hotel *Hafengalerie* abliefern«, stand da, als könnte Hartwig Gedanken lesen oder ihr Dilemma erahnen. Mist! Was nun? Vero überlegte hin und her. Hartwig hatte sie vorhin noch im *Miramar* gesehen, wusste also, dass sie gesund und munter war. Was könnte plötzlich so Dringendes dazwischengekommen sein, dass sie seine nette Einladung und den Fahrservice derart kurzfristig ausschlug? Und woher wusste Hartwig, wo sie wohnte? Hatte er extra im Telefonbuch nachgeschaut?

»Wer A sagt, muss auch B sagen«, hatte ihr Vater sie gelehrt. Also antwortete sie, dass sie in einer Stunde vor dem Eingang des Hotels sein und die Mitfahrgelegenheit sehr gern in Anspruch nehmen würde.

Bis dahin ist es dunkel, also wird mich hoffentlich keiner sehen, dachte Vero und schaltete das Radio an, um sich von ihren widerstreitenden Gefühlen und dem schlechten Gewissen abzulenken. Als die Songzeile *Tanz, bis die Sonne wieder scheint, dreh dich durch die Nacht* ertönte, begann wie durch Zauberhand erst der eine Fuß zu wippen, dann der andere. Die warme Stimme des Hamburger Sängers Stefan Gwildis erfüllte das Wohnzimmer, Vero spiegelte sich in der Panoramascheibe und fand mit einem Mal Gefallen daran, etwas zu tun, das sie zuletzt auf der Hochzeitsfeier von Bea und Adalbert getan hatte: sich um die eigene Achse zu drehen und dabei zuzuschauen, wie der Stoff des Tellerrocks um ihre Beine hüpfte wie ein aufgeregtes kleines Kind. Der fröhliche Song und die Erinnerung an einen traumhaften Konzertabend im Sylter Meerkabarett vor einigen Jahren knüpften wieder an die übermütige Aufbruchstimmung an, die sie nach dem Umstyling verspürt hatte, und plötzlich war sie wieder ganz oben auf der Achterbahn der Gefühle. Die Zeit verflog im Nu, Vero musste ihr Schritttempo deutlich erhöhen, um pünktlich am Hotel zu sein, als sie in der einsetzenden Dämmerung die Straße entlangging. Nachdem der sympathische Fahrer sie kurze Zeit später vor einem reetgedeckten Friesenhaus unweit des Grabhügels Tipkenhoog am Keitumer Watt abgesetzt hatte, pochte ihr Herz so laut gegen die Brust, dass sie befürchtete, man könne ihre Nervosität noch in Morsum hören und spüren.

»Guten Abend, schön, Sie zu sehen«, sagte Holger Hartwig zur Begrüßung. Vero fühlte sich wie ein junges Mädchen, als sie über die Schwelle trat und ihrem Gastgeber in das Wohnzimmer folgte. »Darf ich Ihnen einen Aperitif anbieten? Ich habe das Rezept und die Zutaten für einen hervorragenden Sanddorn Spritz da, kann aber auch gern die Klassiker mixen. Es sei denn, Sie möchten lieber da weitermachen, wo Sie vorhin aufgehört haben. Aber selbstverständlich gibt es auch Alkoholfreies.«

Seine Bemerkung zielte natürlich auf den Sekt ab, den sie vorhin mit Adalbert getrunken hatte, doch diese Anspielung störte Vero gerade überhaupt nicht. Ganz im Gegenteil! Sie freute sich, dass Hartwig sie in Begleitung eines attraktiven Mannes beim Feiern gesehen hatte und nicht nur in spießiger Kochkleidung bei der Zubereitung des Essens im Café.

»Sanddorn klingt gut«, erwiderte sie, in Erinnerung daran, dass sie diesen Sommer häufiger auf den Restaurantterrassen einen Drink gesehen hatte, der gelblich orangefarben war, wie die Früchte des Sanddorns, auf Sylt allerdings ein seltenes Gewächs.

»Möchten Sie mir beim Mixen zusehen oder sich überraschen lassen?«, fragte Hartwig mit einem Augenzwinkern. »Wobei ich wahrscheinlich entspannter bin, wenn Sie mir nicht streng über die Schulter schauen.«

Vero wollte gerade fragen: »Ich und streng?«, konnte sich aber rechtzeitig bremsen. Es war gut, dass der Starkoch ihr Respekt zollte, und so sollte es auch bleiben. Schließlich war er in erster Linie immer noch ihr ärgster Konkurrent und der Grund für viele schlaflose Nächte, seit sein Foodtruck dem

Café Gäste abspenstig machte. Also erwiderte sie: »Machen Sie ruhig mal, ich schaue mir währenddessen Ihre Bücher an, wenn ich darf.«

»Nur zu«, ermunterte Hartwig sie, einen Blick auf die vielen Titel in den prall gefüllten Regalen zu werfen. Wer hätte gedacht, dass sie beide nicht nur die Leidenschaft fürs Kochen und skandinavisches Design teilten, sondern auch für Bücher? Vero war erstaunt, als sie sah, welche Schätze sich hier verbargen. Echte Kochbuch-Raritäten, für die Sammler bereits viel Geld boten. Aber auch Backbücher, Bildbände über Tischdekoration, Sylt, Nordfriesland, Reisen und sogar Belletristik. Der Roman *Zur See* von Dörte Hansen erregte ihre besondere Aufmerksamkeit, denn sie hatte ihn bereits dreimal gelesen und träumte insgeheim davon, dass sich die gebürtige Husumerin einmal bereit erklären würde, eine Lesung für das Büchernest zu machen. Nicht im Laden, dazu lockte die Bestsellerautorin eindeutig zu viele Zuschauer an, aber vielleicht in Svens Hotel *Strandkorbträume*. Oder im Keitumer Friesensaal, der ebenfalls für Lesungen genutzt wurde. Versonnen strich Vero über den Rücken des Romans, der grafisch ausgesprochen schlicht, aber wunderschön gestaltet war, genau wie das Cover.

»Sie mögen Dörte Hansen?«, fragte sie Holger und ergriff das angebotene Glas mit dem Sanddorn-Mix aus Likör, Prosecco, einer Orangenzeste und einer Limettenscheibe.

»Seit *Mittagsstunde*, ja«, erwiderte er. »Mit *Altes Land* konnte ich nicht so viel anfangen, auch wenn ich mich sehr über die ironische Darstellung der Bewohner des Hamburger Stadtteils Ottensen amüsiert habe. Ich hatte bis vor drei Jahren dort ein Restaurant, aber irgendwie sollte das mit Ottensen und mir nicht sein.«

»Also mögen Sie die gesamte Region Nordfriesland, nicht nur Sylt?« Vero wurde warm ums Herz, als Holger nickte, wahrscheinlich auch, weil der köstliche Aperitif sie innerlich aufheizte. Wenn das hier so weiterging, würde sie ihre neue Strickjacke ausziehen müssen …

»Ich liebe fast alles, was mit der Nordsee zu tun hat. Mein Vater ist als Schiffskoch zur See gefahren, und ich durfte als kleiner Junge manchmal bei kürzeren Törns mit. Es hat mich zutiefst beeindruckt, dass mein Vater selbst bei größtem Seegang auf minimalem Raum einfache, aber äußerst schmackhafte Gerichte zubereiten konnte. Er sagte, dass ihn die Nordsee dazu inspirierte, denn er liebte sie genauso wie die hohen Himmel, den endlosen Horizont, meine Mutter und mich.«

»Darum der Foodtruck«, mutmaßte Vero und versuchte, die Flut von Emotionen zu unterdrücken, welche die Vorstellung von Holger als Jungen an der Seite eines Mannes, den er bewunderte, auf dem weiten Meer in ihr auslösten.

»Ganz genau. Die Küche darin bietet nur wenig Platz, und der Van ist mobil.« Holger flüsterte beinahe, als er fortfuhr: »Sie sind eine sehr einfühlsame Frau, das spürt man schon beim ersten Bissen der Gerichte, die Sie kochen, und der Backwaren, die ich liebe, obwohl ich sonst gar nicht besonders gern Süßes esse.«

»Woher wissen Sie, wie ich koche und backe?«, fragte Vero irritiert. Es gefiel ihr gar nicht, dass sie sich in Holgers Gegenwart fühlte wie eine Wachspuppe, die gleich zu schmelzen drohte.

»Ich war immer mal wieder zu Gast bei Ihnen im Café, als es noch in der Buchhandlung untergebracht war. Allerdings habe ich Sie nie persönlich zu Gesicht bekommen, weil ein junger Mann das Essen serviert hat.«

»Das war Olli«, erwiderte Vero und dachte mit leiser Wehmut an ihren guten Freund, der nach Hinrichs Herzinfarkt im Café eingesprungen war, während Vero sich um ihren Mann gekümmert hatte. »Er kocht jetzt im Restaurant Cox in der Langen Reihe in Hamburg und ist dort sehr, sehr glücklich. Aber wir vermissen ihn alle, denn er war unser kleiner Sonnenschein und immer optimistisch, wenn es mal nicht so lief.«

Holger Hartwig hob sein Glas und sagte: »Auf dass die Zeiten gut sind und gut bleiben. Und darauf, dass Sie hier sind. Es ist schön, dass Sie meiner Einladung gefolgt sind, denn ich muss Ihnen unbedingt eine wichtige Frage stellen.«

17

Nele

Hast du alles?« Sven stand neben Nele in ihrem Zimmer im Keitumer Kapitänshaus und betrachtete sie mit einem zärtlichen Lächeln. Das beruhigte sie zwar nicht vollends, gab ihr aber das schöne Gefühl, dass sie bei ihm gut aufgehoben war, egal, was auch geschah. »Und wenn nicht, auch kein Problem. Wir ziehen schließlich nicht von Sylt nach New York, sondern nur von Keitum nach List. Da ich ohnehin fast täglich hin- und herfahre, kann ich auch später noch alles holen, was du zusätzlich brauchst oder vergessen hast.«

»Mein größtes Problem ist eigentlich Schneeweißchen«, erwiderte Nele, die am Nachmittag einen Transportkorb besorgt und darin Leckerlis für das Kätzchen versteckt hatte, das sich jedoch partout nicht einfangen lassen wollte. Sosehr es sonst auch an Nele klebte, diesmal schien es zu spüren, dass etwas Großes bevorstand. Nele lockte Schneeweißchen erneut mit sanft gurrender Stimme, dann mit ihrem Lieblingsspielzeug und zuletzt, indem sie versuchte, das Kätzchen hochzuheben und in das Körbchen zu setzen. Doch dabei hatte sie die Rechnung ohne Schneeweißchen gemacht, die nicht im Traum daran dachte, auf Neles Tricks hereinzufallen, und ihr entwischte.

»Was hältst du davon, wenn wir erst mal losfahren, uns bei Ole einrichten und sie später holen?«, fragte Sven, der das Katz-und-Maus-Spiel amüsiert betrachtete und Nele einen Kuss gab. »Auf die paar Stunden kommt es doch auch nicht mehr an. Außerdem habe ich etwas geplant, das nur gelingt, wenn wir uns beeilen.«

»Du hast etwas geplant?« Nele liebte Überraschungen und begann sofort zu rätseln, was Sven am Abend des Tages vorhatte, der offiziell unter dem Motto stand: *Wir ziehen zusammen und versuchen unser Glück.* »Na, wenn das so ist, kann ich nur sagen: Nichts wie los! Tschüss, Schneeweißchen, du hast ja alles, was du brauchst, ich hole dich spätestens morgen.«

Das Kätzchen blieb gänzlich aus ihrem Blickwinkel verschwunden und gab zudem keinen Mucks von sich. Nele suchte das Zimmer und den Flur noch ein Weilchen ab, während Sven den letzten ihrer Koffer ins Auto brachte, doch schließlich gab sie seufzend auf. Sie ging nach draußen und schlüpfte auf den Beifahrersitz.

Aus dem Radio ertönte leise Musik, Nele legte ihren Kopf auf Svens Schulter, was diesen zum Glück nicht am Fahren hinderte. Sie liebte diese zarten Berührungen und konnte gar nicht genug davon bekommen: Sie hielt gern Händchen oder ging Arm in Arm mit Sven, wohingegen sie dies früher mit anderen Männern als lästig und sogar peinlich empfunden hatte.

Sie liebte unerwartete Küsse mitten in einem ernsthaften Gespräch, den Moment, wenn sich nachts ihre Füße zufällig berührten oder Sven im Schlaf den Arm um sie legte.

Für all das würden sie künftig Zeit und Gelegenheit im Überfluss haben, eine wunderschöne Vorstellung.

Als Sven auf die Straße Richtung List bog, wurde ihr noch deutlicher bewusst, dass in dieser Sekunde für sie beide ein neuer Lebensabschnitt begann: Sie würden zusammenziehen und von diesem Abend an einen großen Teil ihres Alltags miteinander teilen.

»Du bist so still«, sagte Sven. »Machst du dir noch Gedanken über Schneeweißchen?«

Nele schüttelte den Kopf und genoss den Anblick der grünlich schimmernden Nordsee und der sandigen Abschnitte neben der Fahrbahn. Nicht mehr lange, dann würde die Sonne untergehen und Sylt in eine Decke aus Purpur hüllen. Und nicht mehr lange, dann waren sie an dem Ort angekommen, an dem sie beide testen würden, ob das mit ihnen wirklich *für immer* war …

»Wohin fahren wir?«, fragte Nele erstaunt, als Sven, statt das Auto weiterhin geradeaus zu steuern, in Richtung Ellenbogen abbog und an der Mautstelle die Gebühr für das Befahren der Straße des Listlandes bezahlte, das in Privatbesitz war.

»Ich hatte dir doch eine Überraschung angekündigt, und ich halte meine Versprechen immer«, erwiderte Sven und fuhr bis zum Parkplatz am rot-weiß gestreiften Leuchtturm List-Ost.

»Bitte aussteigen, die Fahrt endet hier.«

Nele freute sich über den Anblick des Leuchtfeuers, ein beliebtes Postkarten- und Fotomotiv, eingebettet in den hohen Strandhafer, nur wenige Meter vom Wasser entfernt. Sie war schon lange nicht mehr hier gewesen, denn der Lister Ellenbogen lag ein wenig abgeschieden. Erstaunlicherweise war der Parkplatz so gut wie leer, aber man gelangte auch mit dem Fahrrad hierher oder zu Fuß, wenn man Freude an langen Märschen hatte. Nele stieg aus und knipste als Erstes ein Foto von dem dreieckigen Schild, das den Grenzverlauf zwischen Deutschland und Dänemark markierte und farblich wunderbar zum Leuchtfeuer passte. Sven öffnete währenddessen den Kofferraum. Seine Frage »Hast du Hunger und Lust auf ein Picknick?« war eher rhetorisch, denn er wusste genau, dass Nele ein Faible für Essen unter freiem Himmel hatte.

»Was für eine großartige Idee«, rief Nele begeistert und nahm die beiden Decken, die Sven zusammengerollt und mit einer Schleife versehen hatte. Er selbst trug den Picknickkorb, den sie ihm im Sommer zum Geburtstag geschenkt hatte. Voller Vorfreude auf die Ausläufer des Sonnenuntergangs, die sie beide gleich erwarteten, ging Nele mit raschen Schritten Richtung Deichkrone. Man musste zunächst eine Weile über graue Steine abwärtslaufen, bis man den Sandstrand unterhalb des Leuchtturms erreichte, aber das machte nichts, sofern man darauf achtete, nicht auszurutschen. Sobald sie unten angekommen waren und ein lauschiges Plätzchen gefunden hatten, bot sich ein schier atemberaubender Anblick: Vor ihnen rollten Wellen an den Strand, rechts überragte der rot-weiße Leuchtturm-West die Szenerie. Nele entdeckte im Sand einen Seestern, eine gestreifte Fasanenfeder und einen Strandseeigel und machte auch davon Fotos, während Sven die Picknickdecke ausbreitete und anschließend Teller, Besteck, Servietten und Gläser darauf platzierte.

»Na, das geht ja schon gut los mit der Aufgabenteilung. Ich mache hier die Arbeit, und Madame widmet sich in aller Seelenruhe dem Fotografieren.«

Nele wusste zuerst nicht, ob Sven dies ernst meinte oder einen Scherz machte, doch ein kurzer Blick auf sein schelmisches Lächeln genügte, um zu erkennen, dass alles in bester

Ordnung war. »Ich übernehme nachher den Abwasch«, bot sie scheinbar großzügig an, wohl wissend, dass Ole eine Geschirrspülmaschine hatte, und steckte die Feder, den vertrockneten Seestern sowie den Seeigel in ihre Tasche. Liu würde sich bestimmt über diese Strandfunde freuen. »Und natürlich auch das Öffnen der Weinflasche«, ergänzte sie und entkorkte den weißen Sölviin, gekeltert aus Sylter Weintrauben. Diese Spezialität war nicht die einzige, die Sven aus dem Korb zauberte: Es gab knuspriges Brot, Krabbensalat, Käse und Weintrauben. Nele genoss jeden einzelnen Bissen und jeden Schluck des Weins, mit dem sie sich beide auf das Abenteuer *Probewohnen* zuprosteten, Sven trank jedoch nur einen kleinen Schluck, denn der Heimweg stand noch bevor.

Beide bestaunten wortlos den Flug der Möwen, die immer wieder ins Wasser stießen, um Beute zu machen, und sich mit anderen lärmend zankten. Sanderlinge tippelten aufgeregt am Flutsaum umher, der Wind trug die Rufe der Austernfischer und Seeschwalben über die Insel und trieb kleine Wattewolken über den Horizont. Zur Untermalung dieser perfekten Szenerie färbte sich der Himmel nach und nach, irgendwann ergoss sich die Abendröte schimmernd über den Strand, und das Leuchtfeuer-West sandte seine Leuchtstrahlen über das Meer. Den eigentlichen Sonnenuntergang konnte man hier nicht bestaunen, aber das machte nichts. Nele empfand das Farbenspiel der Abenddämmerung manchmal sogar als spannender und schmiegte sich noch enger an Sven, der längst eine Decke über sie beide gebreitet hatte und ihre Hand hielt.

»Ich wünsche mir, dass wir noch viele solcher Momente zusammen erleben«, murmelte sie und schloss kurz die Augen.

»Und ich hoffe, dass wir immer hierbleiben können, denn Sylt ist der schönste Ort auf Erden.«

»Aber natürlich werden wir das«, erwiderte Sven und drückte ihre Hand ein kleines bisschen fester. »Auch ich habe diese Insel in mein Herz geschlossen und möchte dauerhaft hier mit dir leben. Alles andere ist längst keine Option mehr für mich.«

Nele wusste nicht, wie lange sie schon dort gesessen und das Naturschauspiel bewundert hatten, das seinesgleichen suchte. Doch irgendwann war auch der letzte Streifen Röte einem dunklen Nachtblau gewichen, und sie begann zu frösteln. »Was hältst du davon, wenn wir jetzt heimfahren und uns gemütlich ins Bett kuscheln?«, schlug sie vor und spürte der Empfindung nach, die das Wort *heim* in ihr auslöste: Ja, es fühlte sich gut an, dies zu sagen, genau wie das *Wir*.

»Das klingt wunderbar«, erwiderte Sven, dann packten sie gemeinsam alles zusammen und gingen Hand in Hand hinauf zum Parkplatz am Leuchtturm.

Kurze Zeit später parkten sie vor Oles Haus auf der Düne nahe dem Ortseingang von List, und Nele kramte hektisch nach dem Schlüssel, der nicht wie sonst in der Innentasche war. Verdammt! Wo hatte sie ihn hingetan?

»Alles gut, oder müssen wir den Schlüsselnotdienst holen?«, fragte Sven, während Nele sich dafür verfluchte, zuweilen furchtbar schusselig zu sein und zudem eine Vorliebe für riesige Taschen zu haben. Die waren nicht nur unverhältnismäßig schwer, man fand auch nichts in ihnen.

Nach einer gefühlten Ewigkeit gab sie schließlich auf und sagte zähneknirschend: »Der Notdienst ist eindeutig zu teuer, ich fürchte, wir müssen zurück nach Keitum. In der Aufregung um Schneeweißchen habe ich den Schlüssel wahrscheinlich auf der Kommode liegen lassen.«

»Alles klar, dann nichts wie los. Und wer weiß? Vielleicht hat das Kätzchen dich inzwischen so vermisst, dass es freiwillig in den Korb hüpft und sich diesmal mitnehmen lässt.«

»Woher nimmst du eigentlich deine Gelassenheit?«, fragte Nele, als sie wieder im Auto saßen und in Richtung Sylt-Ost fuhren. »Jeder andere wäre genervt gewesen, hätte eine Szene gemacht und mich als völlig verpeilt bezeichnet.«

»Solange du mich nicht vor dem Traualtar stehen lässt, weil du den Termin vergessen hast, ist doch alles gut«, erwiderte Sven lachend. »Und es gibt weiß Gott Schlimmeres.«

Kurz vor Keitum blinkte Neles Handy auf, das sie auf lautlos gestellt hatte, und sie sah, dass eine Nachricht von Vero eingegangen war. Vero schrieb nur äußerst selten am späten Abend, also musste es etwas Wichtiges sein. Und tatsächlich. Ihre Frage lautete: »Hast du zufällig einen Augenblick Zeit für mich? Wenn ja, komme ich zu dir«, was Nele sofort beunruhigte. Dennoch rang sie mit sich, da der Zeitpunkt kaum ungünstiger hätte sein können und sie Sven nicht enttäuschen wollte, zumal er sich solche Mühe mit dem romantischen Strandpicknick gemacht hatte. Allerdings bat Vero sonst nie um Hilfe und schien in Not zu sein. Das hatte definitiv Vorrang vor allem.

»Wäre es okay für dich, wenn ich mich gleich noch kurz mit Vero treffen würde?«, fragte sie, als Sven das Auto vor Beas Haus parkte. »Irgendetwas scheint passiert zu sein, sie hat allerdings nicht geschrieben, worum es geht.«

Sven runzelte die Stirn. »Das ist in der Tat ungewöhnlich, denn eigentlich gehen sie und Hinrich doch immer früh zu Bett. Natürlich solltest du sie treffen, wenn sie dich braucht, ich laufe ja nicht weg. Allerdings würde ich vorschlagen, dass wir den Umzug auf morgen verschieben, so schade ich es auch finde, dass wir nicht mehr zurück nach List fahren. Aber sonst wird es reichlich spät, und wir müssen ohnehin beide morgen früh wieder hier sein.«

Na super, das Projekt Probewohnen fängt ja gut an, dachte Nele und tippte eine rasche Antwort an Vero. Denn natürlich würde sie ihrer guten Freundin beistehen, egal, was passiert war, und egal, ob sie deshalb ihre eigenen Pläne über den Haufen werfen musste.

»Du bist der tollste Mann, den man sich nur wünschen kann«, sagte sie zum Abschied, gab Sven einen innigen Kuss und schaute ihm noch eine Weile bedauernd hinterher, als dieser in Richtung seiner Wohnung im Hotel *Strandkorbträume* fuhr.

18

Vero

Vero stand unterhalb von Nielsens Kaffeegarten am Keitumer Watt und beobachtete, wie sich der Vollmond in den Prielen spiegelte. Aufgewühlt, wie sie war, tat es gut, hier zu sein, die frische Nachtluft einzuatmen und sich damit zu beruhigen, dass wenigstens die Insel in einen friedlichen Tiefschlaf gefallen war. Sie lauschte den Rufen eines Käuzchens, irgendwann flog sogar eine Fledermaus dicht an ihrem Kopf vorbei, der Strandhafer wogte sanft im Mondlicht. Holger Hartwigs Angebot war so überraschend gekommen, dass sie unbedingt mit jemandem darüber sprechen musste, bevor sie platzte, deshalb wartete sie sehnsüchtig auf die Antwort von Nele, die sie vor einer halben Stunde um ein Treffen gebeten hatte. Bea schien ihr in dieser Situation nicht die richtige Gesprächspartnerin zu sein, sehr viel lieber hätte sie Lissy ihre Gedanken anvertraut, denn die war eine geduldige Zuhörerin. Doch sie lag sicher längst im Bett, erschöpft von dem Termin mit der Kinderpsychologin. Diese Nacht musste sie zudem ohne Leons Hilfe auskommen, da er in Hamburg war, um mit einem Headhunter neue berufliche Möglichkeiten auszuloten, und Vero hoffte sehr, dass die kleine Liu heute kein Theater machte. Als Neles Antwort kam, atmete Vero erleichtert auf und machte sich auf den Weg in Richtung Beas Kapitänshaus. Dabei kam sie an Adalberts Haus vorbei und konnte sehen, dass er und Bea auf dem Sofa saßen und es sehr gemütlich hatten. Die zwei schienen in ein angeregtes Gespräch vertieft zu sein und tranken Tee, so viel konnte Vero aus der Entfernung erkennen, da die Vorhänge noch nicht zugezogen waren. Sie fragte sich, worüber die beiden wohl gerade sprachen und ob Adalbert Bea womöglich in diesem Moment doch von seinem Termin mit dem Immobilienmakler wegen eines neuen Standorts für das Büchernest erzählte.

Bea würde toben, wenn sie wüsste, mit welchem Gedanken ich gerade liebäugle, dachte Vero und schlug schnell den Weg in Richtung Kapitänshaus ein. Da Nele noch nicht da war, nutzte sie die Gelegenheit, ins Café zu gehen und sich dort erneut eingehend umzuschauen. Sie schaltete die Korbschirmlampe auf der Kommode ein und setzte sich an einen der Holztische. War dies hier wirklich noch *ihr* Ort?

Ihr Café? Oder war der Pavillon nur ein Anhängsel einer Buchhandlung? Vero ließ ihren Blick über die hübschen Möbel schweifen, über die Grünpflanzen, die Skulptur, die Ole gefertigt hatte, und immer wieder über das Speisenangebot auf der Schiefertafel an der Wand. Natürlich war alles wunderschön und hyggelig, es fehlte hier im Grunde an nichts außer an genügend Kundschaft.

»Ah, hier steckst du«, sagt Nele, die gerade hereingekommen war, Vero fragend musterte und sich dann zu ihr setzte. »Muss ich mir Sorgen machen? Bist du krank?«

»Nein, nichts dergleichen«, erwiderte Vero. »Es ist alles

bestens, aber ich brauche deine Hilfe bei einer Entscheidung. Tut mir leid, wenn ich dich erschreckt habe.«

Erst jetzt schien Nele aufzufallen, dass Vero sich seit ihrem letzten Zusammentreffen sehr verändert hatte. »Einige Entscheidungen scheinst du ja heute schon getroffen zu haben, wenn ich mir dich so anschaue«, sagte sie und stieß einen anerkennenden Pfiff aus. »Du siehst fantastisch aus, und ich bin sehr froh, dass du dich doch dafür entschieden hast, deine Haare färben zu lassen. Ich bin gespannt, was als Nächstes kommt. Ein jugendlicher Liebhaber?« Neles Grinsen ließ keinen Zweifel daran zu, dass sie nicht eine Sekunde lang an eine derartige Möglichkeit glaubte, und gerade das versetzte Vero einen Stich. Genau wie es vorhin ein klein bisschen geschmerzt hatte, dass Holger Hartwigs Absichten ganz anderer Natur gewesen waren, als sie zunächst vermutet hatte.

»Versprichst du mir, dass das, was ich jetzt sage, unter uns bleibt?«, fragte Vero, es fiel ihr schwer, das nervöse Zittern ihrer Stimme und ihre innere Unruhe zu unterdrücken.

»Aber natürlich, ich schweige wie ein Grab, so gut solltest du mich mittlerweile kennen. Doch bevor du mich in deine Geheimnisse einweihst, würde ich gern etwas trinken. Hast du Lust auf einen alkoholfreien Punsch, eine heiße Zitrone oder etwas in der Art? Ich war bis vorhin noch mit Sven am Leuchtturm in List und bin ein bisschen durchgefroren.«

Nun war Vero wieder in ihrem Element und sprang auf, um im Handumdrehen eine Kanne frischen Ingwertee mit Salbei, Zitrone und einem Schuss Orangensaft zuzubereiten. Nele wärmte dankbar ihre Hände an dem heißen Becher und schloss beim Trinken genießerisch die Augen. Vero breitete eine Fleecedecke über Neles Beine und eine zweite über ihre Schulter, denn der Pavillon war im Lauf des Tages ausgekühlt. Sie selbst war allerdings immer noch erhitzt und aufgeregt wegen des Abendessens bei Hartwig und hätte in diesem Moment am liebsten einen Kopfsprung in die kalte Nordsee gemacht.

»Also … wo fange ich am besten an … Nun, du kennst doch Holger Hartwig?!« Nele nickte und trank mit halb geschlossenen Augen den Tee, dessen Wärme ihre Wangen rötlich färbte. »Ich war vorhin bei ihm daheim zum Abendessen eingeladen.«

»Du warst bitte was?« Neles aufgerissene Augen ähnelten den grasgrünen Tellern, die Vero sich diesen Sommer für das Café gegönnt hatte, die Farbe machte einfach wahnsinnig gute Laune.

»Er hatte mich eingeladen, weil er in Ruhe etwas mit mir besprechen wollte, und ich hatte zugesagt, da ich neugierig war und mir erhofft hatte, dass ich bei dieser Gelegenheit etwas erfahren würde, was für das Büchernest nützlich sein könnte.«

»Dann hatte dein Wunsch nach Umstyling also gar nichts mit meiner Hochzeit zu tun, sondern …« Dass Nele einen Satz nicht beendete und nach Worten rang, war ungewöhnlich, und nun fühlte sich Vero erst recht wie eine Person, die ihre Liebsten hinterging und Dinge tat, die ihr einfach nicht zustanden. Ihr schlechtes Gewissen spiegelte sich in Neles entsetztem Blick, in den sich eine Spur Enttäuschung gemischt hatte, als sie Veros wahres Motiv für die Typveränderung erkannte. »Findest du diesen Lackaffen etwa gut?«

Vero ärgerte sich darüber, dass ihre Freundin Hartwig als *Lackaffen* bezeichnete, denn sie hatte ihn heute Abend zu schätzen gelernt und fand ihn tatsächlich sehr anziehend. Doch wie sollte sie Nele erklären, dass ihr Wunsch, ihr Äußeres zu verändern, mit vielen kleinen Mosaiksteinchen zusammenhing, die zurzeit ihr Leben ausmachten? »Ich kann verstehen, dass das ein wenig schräg klingt und auch, dass du glaubst, ich wollte mich für Hartwig schön machen. Ich kann auch nicht leugnen, dass das zum Teil stimmt. Aber es ist genauso wahr, dass ich zu eurer Hochzeit in Form sein will und Sven und dir Ehre machen möchte. Und was ist im Übrigen so verkehrt daran, sich für einen wichtigen Geschäftstermin aufzubrezeln, noch dazu, wenn derjenige, mit dem man sich trifft, die Existenz des Cafés bedroht?«

Nele zögerte einen Moment mit der Antwort, und Vero sank das Herz in die Hose. Doch in ihre Verunsicherung mischte sich auch eine gehörige Portion Wut: Wo stand eigentlich geschrieben, dass sie bis zum Ende ihrer Tage die gute alte Vero bleiben musste?

»Im Prinzip hast du völlig recht, und natürlich ist es strategisch klug, sich in der Konfrontation mit der Konkurrenz attraktiv und stark zu fühlen. Aber irgendwie passt das gar nicht zu dir. Ich weiß, dass du dir im Büchernest das Buch *Die Kunst des Krieges* ausgeliehen hattest, als plötzlich Hartwig mit seinem Foodtruck auf der Bildfläche erschien. Doch …«

»Doch was?« Vero hatte keine Ahnung, was sie gerade ritt, aber sie konnte nicht mehr an sich halten. »Doch ich sollte mich, wie immer, brav in mein Schicksal fügen, weiterhin meine Kuchen und Suppen machen, immer für andere da sein, wenn die mich brauchen, und bloß ja nichts verändern, im Gegensatz zu euch, die Kinder kriegen, eine Hochzeit planen, sich einen neuen Job suchen, Bücher schreiben oder im Van auf eine mehrmonatige Reise gehen.« Vero war jetzt so richtig in Fahrt. »Ich habe es satt, immer die rundliche, gemütliche Vero zu sein, die als Erstes fragt, was sie zu essen machen soll, wenn wir uns alle treffen, die Lissy mit den Kindern hilft, die Hinrichs Socken stopft und ihm vor dem Schlafengehen eine Wärmflasche ins Bett legt. Die geduldig Beas zahllose Macken und Flausen aushält und jetzt ausbaden muss, dass sie vergangenes Jahr durch Unachtsamkeit das halbe Büchernest geflutet und damit unser aller Existenz aufs Spiel gesetzt hat.«

»Aber das stimmt nicht so ganz«, protestierte Nele. »Dass wir den Standort aufgeben mussten, haben wir letztlich dem geldgierigen Vermieter zu verdanken. Klar hat der Wasserschaden den Prozess beschleunigt, aber dass wir jetzt sind, wo wir sind, hat viel damit zu tun, dass sich die Dinge auf Sylt verändern. Dass *wir* uns verändern.«

»Und genau deshalb werde ich Holger Hartwigs Angebot, sein neues Restaurant in Keitum zu leiten, annehmen.« Nachdem Vero dies laut ausgesprochen hatte, schlug sie sich erschrocken auf den Mund. Sie hatte noch gar keine Entscheidung getroffen, sondern wollte zunächst hören, wie Nele darüber dachte. Doch nun waren die Dinge plötzlich aus dem Ruder gelaufen, und sie hatte, ohne dies zu wollen, Tatsachen geschaffen.

»Du willst das Café aufgeben, um für diesen Möchtegern-Starkoch zu arbeiten, der dir anscheinend den Kopf verdreht und dich mit wer weiß was auch immer geködert hat?«, fragte Nele entsetzt. »Wie kannst du auch nur eine Sekunde lang glauben, dass der das ernst meint? Der will dich mit diesem Angebot doch nur dazu bringen, das Café zu schließen, damit er endgültig freie Bahn hat.«

Neles Worte fielen tief und verletzten Vero an einer Stelle, von der sie gar nicht gewusst hatte, dass sie existierte. »Erstens ist Holger ein fantastischer Koch, und zweitens weiß er sehr genau, was er tut, wenn er mir diesen Job anbietet. Ich bin eine der besten Köchinnen auf Sylt, wenn nicht sogar die beste, und er kann sich glücklich schätzen, wenn ich ihm unter die Arme greife.«

Und dann tat Vero etwas, das sie noch nie zuvor getan hatte: Sie stand auf, öffnete die Tür des Pavillons und knallte sie im Hinausgehen so laut zu, dass deren Glasscheibe klirrte. Dann stapfte sie aufs Geratewohl los, blind vor Wut, dem Gefühl von Demütigung und mit Tränen der Verzweiflung in den Augen. Was war nur auf einmal in sie gefahren? Sie erkannte sich selbst nicht mehr wieder. Doch so sauer sie auch war, so sehr tat es gut, sich endlich mal Luft gemacht und nicht nur alles in sich hineingefressen zu haben. Nele und Bea waren Meisterinnen exaltierter und egozentrischer Auftritte, und sie hatte dies stets klaglos hingenommen und versucht, die Wogen zu glätten, meist unterstützt von Lissy, die Disharmonien ebenfalls nur sehr schwer aushielt. Natürlich zankte sie sich oft mit Bea, und dabei fielen manchmal auch Worte, die beiden später leidtaten. Aber sie hatte noch nie in ihrem Leben etwas im Alleingang entschieden, ohne auf die Gefühle und Bedürfnisse ihrer Familie und Freunde Rücksicht zu nehmen.

Gerade als ihr klar wurde, dass sie gar nicht wusste, wie sie ohne Auto heim nach Morsum gelangen sollte, hörte sie einen Wagen heranfahren. Nele hielt neben ihr, öffnete die Beifahrertür, und Vero stieg ein.

Die ganze Zeit über sprachen die beiden kein Wort miteinander, auch nicht, als Vero vor ihrem Haus ausstieg.

Als sie die Haustür öffnete, hörte sie schon im Flur Hinrichs leises Schnarchen und verspürte den Drang, wieder umzudrehen und einfach davonzulaufen. Doch wohin sollte sie so spät?

Während Vero sich ins Schlafzimmer schlich, um ihr Bettzeug zu holen und es sich im Wohnzimmer gemütlich zu machen, erblickte sie auf einmal eine Wärmflasche am Fußende ihrer Seite. Das Leintuch war mollig warm, und das Bett sah äußerst kuschelig aus. Vero vermutete zunächst, dass Hinrich die Wärmflasche im Schlaf versehentlich mit dem Fuß auf ihre Seite geschoben hatte, doch dann erkannte sie, dass dem nicht so war. Denn auf ihre war ein Mond gestickt, darunter stand *Traumerfüller*. Nele hatte sie ihr irgendwann zum Geburtstag geschenkt, doch Vero hatte sie nie benutzt, sondern lieber gefroren.

Ja, ich werde mir meine Träume erfüllen, das hätte ich schon viel früher tun sollen. Mit diesem Gedanken schlüpfte sie unter die Daunendecke, glitt allmählich ins Reich der Träume hinüber und störte sich noch nicht einmal mehr am sanften Schnorcheln ihres Mannes.

19

Rieke

Da Bengt unaufhörlich durch ihre Träume gegeistert war und sie sich in den frühen Morgenstunden bei der Frage ertappt hatte, wie der Partyabend wohl verlaufen wäre, wenn es dieses hübsche Mädchen nicht gegeben hätte, beschloss Rieke, den Tag zu beginnen. »Mach dich nicht verrückt wegen eines Kerls«, schalt sie sich selbst und scrollte zur Ablenkung frühmorgens durch die Instagram-Accounts der Buchbloggerinnen und Buchblogger, Verlage und Influencer, die sich mit dem Thema Lesen beschäftigten. Jeder hatte seinen eigenen Stil und seine eigene Methode, um Follower für Literatur oder Unterhaltungsromane zu begeistern. Kein Wunder, dass seit Jahren Auszeichnungen für diese Plattformen verliehen wurden und viele davon träumten, den begehrten Buchblog-Award zu erhalten. Sie klickte auf ein Video und verfolgte mit Begeisterung ein Gespräch zwischen einer ihrer Lieblingsautorinnen und einem Buchhändler. Es war toll, dass man durch die Social-Media-Kanäle die Möglichkeit hatte, Lesungen auch online zu erleben und Interviews und Insta-Live-Auftritte gemütlich auf dem heimischen Sofa zu genießen. Auch Podcasts waren eine großartige Möglichkeit, sich zu informieren, beim Zuhören zu lachen, zu träumen und zu weinen. Doch nichts von alldem ersetzte die persönlichen Begegnungen bei Lesungen, auf Buchmessen oder Festivals.

Eines Tages würde sie auch in diesem Bereich mitmischen, dessen war Rieke sich gewiss. Doch bis dahin war es noch ein weiter Weg, denn sie hatte sich vorerst andere Ziele gesteckt.

Jetzt war es an der Zeit, aufzustehen, zu duschen und sich für den neuen Tag zurechtzumachen, auf den Rieke sich freute, weil ihr Beruf ihr die Möglichkeit eröffnete, das zu tun, was sie am liebsten mochte, und Zerstreuung vom Thema Bengt bot. Dennoch spazierten ihre Gedanken immer wieder zu ihm und dem romantischen Traum, in dem sie beide unter freiem Himmel am Strand geschlafen, mit dem Rad die Insel erkundet, ein Eis gegessen und gemeinsam einen Ausritt durchs Watt gemacht hatten.

Von irgendjemandem hatte sie gehört, dass Bengt oft in den frühen Morgenstunden am Strand von Westerland joggte. Plötzlich blitzte eine Idee in ihrem Kopf auf, und sie schaute auf die Uhr. Wenn sie sich beeilte, müsste sie es eigentlich schaffen, in einer knappen halben Stunde an der Promenade zu sein. Von dort oben hatte sie den Strand im Blick, und vielleicht …

Kurz darauf hatte sie sich zurechtgemacht und einen schnellen Kaffee getrunken. Für ein Frühstück war sie eindeutig zu nervös, denn wenn sie Bengt wirklich traf, würde sie mit ihm darüber sprechen müssen, was am späten Abend auf der Strandparty vorgefallen war, denn der unschöne Ausgang nagte immer noch an ihr und warf unzählige Fragen auf.

Während Rieke im Licht der Morgendämmerung in die Pedale trat, dachte sie daran, wie Bengt wiedergekommen war, nachdem er Ronny nach Kampen gebracht und sich vergewissert hatte, dass es ihm gut ging. Rieke hatte in Gedanken ein kleines Dankeschön an die Sternschnuppe geschickt, die ihren Wunsch, Bengt schnell wiederzusehen, erfüllt hatte. Während Emma und einige andere Mädchen versunken tanzten, hatten sie und Bengt sich ans Lagerfeuer gesetzt, gequatscht, Stockbrot und Marshmallows geröstet und sich ein Bier geteilt. Rieke war so aufgeregt gewesen wie schon lange nicht mehr und hatte sich nur eins gewünscht: dass er sie endlich in den Arm nahm und küsste.

»Arbeitest du nur als Rettungsschwimmer, oder hast du noch einen anderen Sommerjob?«, hatte sie gefragt und dabei die Augen kaum von seinen schön geschwungenen Lippen lassen können. Rechts darüber entdeckte sie eine kleine Narbe, die Bengt etwas Wildes, Verwegenes verlieh.

»Ich jobbe auch noch im *Twisters* in Wenningstedt«, erwiderte er, und ihre Blicke verfingen sich. Rieke konnte es nicht genau erkennen: Waren seine Augen meerblau oder eher meergrün? »Und du? Arbeitest du Vollzeit in der Buchhandlung, von der du eben erzählt hast, oder ist das ein Sommerjob, bevor das Studium beginnt?«

Als sie ihm die Bierflasche reichte, deren Inhalt sich allmählich dem Ende neigte, berührten sich ihre Hände, und es erschien Rieke, als gäbe es einen Funkenschlag. Bengt ging es offenbar ähnlich, denn er ließ die Flasche in den Sand fallen und beugte sich zu ihr vor. Sein Gesicht war jetzt dicht an ihrem, sie konnte seinen Atem riechen, der gar nicht nach Bier roch, sondern nach etwas unglaublich Köstlichem duftete, etwas, das sie magisch anzog. Sie schloss intuitiv die Augen und konnte es kaum erwarten zu erfahren, wie sich sein Mund auf ihrem anfühlen, wie er schmecken und wie er küssen würde.

Doch anstatt dass ihre Lippen miteinander verschmolzen, zischte plötzlich eine weibliche Stimme: »Was geht denn bitte hier ab?«, und Rieke öffnete sofort die Augen. Im Schein des Lagerfeuers sah sie ein bildhübsches Mädchen mit pechschwarzem Pagenkopf und einem Schlangentattoo am Hals, das die Hände in die Hüften gestemmt hatte, sie wütend anfunkelte und rief: »Pfoten weg von Bengt, der ist mit mir zusammen!«

Emma schien zu sehen, dass Rieke in einer misslichen Situation steckte, hörte auf zu tanzen und stellte sich neben sie.

»Lass es gut sein«, erwiderte Bengt, stand auf und zog die Wütende mit sich. Rieke hörte sie keifen und sah sie wild gestikulieren, dann wurden beide von der Dunkelheit verschluckt. Seitdem hatte Rieke nichts mehr von Bengt gesehen oder gehört.

Wenig später stand sie auf der Promenade, wo der kühle Wind ihr Tränen in die Augen trieb. Sie blinzelte ein paarmal und suchte den Strand nach Läufern ab, und da gab es etliche. Doch keiner von ihnen sah aus wie Bengt, und Rieke spürte Enttäuschung in sich aufsteigen. Er wusste, wo sie arbeitete, er hätte also ins Büchernest kommen und sich erklären können. Zudem hätte Rieke zu gern gewusst, ob es wirklich stimmte, dass die Schwarzhaarige seine Freundin war, oder ob nur sie selbst das dachte …

Weil ihr ein bisschen kühl wurde, ging Rieke mit strammen Schritten nach links zum Bohlenweg, begleitet von einer Silbermöwe, die sich offenbar Futter erhoffte. Der hübsche Vogel schaute sie mit großen, dunklen Augen an, tippelte jedoch bald davon, als klar wurde, dass bei dieser Spaziergängerin nichts zu holen war. Rieke ließ ihren Blick weiter über den hellen Sandstrand schweifen, der nach dem letzten großen Sturm im Januar an vielen Stellen hatte aufgeschüttet werden müssen. Sie konnte sich noch gut an die riesigen Baufahrzeuge erinnern, die dort gestanden und den idyllischen Eindruck stark getrübt hatten. Doch so war das nun mal auf Sylt: Es ging immer wieder sehr stürmisch zu. In der Natur, aber auch in den Herzen der Menschen, die hier lebten und liebten, und man tat gut daran, angesichts dieser Herausforderungen einen möglichst kühlen Kopf zu bewahren. Irgendwann beruhigten sich die Dinge ohnehin wieder. Stürme ließen nach und wurden zu lauen Lüftchen, große Hitze wich kühlen Temperaturen, aufgepeitschte Wogen glätteten sich zu einer sanften See, auf der noch nicht einmal Schaumkronen in der Sonne glitzerten. Rieke spürte, dass der Spätsommer eine gewisse Beruhigung mit sich brachte, eine Wohltat für diejenigen, die in der Saison viel zu viel gearbeitet und nur wenig freie Zeit gehabt hatten. Es standen längst nicht mehr so viele Strandkörbe am Meer, und mit den weniger werdenden Badegästen und Wanderern, die die Gefahren des Wattenmeeres unterschätzten, endete unweigerlich auch die Zeit, in der Rettungsschwimmer dafür engagiert waren, in Not Geratene zu bergen. *Rettungsschwimmer, wie Bengt …*

Der Anblick des auf Stelzen stehenden DLRG-Häuschens im Licht der stärker werdenden Sonne und die Erinnerung an den aufregenden Beinahe-Kuss ließen Riekes Herz wild pochen, und sie wusste, es war allerhöchste Zeit, wieder zur Vernunft zu kommen: Wenn Bengt wirklich etwas daran lag, sie wiederzusehen und ihr seinen Beziehungsstatus zu offenbaren, wusste er, wo er sie finden würde. Sie war nicht wie diese Mädchen aus den schlecht geschriebenen New-Romance-Büchern, die ewig einem Typen hinterherschmachteten, der entweder längst vergeben war oder erwartete, dass sie ihm hinterherliefen. Außerdem wollte sie nach der schmerzhaften Trennung von Keno keinen erneuten Liebeskummer riskieren. Wie oft kann ein Herz verletzt werden, bis es endgültig bricht und nicht mehr geheilt werden kann?, fragte sie sich, weil Bengt bereits viel zu viel Raum in ihrer Gefühlswelt einnahm. In diesem Moment kamen ihr Beas Worte über die stolzen Sylterinnen in den Sinn, mit denen sie zweifellos recht hatte. Also reckte Rieke das Kinn und machte kehrt. Denn sie wollte auf keinen Fall zu spät ins Büchernest kommen, nur weil Bengt sie kurzfristig aus der Fassung gebracht hatte!

20

Bea

Bea bestaunte vom Garten aus die Morgenstimmung am Keitumer Watt. Es gab kaum etwas Schöneres, als diesen Blick zu genießen und dabei eine Tasse Tee zu trinken. Kaffee wäre ihr zwar lieber gewesen, aber sie versuchte, sich weitgehend an den Rat der Ärztin zu halten, bei der sie wegen ihres Bluthochdrucks in Behandlung war. Heute arbeitete sie den ganzen Tag im Büchernest, denn es standen Termine mit Verlagsvertretern auf dem Programm, und darauf freute sie sich sehr. Auch nach all den Jahren, die sie als Buchhändlerin tätig war, und den zahllosen Büchern, die sie gelesen hatte, war sie immer noch gespannt auf die Neuerscheinungen, die auf sie selbst und die Kundschaft des Büchernests warteten. Der Buchmarkt veränderte sich stets, genau wie die Lesegewohnheiten, und das war auch gut so, denn Veränderungen gehörten nun mal zum Leben dazu.

Nachdem sie die leere Teetasse in die Spüle gestellt und ihren Mantel von der Garderobe genommen hatte, bemerkte sie, wie still es im Watthuis war. Adalbert hatte hier früher Yogastunden gegeben, unterrichtete aber seit Beas Einzug in einem eigens dafür gemieteten Raum, um ihre Zweisamkeit nicht durch die Anwesenheit von Schülerinnen und Schülern zu stören.

Es ist nicht nur beängstigend still hier, sondern wir haben geradezu unanständig viel Platz, dachte Bea und verließ kopfschüttelnd ihr Zuhause, in dem sie sich nach wie vor ein wenig fremd fühlte. Anstatt direkt zum Büchernest zu gehen, bog sie, einem spontanen Impuls folgend, links ab und steuerte geradewegs auf den alten Standort der Buchhandlung zu, was sie bislang tunlichst vermieden hatte.

Die Bauarbeiten am Gebäude waren immer noch in vollem Gange, doch man sah, dass es nicht mehr lange dauern würde, bis die ersten Urlauber die neu entstandenen Ferienwohnungen beziehen konnten. Spätestens zu Ostern, wenn die Saison auf Sylt richtig Fahrt aufgenommen hatte, würde nichts mehr daran erinnern, dass an diesem Ort einst die Buchhandlung Bücherkoje und Neles Café Möwennest sowie die Kita Inselkrabben untergebracht gewesen waren. Bea studierte das Schild des Unternehmens, das dem Neubau den wenig einfallsreichen Namen »Wattblick« verpasst hatte, und bekam sofort schlechte Laune. Das war keine gute Idee, Bea Hansen, schalt sie sich selbst und ging mit schnellen Schritten Richtung Kapitänshaus. Die Dinge waren nun mal, wie sie waren, und würden sich vermutlich auch nicht mehr ändern. Adalbert hatte ihr gestern Abend zwar neue Angebote von einem Makler gezeigt, doch obwohl dessen Portfolio schöne Objekte enthielt, hatte Bea nicht den Wunsch verspürt, sich auch nur ein einziges anzuschauen. Ihr Motto lautete von jeher: Bücher haben Seele und verdienen es, an einem Ort mit Seele präsentiert zu werden. Keines der Ladenlokale hatte auch nur im Ansatz ihren Vorstellungen entsprochen. Sie würde künftig keine faulen Kompromisse mehr eingehen, die Nutzung ihres Hauses als neuer Standort des Büchernests war bereits Zugeständnis genug gewesen, und sie bereute diese Entscheidung mittlerweile. Seit der Familienrat am Samstag getagt und Hinrich beherzt unangenehme Wahrheiten ausgesprochen hatte, rumorte es in ihr.

New Romance hin, Social Media her. War das wirklich noch die Welt der Bücher, die sie so liebte? War es nicht tatsächlich an der Zeit, loszulassen und das Bücherverkaufen an eine neue Generation zu übergeben, die andere Mittel und Wege wählte, um das Lesen hip und trendy zu machen? Auch wenn sie den neuen Medien kritisch gegenüberstand, fand Bea es fantastisch, dass Plattformen wie TikTok Buchverkäufe befeuerten und dass es dort sogar einen digitalen Buchklub gab. Sie freute sich für alle Autorinnen und Autoren, die quasi über Nacht die Chance bekamen, einen Megabestseller zu landen, auch wenn sie zuvor vielleicht nur wenige Exemplare verkauft hatten. Der Buchmarkt war immer schon ein Lotteriespiel gewesen.

Auch Bea würde sich dieser Herausforderung stellen müssen, sobald ihr Krimidebüt im Handel war. Bei der Erinnerung an den Moment, als der zuständige Verlagsvertreter sie nach der gewünschten Bestellmenge von *Der Leichnam am Leuchtfeuer* gefragt hatte, musste sie kichern. Sie hatte geantwortet: »Ein halbes«, was beide gleichermaßen amüsiert hatte. Schließlich hatte sie entschieden, den eigenen Kriminalroman nicht ins Sortiment zu nehmen, weil ihr dies eitel und selbstgefällig erschienen wäre.

Kurz vor der Buchhandlung stieß sie beinahe mit Rieke zusammen, die sie lächelnd begrüßte, allerdings nicht ganz so strahlend wie sonst. Rieke war die personifizierte *next genera-*

tion, der es egal war, wie die Dinge früher liefen, und die nach ihren eigenen Regeln spielte, so, wie sie es selbst früher natürlich auch getan hatte.

Die Welt gehört den Jungen, es wird Zeit, dass du dies akzeptierst, dachte sie bei sich selbst, obgleich ihr dieser Gedanke einen kleinen Stich versetzte. Sie erwiderte den Gruß der Mitarbeiterin und folgte Rieke in die Buchhandlung.

»Schau mal, da liegt ein Päckchen von deinem Verlag, das wohl gestern übersehen wurde«, rief diese vom Kassentresen her, während Bea am anderen Ende des Ladens nach einer geeigneten Stelle für die antiquarischen Bücher suchte, die nicht mehr in die alte Schiffstruhe passten. »Vielleicht sind das ja schon deine Belegexemplare, ist das nicht aufregend?«

Bea machte »Mhm«. Die Buchpremiere war für den 20. Oktober angesetzt. Rieke streckte ihr den Karton entgegen, offenbar weit neugieriger als Bea selbst. Obwohl ihr gerade nicht der Sinn danach stand, öffnete Bea das Päckchen, und siehe da: Darin befanden sich drei druckfrische Exemplare und eine Karte von ihrer Lektorin. »Herzlichen Glückwunsch zum baldigen Bookbirthday«, stand darauf, gefolgt von den Worten: »Ich wünsche Ihnen und Ihrem Debüt von Herzen viel Erfolg und freue mich auf das Live-Event auf Sylt.« *Bookbirthday*. Auch so ein neuer Begriff.

»Das sieht ja toll aus«, lobte Rieke, die Bea über die Schulter schaute. »Darf ich mal? Oder noch besser: Darf ich dich dabei filmen, wie du dein Buch zum ersten Mal in Händen hältst?«

Bea konnte sich gerade noch ein »Untersteh dich!« verkneifen und starrte mit zusammengekniffenen Lippen auf die Belegexemplare, die ihren Namen trugen. Der Krimi war hübsch gestaltet, keine Frage, und das schwarz-weiß gestreifte

Kampener Leuchtfeuer, *der lange Christian* genannt, passte perfekt zu dem düsteren, spannungsverheißenden Cover.

Doch Bea konnte sich gerade über nichts davon freuen, denn sie dachte in diesem Moment nur an eins: Ihr fehlte immer noch die passende Lösung für ihr Schreibdilemma.

»Du siehst ja nicht sonderlich begeistert aus, freust du dich denn gar nicht?«, fragte Rieke stirnrunzelnd. »Das muss doch ein wahnsinnig toller Moment für dich sein, den wir übrigens unbedingt feiern sollten.«

»Was sollten wir feiern?«, fragte Lissy, die gerade hereinkam und den kleinen Niels in einem Tragetuch an ihrer Brust trug.

»Das da«, brummte Bea und zeigte ihrer Nichte das Buch, von dem sie wünschte, sie hätte es niemals geschrieben. Wenn sie an die geplante Buchpremierenfeier dachte, zu der sich bislang kaum jemand angemeldet hatte, wurde ihr übel. Und wer sollte diesen Krimi eigentlich lesen? Mitte Oktober begann die Frankfurter Buchmesse, und dann überschwemmten die Buchredakteure das Land mit Lesetipps, rekelten sich blutjunge, wunderschöne Debütantinnen auf dem blauen Messesofa, wurden die Autorinnen und Autoren des Gastlandes bejubelt, und die Riege der – meist männlichen – Thrillerautoren markierte ihr Bestsellerrevier mehr als deutlich. Gab es nicht ohnehin schon viel zu viele Bücher?

Was um alles in der Welt hatte sie sich nur dabei gedacht, als sie beschlossen hatte, in diesem Zirkus mitzuspielen? War sie von allen guten Geistern verlassen gewesen?

Die Antwort war so einfach wie ernüchternd: Sie war ein Opfer ihrer eigenen Eitelkeit, des finanziellen Druckes und ihrer Liebe zum Büchernest geworden und musste nun wohl oder übel die Konsequenzen dieser Entscheidung tragen.

»Das ist ja mega«, freute Lissy sich aufrichtig, und auch Niels gab ein zufriedenes Glucksen von sich. »Ich kann es kaum erwarten, das Buch zu lesen. Immerhin hast du lange genug ein Geheimnis daraus gemacht. Darf ich ein Exemplar haben, und signierst du es mir?«

Signieren?!

Bea fühlte sich wie eine Hochstaplerin, als Rieke ihr einen schwarzen Filzstift gab, der optisch gut zum Cover passte, und fragte: »Hast du eigentlich Autogrammkarten?«

»Autogrammkarten? Nein, wieso?«, sagte Bea entgeistert und nahm die Kappe vom Stift ab, aufmerksam beäugt von Lissy, die sie aufmunternd anlächelte. Sie schlug den Krimi auf und überlegte, was sie schreiben sollte und wohin. Auf das erste, weiße Blatt oder unter den Innentitel? Sie entschied sich für die weiße Seite, denn die Vorstellung, eine persönliche Widmung unter etwas mit dem Wort »Leichnam« im Titel zu schreiben, missfiel ihr. Mit ungelenker Schrift kritzelte sie »Für meine liebe Lissy« und setzte, kaum lesbar, ihre Unterschrift darunter. Dann reichte sie ihrer Nichte den Krimi und wurde sich der Tatsache bewusst, dass Lissy bald lesen würde, was Bea so lange und sorgfältig vor ihrer Familie und ihren Freunden geheim gehalten hatte.

»Ich danke dir«, sagte Lissy strahlend und gab Bea einen Kuss auf die Wange. »Ich kann es kaum erwarten, Liu das Buch zu zeigen, und natürlich Leon.«

»Ist Liu gerade bei der Tagesmutter?«, fragte Bea, der es deutlich angenehmer war, über die Kleine zu sprechen als über ihr Krimidebüt.

»Ja, ich habe sie dort abgeliefert, weil ich mal bei euch vorbeischauen und zudem einiges einkaufen möchte. Kann ich dir irgendetwas aus Tinnum mitbringen?«

»Nein danke, ich brauche nichts, aber du kannst Niels gern hierlassen, während du deine Besorgungen machst. Dann hast du es einfacher, und ich kann ihn in die Welt der Bücher einführen, womit man bekanntlich nie früh genug beginnen kann.«

»Das wäre natürlich toll und eine enorme Erleichterung«, erwiderte Lissy dankbar. »Ist hier sonst soweit alles in Ordnung? Was machen die Umsätze?«

»Wir haben schon ziemlich viele Titel aus dem neuen New-Romance-Regal verkauft«, sagte Rieke mit stolzer Stimme. »Es hat sich unter den Keitumer Teenies schnell herumgesprochen, dass wir dieses Genre endlich auch im Laden haben. Ich vermute, dass wir bald nachordern müssen, da hier in den Herbstferien erfahrungsgemäß viele junge Mädchen mit ihren Eltern Urlaub machen. Ich finde, wir sollten unbedingt versuchen, so bald wie möglich eine Signierstunde mit einer angesagten Autorin zu veranstalten. Vielleicht könnte das sogar der Aufhänger für die Berichterstattung über den neuen Standort sein, an deren Konzept Svens Pressefrau gerade arbeitet.«

Bea verspürte ein innerliches Grollen, wie Donner, wenn ein Gewitter im Anmarsch war. Bisher hatte es im neuen Büchernest noch keine einzige Veranstaltung gegeben, und nun sollten sie ausgerechnet mit diesem Mädchenkram beginnen?!

»Super Idee«, stimmte Lissy Rieke begeistert zu. »Ich kann gern bei den entsprechenden Verlagen nachfragen, ob eine ihrer Autorinnen bereit wäre, auf die Insel zu kommen. Die Hamburger Herbstferien beginnen Anfang Oktober, also müssen wir das schnellstmöglich in Angriff nehmen.«

»Wir zahlen aber weder ein Honorar noch Reisekosten«, blaffte Bea, die beschloss, diesem Event demonstrativ fernzubleiben. »Wenn es dir gelingt, im *Strandkorbträume* eine kostenlose Übernachtung und eine Wellnessbehandlung oder so etwas herauszuschlagen, dann mach das. Aber ich investiere keinen müden Cent in diese Sache, damit das schon mal klar ist.«

»Aber natürlich ist es das«, erwiderte Lissy und reichte Niels an Bea weiter. »Ich kümmere mich sofort nach dem Einkaufen darum und melde mich, sobald ich Erfolg hatte. Magst du mir gleich deine Favoritinnen schreiben, Rieke? Das würde die Anfragen erleichtern.«

Nachdem ihre Nichte gegangen war, wiegte Bea den kleinen Niels in den Armen, während Rieke intensiv überlegte, welche Autorinnen ihre Wunschkandidatinnen für die Signierstunde waren. Sie stand eine ganze Weile vor dem Bücherregal, tippte fortwährend etwas in ihr Smartphone und zog nacheinander alle möglichen Titel heraus. In diesem Moment erinnerte sie Bea an sich selbst, als sie noch mit Leib und Seele Buchhändlerin gewesen war und sich nichts sehnlicher gewünscht hatte, als selbst eine Buchhandlung zu eröffnen und sie nach ihren eigenen Vorstellungen zu gestalten.

»Ich gehe für einen Moment mit Niels nach oben, da ist es gemütlicher als hier«, sagte Bea und lief die Treppe hinauf, wo früher ihr Schlafzimmer gewesen war. Nun wohnte Nele darin und im Zimmer nebenan Sophie, wenn sie nicht gerade auf Reisen war. Bea setzte sich in den Schaukelstuhl in Neles Zimmer, weil sie wusste, dass diese kein Problem damit hatte, und summte ein friesisches Kinderlied für Niels.

Dieser Raum war mal mein Kinderzimmer, dachte sie versonnen und erinnerte sich an die Einrichtung von früher und an die Besonderheiten, die diesen Raum mit Leben erfüllt hatten:

das alte Schaukelpferd, das Schifferklavier, auf dem ihr Vater so gern gespielt hatte und das Bea als Erinnerung nach seinem viel zu frühen Tod behalten durfte. Aber auch das Puppenhaus war sehr schön gewesen und hatte ihr die Möglichkeit geboten, in ganz eigene Welten abzutauchen, in denen es nur sie und ihre Fantasien gab. Sie hatte Stunden um Stunden mit Figuren aus Stoff und anderen kleinen Puppen gespielt, die in dem Haus wohnten und dort abenteuerliche Geschichten erlebten.

War ich, ohne es zu wissen, womöglich schon als Kind eine Erzählerin?, überlegte sie und malte sich gleichzeitig aus, von wie vielen Geschichten das Haus zu berichten hätte, wenn es sprechen könnte. Erbaut worden war es im 18. Jahrhundert von einem stolzen Kapitän, der sein Vermögen mit Walfang gemacht und das Geld dazu verwendet hatte, ein prunkvolles Heim für seine Familie zu schaffen, in dem Raum für Kultur geboten wurde. Das Schöngeistige war Bea sozusagen in die Wiege gelegt worden, denn die Hansens hatten sich von jeher mit Literatur, Musik und Malerei beschäftigt und oftmals auch Künstler finanziell unterstützt. Sie selbst war immer schon von Büchern umgeben gewesen, man konnte sagen, dass Bücher ihre erste große Liebe waren.

Und mit einem Mal durchzuckte sie ein Gedanke, der es wert war, gründlich durchdacht und womöglich später in die Tat umgesetzt zu werden.

»Du bringst mir Glück, mein Kleiner«, sagte sie, nun deutlich fröhlicher gestimmt, zu Niels und gab ihm einen liebevollen Kuss auf die Stirn. »Danke dir! Wie schön, dass es dich gibt.«

21

Lissy

Einen Tag später beobachtete Lissy gerührt, mit wie viel Appetit die kleine Liu die Süßspeise *Qualle auf Sand* verputzte und sich sogar noch eine zweite Portion geben ließ. Dass sie nach dieser üppigen Mahlzeit auf der sonnenbeschienenen Terrasse vermutlich keinen Appetit mehr beim gemeinsamen Abendessen mit Leon haben würde, war egal!

»Lecker«, verkündete Liu, deren Mund von Sahne und Kirschresten verschmiert war, und marschierte dann schnurstracks in Richtung Sandkasten. Lissy beobachtete zwei Eichhörnchen, die sich gegenseitig die Bäume hochjagten und mit einer solchen Eleganz und Leichtigkeit von Ast zu Ast sprangen, als seien sie Trapezkünstler. Dieses Schauspiel war äußerst putzig anzusehen, hatte aber auch zur Folge, dass die herumtobenden possierlichen Tierchen Blätter nach unten schweben ließen wie kleine, bunte Propeller. Lissy bedauerte dies, denn sie liebte den nahenden Herbst, aber nicht die darauffolgende karge Zeit, in der kein einziges Blatt mehr an den Zweigen hing und die Äste wie kahle Gerippe in den Himmel ragten. Am liebsten hätte sie jedes einzelne aufgehoben und wieder angeklebt, um die Zeit bis zum Frühling zu überbrücken. Während

Liu spielte, checkte Lissy die Korrespondenz, die sie mit etlichen Verlagen wegen der geplanten Signierstunde geführt hatte. Zu ihrem Erstaunen waren gleich drei Autorinnen bereit, zu diesem Event nach Sylt zu kommen, und sogar einverstanden, honorarfrei zu arbeiten.

Nun geriet Lissy ins Schlingern: Wem von ihnen sollte sie den Vorzug geben? Nachdem sie eine Weile hin und her überlegt hatte, jedoch zu keiner Entscheidung gelangt war, außer zu losen, kam ihr ein Gedanke: Sollte man diese Chance nicht einfach für ein Trio-Event nutzen, vorausgesetzt, keine der drei störte sich an der vermeintlichen Konkurrenz aus anderen Verlagen? Als sie Rieke anrief und ihr das Dilemma schilderte, war diese völlig aus dem Häuschen und kreischte beinahe in den Hörer: »Das ist eine mega Idee, wir sollten das Event ganz groß aufziehen. Mit Interviews im Livestream und Gewinnspielen und Videos, die wir und die jeweiligen Verlage posten können. Eine Freundin von mir ist eine bekannte Buchbloggerin mit einer hohen Reichweite auf TikTok, die wird das Event sicher auch auf ihrem Kanal teilen. Wir müssen die Welt wissen lassen, dass das Büchernest noch lange nicht tot ist, mit der Zeit geht und endlich wieder die Nase vorn hat.«

Riekes Begeisterung war so mitreißend, dass Lissy über das *totgesagte Büchernest* hinwegsah und ein vorfreudiges Kribbeln verspürte, das sie schon ewig nicht mehr gehabt hatte. Wenn es ihr gelang, die Verlage und ihre Stars davon zu überzeugen, dass die Autorinnen als Trio ein Veranstaltungsevent der Spitzenklasse darstellten, wäre das ein echter Jackpot.

Dies zu erreichen bedurfte allerdings eines gewissen Fingerspitzengefühls, denn sie ahnte, wie erfolgsverwöhnt die drei jungen Damen waren.

Nachdem Lissy den kleinen Niels gestillt und frisch gewindelt hatte, überlegte sie, ob es besser wäre, sich schriftlich an die Autorinnen zu wenden oder telefonisch. Da Liu immer noch völlig versunken in ihr Sandkastenspiel war und Niels zufrieden döste, beschloss Lissy, ihr Glück telefonisch zu versuchen.

Erstaunlicherweise war Mina Sparkle sofort am Handy, als hätte sie gerade auf einen Anruf gewartet. Lissy schilderte ihre Idee, und die Antwort war … ein langes Schweigen. Gerade als sie fragen wollte, ob die Autorin noch am Apparat war, kam die Frage: »Wer sind die anderen beiden?«, und Lissy nannte die Namen Lara Lukas und Kim Kersten.

Erneut Schweigen im Walde, dann wollte Mina wissen, wie die beiden anderen auf den Vorschlag reagiert hatten, weshalb Lissy nichts anderes übrig blieb, als auch Lara und Kim zu kontaktieren. Lara schien sehr gutmütig zu sein und sagte sofort zu, Kim hingegen hatte offensichtlich ein großes Problem damit, sich zu entscheiden. Das Ende vom Lied war, dass alle drei sich ein detailliertes Konzept und einen Veranstaltungsablauf erbaten, bevor sie eine endgültige Aussage trafen. Zum ersten Mal dachte Lissy über einen möglichen Konkurrenzkampf zwischen denjenigen nach, die Bücher schrieben und größtenteils von dieser Arbeit lebten. Gerade in Zeiten, in denen es der Buchmarkt schwer hatte, wurde der *Kuchen* nicht größer, sondern eher kleiner, und nicht jeder war bereit zu teilen. Das galt nicht nur für die Buchhandlungen auf Sylt, sondern für alle, die mit etwas handelten, das für die einen purer Luxus war und damit unerschwinglich – und für die anderen zum täglichen Leben gehörte wie eine Scheibe Brot.

Sie rief Rieke an, brachte sie auf den neuesten Stand und

überließ es ihr, ein Konzept zu erarbeiten, das sie später allen drei Autorinnen schicken würde.

»Danke für dein Vertrauen, ich setze mich gleich heute Abend dran«, erwiderte Rieke begeistert. Lissy schmunzelte, weil Rieke sich so ins Zeug legte, und schaute auf die Uhr. Es war fünf Uhr nachmittags, Leon würde bald von seiner Geschäftsreise nach Hamburg zurück sein. Weil es gleich an der Zeit war, Liu zu baden und ihr die Haare zu waschen, nahm sie das Tragekörbchen mit Niels und eine Tasse Kräutertee mit nach draußen, damit der Kleine noch einen Moment an die frische Luft kam. Sie platzierte Niels auf dem Stuhl gegenüber vom Tisch, rief nach Liu und stellte ein Glas naturtrüben Apfelsaft, gemostet von Vero, hin sowie einen Teller mit Apfelschnitzen. Liu ließ sich ausnahmsweise nicht zweimal bitten, und dann ging alles plötzlich sehr schnell: Eine hungrige Möwe stürzte herab, Lissy erschrak zu Tode, und Niels brüllte wie am Spieß. Liu warf sich schützend über ihr Brüderchen, Lissy befürchtete schon das Schlimmste und rannte zu ihren Kindern, wobei sie beinahe den Tisch umwarf.

»Was ist denn hier los?«, rief Leon entsetzt, während Lissy mit der einen Hand die heulende Liu an ihre Brust presste und mit der anderen das flaumige Köpfchen von Niels streichelte. »Ist alles okay, oder hat das Biest einen von euch verletzt?«

»Ich … ich glaube nicht«, erwiderte Lissy und küsste ihr Töchterchen, zutiefst dankbar dafür, dass sie so geistesgegenwärtig reagiert und den kleinen Bruder mit ihrem Körper bedeckt hatte. »Wäre Liu nicht gewesen, wäre die Sache womöglich schlimm ausgegangen. Liu, mein Schatz, das hast du ganz, ganz großartig gemacht.«

»Allerdings, meine Große«, stimmte Leon ihr zu und wirbelte Liuna-Marie durch die Luft, was sie mit einem begeisterten Quietschen quittierte. »Du bist meine Superheldin und hast dir eine Belohnung verdient.«

»Superheldin, Superheldin«, wiederholte Liu, sichtlich glücklich darüber, dass der geliebte Papa nach zweitägiger Abwesenheit endlich wieder daheim war und ihr all seine Aufmerksamkeit schenkte.

Lissy zitterte am ganzen Körper und hielt immer noch Niels, der zum Glück nicht mehr weinte, im Arm. Sie murmelte: »Wir sprechen später«, auch wenn es sie natürlich brennend interessierte, wie es Leon in Hamburg ergangen war. Doch in diesem Augenblick hatten die Kinder Vorrang. Und die beglückende Erfahrung, dass Liu Niels intuitiv gerettet hatte, als es darauf ankam. Das konnte doch nichts anderes sein als Liebe …

Erst spät am Abend kam sie dazu, ihren Mann zu fragen, wie seine Jobaussichten waren, denn es hatte sehr lange gedauert, bis die aufgedrehte Kleine ins Bett gebracht werden konnte. Liu spürte genau, dass an diesem Nachmittag etwas Bedeutsames passiert war, und genoss die Zuwendung ihrer Eltern in vollen Zügen. Lissy war froh, als endlich Ruhe eingekehrt war und sie sich neben Leon auf dem ausladenden Familiensofa unter eine Wolldecke kuscheln konnte. Er hatte für beide eine Kanne Früchtetee gekocht und eine kleine Packung Kemm'sche Kuchen, eine Hamburger Spezialität, die Lissy so gern mochte, in eine Schale gefüllt.

»Der Headhunter sieht im Grunde nur zwei Möglichkeiten für mich«, begann er ohne Umschweife, während Lissy versuchte, das wilde Pochen ihres Herzens unter Kontrolle zu bekommen. »Entweder eine Festanstellung in einem der großen

Hamburger Verlagshäuser, was zurzeit aber wegen der Stelleneinsparungen schwierig sein dürfte, oder den Schritt in die Selbstständigkeit.«

»Selbstständigkeit?!« Lissy verschluckte sich beinahe an dem köstlichen Keks.

»Ich weiß, dass dir die Vorstellung Angst macht, weil wir auf ein festes Einkommen angewiesen sind, aber ich könnte mir dann viel eher aussuchen, worüber ich schreiben möchte und für welches Magazin. Meine Marktchancen sehen wohl gar nicht so übel aus, denn ich habe einen exzellenten Ruf in der Branche und könnte zudem gut bezahlte PR-Texte für Unternehmen schreiben, hinter denen ich auch wirklich stehe. Zudem gäbe mir das die Möglichkeit, weitgehend von zu Hause aus zu arbeiten und dich zu entlasten, wenn du wieder mehr im Büchernest sein möchtest.«

»Dann bräuchtest du aber ein Arbeitszimmer«, gab Lissy zu bedenken, die Leons bisherigen Raum, der auch als Gästezimmer diente, langfristig für Niels verplant hatte.

»Das bräuchte ich wohl, es gäbe allerdings auch die Möglichkeit, mich in einer Bürogemeinschaft einzumieten«, erwiderte Leon und strich Lissy zärtlich eine lose Haarsträhne aus dem Gesicht. »Nun mach bitte kein so ängstliches Gesicht. Bislang ist das alles nur ein reines Gedankenspiel, und wir entscheiden das alles ohnehin gemeinsam.«

»Es gefällt dir ohnehin besser, selbst zu schreiben, als das zu redigieren, was andere zu Papier gebracht haben«, murmelte Lissy, der immer klarer wurde, dass es für Leon gerade um weit mehr ging als nur darum, den Job zu wechseln. Er wollte seine kreative Freiheit wiederhaben, und das konnte Lissy gut verstehen. Allerdings waren sie jetzt zu viert und brauchten ein festes

Einkommen. »Adalbert hat übrigens angeboten, sich mit dir über dieses Thema zu unterhalten und dich nach seinen Möglichkeiten zu unterstützen.«

»Du meinst, als väterlicher Ratgeber?« Leon wiegte den Kopf hin und her. Bildete Lissy sich das nur ein, oder schwang ein Hauch von Verärgerung in seiner Stimme mit? Fühlte er sich etwa von ihr bevormundet? »Sei mir nicht böse, mein Schatz, aber ich brauche diese Art von Gespräch nicht. Ich bin schon groß und weiß, was ich kann.«

Lissy war so schockiert über diese brüske Zurückweisung, dass sie nichts mehr erwiderte, sondern stumm vor sich hin starrte. Was für ein aufregender und anstrengender Tag mit einem wahren Wechselbad der Gefühle. Erschöpft von der emotionalen Achterbahn wurde sie schlagartig müde und sehnte sich danach, sich einfach nur noch die Bettdecke über den Kopf zu ziehen und das Thema Zukunft vorerst einfach Zukunft sein zu lassen.

Alles andere hatte wahrscheinlich ohnehin keinen Sinn.

22

Rieke

Am frühen Abend brachte Rieke ihr Pferd nach dem langen Ausritt am Keitumer Watt zurück auf die Koppel. Sie löste den Führstrick vom Halfter und streichelte die warmen, samtigen Nüstern ihrer Stute Merret.

»Tschüss, meine Hübsche, ich muss jetzt los, weil ich mich gleich mit Emma treffe und danach noch ein Konzept für ein Signierevent mit drei Starautorinnen im Büchernest erstellen soll, ist das nicht großartig?«

Merret schnaubte zufrieden, was Rieke als begeisterte Zustimmung wertete. Sie tätschelte der Stute zum Abschied den Hals, verließ die Weide des Reiterhofs und wünschte, sie hätte mehr Zeit für ihr Pferd als nur drei- bis viermal die Woche.

Keitum lag bereits im Dunkeln und wirkte wie ausgestorben, als sie sich aufs Fahrrad schwang, um nach Wenningstedt zu radeln, wo Emma auf sie wartete. Seit der Schließung des American Bistros in Westerland gab es nicht mehr viele Locations auf Sylt, die bezahlbar und attraktiv für Jüngere waren, doch das *Twisters* gehörte zu den Restaurants, die sie beide liebten. Rieke war allerdings nur deshalb auf Emmas Vorschlag, dort zu essen, eingegangen, weil sie wusste, dass Bengt ausschließlich an den Wochenenden arbeitete. Es drohte also keine Gefahr, bei seinem Anblick wieder ins Schwärmen zu geraten, auch wenn ein Teil von Rieke sich paradoxerweise dennoch wünschte, Bengt wiederzusehen.

»Hey, da bist du ja endlich. Kussi, my love«, begrüßte Emma sie eine halbe Stunde später und spitzte ihre vollen, knallrot bemalten Lippen zu einem Kussmund. »Ich dachte schon, du seist vom Pferd gefallen.«

»Sorry, dass ich erst jetzt da bin, aber ich konnte mich nur schwer von Merret trennen. Schon jemanden gesichtet, der dir gefällt?«, fragte Rieke grinsend. Emma trug einen tiefen Ausschnitt und hatte sich ziemlich aufgebrezelt.

Emma antwortete: »Nö«, verzog schmollend das Gesicht und schob ihr die Speisekarte rüber. »Essen ist der Sex des Alters, habe ich mir sagen lassen«, sagte sie und stimmte ihr kehliges, ansteckendes Emma-Lachen an, das Rieke so liebte. »Und weil ich schon ewig keinen mehr flachgelegt habe, gönne ich mir jetzt sogar zwei Portionen Süßkartoffel-Pommes zu meinem Cajun-Burger. Also, was gibt's Neues, meine kleine Ricke-Zicke? Alles cool im Büchernest?«

»Wenn alles gut geht, signieren in den Herbstferien drei Starautorinnen aus dem New-Romance-Genre im Büchernest, und ich habe nun die ehrenvolle Aufgabe, die drei Diven davon zu überzeugen, dass es irre viel Spaß machen wird, zu dritt im Rampenlicht zu stehen, auch wenn sie es sich teilen müssen. Eine von ihnen ist übrigens Kim Kersten.«

»*Die* Kim Kersten?«, wiederholte Emma den Namen beinahe so ehrfürchtig, als hätte Rieke gesagt, dass Billie Eilish auf Sylt ein Konzert geben würde.

»Ganz genau, *die* Kim, Autorin der Dark-Romance-Reihe *Love Without Rules*.«

»Und das erlaubt die sonst so strenge Tante Bea?« Emma schüttelte ungläubig den Kopf und bestellte das Essen sowie zwei Flaschen Longboard-Island-Lagerbier für beide.

Rieke hatte sich für den Burger mit Ziegenkäse, Datteln, Feigen und roten Zwiebeln entschieden.

»Nenn sie nicht immer so, sie ist eigentlich sehr nett, hat aber als Gründerin der Buchhandlung ihre eigenen Vorstellungen davon, wie das Büchernest geführt werden soll, was absolut okay ist«, verteidigte Rieke ihre Arbeitgeberin. »Bea ist tatsächlich alles andere als begeistert von der Idee, lässt uns aber freie Hand, solange die Kosten im Rahmen bleiben. Wenn es mir gelingt, das Event so groß zu machen, wie ich es mir wünsche, reicht der Platz im Büchernest allerdings nicht aus, und wir müssen Sven fragen, ob er uns Räumlichkeiten im Hotel zur Verfügung stellt.«

»Das wird groß, das kann ich dir jetzt schon sagen. Ich kenne mindestens zehn Mädels, die sich um ein Selfie und Autogramme mit Kim reißen. Und wenn on top noch die Urlauberinnen kommen oder Fans vom nahe gelegenen Festland, dann ist hier die Hölle los. Ist das jetzt allein dein Job, oder hast du Hilfe? Ich unterstütze dich übrigens gern, wenn du magst, denn das klingt ultraspannend.«

Rieke erzählte, dass Lissy diejenige gewesen war, die alle drei dafür begeistert hatte, zur Signierstunde nach Sylt zu kommen. Emma hörte aufmerksam zu, nickte ab und zu und sagte schließlich: »Aber sie hat natürlich viel zu viel mit den Kids zu tun. Was ist denn mit Nele? Oder ist die komplett im Hochzeitsfieber? Bin schon gespannt, was für ein Kleid sie bei der Trauung trägt, denn sie ist definitiv die Einzige in eurem Laden, die Sinn für Stil und Glamour hat.«

»Hallloooo?! Ich etwa nicht?«, empörte sich Rieke und zog einen Schmollmund.

In dem Moment, als sie sich gespielt in eine beleidigte Pose warf, um für Emma eine kleine Show abzuziehen, kam Bengt herein, und Rieke erstarrte zur Salzsäule. Was um Himmels willen machte der denn hier?

»Ich muss mal eben wohin«, murmelte sie und stürmte panisch in Richtung Toilette. Dort klatschte sie sich einen Schwall eiskaltes Wasser ins Gesicht und musterte ihr Spiegelbild, während sie sich mit einem Papiertuch abtrocknete. Wieso war sie wie ein Kleinkind vor Bengt weggelaufen, statt über den Dingen zu stehen und einfach lässig »Hallo« zu sagen? Er war schließlich derjenige, der sie garantiert von sich aus geküsst hätte, wäre nicht seine Freundin aufgetaucht. Wenn die schwarzhaarige Beauty wirklich fest mit Bengt zusammen war, konnte Rieke deren Wut natürlich bestens nachvollziehen, denn sie wusste durch die Zeit mit Keno, wie grausam es sich anfühlte, betrogen zu werden.

Doch wieso war Bengt nicht ins Büchernest gekommen und hatte die unangenehme Situation aufgeklärt, wenn er sich zu Rieke hingezogen fühlte und tatsächlich keine Freundin hatte? Welche Variante auch stimmte, beide Versionen warfen kein besonders gutes Licht auf ihn, und das nervte sie gerade kolossal.

»Willst du hier Wurzeln schlagen?«, fragte Emma, die in den Waschraum gekommen war und sie fragend musterte. »Oder bist du vor Bengt geflüchtet?«

Rieke nickte stumm.

»Na los, komm, das Essen ist gleich da, und du kannst nicht ewig hier drinbleiben. Das ist vielleicht deine Chance, zu klären, was es mit dieser Furie auf sich hat, oder Gewissheit darüber zu bekommen, dass du es im schlimmsten Fall mit einem Bad Boy zu tun hast, der gern Herzen bricht«, mahnte Emma und schob Rieke sanft ins Restaurant.

Leider servierte Bengt in genau diesem Moment die appetitlich duftenden Burger und die doppelte Portion Pommes für Emma.

»Moin, die Damen«, begrüßte er die beiden und stellte die Teller auf den Tisch. »Alles gut bei euch?«

»Alles bestens«, bekräftigte Emma reserviert und nahm das Besteck für beide aus dem Behältnis auf dem Tisch.

Rieke antwortete nicht, sondern aß vor lauter Aufregung Emmas Süßkartoffel-Twister, die sie eigentlich meiden wollte, weil sie am Vorabend beim Schauen der Serie *Emily in Paris* bereits eine ganze Tüte Chips verputzt hatte.

»Bist du morgen früh in der Buchhandlung?«, fragte Bengt, und nun konnte Rieke seinem Blick nicht länger ausweichen. »Ich suche ein Geburtstagsgeschenk für meinen Vater, der sehr gern liest, aber äußerst anspruchsvoll ist. Außerdem brauche ich jemanden, der mir das Buch verpackt, denn ich bin, was das betrifft, leider komplett unbegabt.«

»Das bekomme ich schon hin«, erwiderte Rieke und gab sich Mühe, neutral zu bleiben, so schwer ihr dies auch fiel.

»Fein, dann sehen wir uns morgen. Genießt euer Essen«, erwiderte Bengt und wandte sich anderen Gästen zu, die offenbar Durst hatten und demonstrativ mit der Getränkekarte wedelten.

»Ihr habt morgen ein Date, wie cool ist das denn«, stellte Emma breit grinsend fest und biss in ihren Veggie-Burger. Dabei blitzten ihre strahlend weißen Zähne, die einen Kontrast zu ihrem eher dunklen Teint bildeten. »Freust du dich?«

»Das ist kein Date, sondern schlicht mein Job«, erwiderte Rieke. »Und du vergisst, dass das Thema Freundin immer noch nicht geklärt ist. Aber lass uns jetzt bitte von was anderem reden, ehe er noch mitbekommt, dass es um ihn geht.«

»Auch wieder wahr«, erwiderte Emma. »Oh, schau mal, da kommen Luna und Grete.« Sie winkten den beiden Mädels zu, die zu ihrer Clique gehörten, und schon wenige Minuten später war das Quartett in Gespräche über Reisepläne, Jobs, Wohnungen und den neuesten Inselklatsch vertieft.

Als Rieke spät am Abend in Keitum ankam und ihr Fahrrad in den Schuppen stellte, war sie todmüde, aber gleichzeitig aufgedreht wegen des zufälligen Treffens mit Bengt. Sie schloss die Eingangstür des Friesenhäuschens auf, in dem es so still war, als sei niemand daheim. Ihre Eltern gingen meist früh schlafen, denn sie waren echte Morgenmenschen und meist schon um fünf Uhr wach. Riekes Papa ging dann joggen, Ina lag im Bett und schmökerte in einem Buch oder einer Zeitschrift.

In ihrem Zimmer angekommen, fiel Riekes Blick auf den Bildband des Fotografen Robert Doisneau, der mit dem Bild *Der Kuss* Fotogeschichte geschrieben hatte. Rieke liebte diese Schwarz-Weiß-Aufnahme, die natürlich in Paris entstanden war. Die Franzosen nannten das Phänomen der Liebe, die einen wie der Blitz traf, *coup de foudre*, und wenn Rieke ehrlich mit sich war, hatte die erneute Begegnung mit Bengt sie wieder aus der Fassung gebracht, sosehr sie sich darüber ärgerte. Sie hatte ihn immer wieder verstohlen beobachtet, gesehen, wie er sich nahezu tänzerisch durch das Restaurant bewegte, aufmerksam Bestellungen notierte, plauderte und Getränke nachschenkte.

Zudem war sie Zeugin eines Gesprächs mit ihm und Gästen am Nachbartisch geworden, in dem es um sein künftiges Studium der Meeresbiologie ging.

Es imponierte Rieke, wenn Menschen sich für etwas begeisterten, engagierten und ein Ziel vor Augen hatten, und all dies schien bei Bengt der Fall zu sein.

»Ziel« war genau das richtige Stichwort, denn Rieke hatte noch eine Aufgabe vor sich: das Schreiben des Konzepts für das Signierevent im Oktober. Und so wurde es zwei Uhr morgens, bis sie es an Lissy mailte.

»Kurze Nacht gehabt?«, fragte Bea, als Rieke am nächsten Morgen ausnahmsweise drei Minuten nach ihrer Chefin ins Büchernest kam.

»Das stimmt«, erwiderte sie. »Aber immerhin steht das Konzept jetzt. Es beinhaltet auch Interviews, die ich gern mit den dreien führen und für unsere Kanäle aufzeichnen möchte. Ich hoffe, es überzeugt euch und natürlich die Autorinnen.«

Bevor Bea etwas darauf erwidern konnte, öffnete sich die Tür, und der erste Kunde kam herein, das Gesicht beinahe völlig verdeckt von einem Tablet, das er vor sich hertrug wie ein Schutzschild.

»Halt! Vorsicht!«, rief Rieke und konnte gerade noch verhindern, dass der Kunde über einen Buchkarton stolperte. Doch anstatt sich dafür zu bedanken, dass sie ihn geistesgegenwärtig am Arm gefasst hatte, hielt der Herr ihr das Tablet so nah vors Gesicht, als sei sie megakurzsichtig. Rieke blinzelte irritiert und versuchte zu erkennen, was auf dem Display zu sehen war.

»Haben Sie das da?«, kam es in einem so herrischen Tonfall, dass Rieke instinktiv mehrere Schritte rückwärtsging. »Das

Buch ist von einem Doktor med., der gestern Abend in einer Talkshow war.«

»War das Dr. Eckart von Hirschhausen?«, fragte Rieke und ging in Richtung Sachbuchregal, auf dessen Auslage sich die Titel der vielen Ärztinnen und Ärzte stapelten, die Bestseller über Darm und Haut oder die Arbeit in der Notaufnahme geschrieben hatten. Zweifellos wichtige Themen, aber Rieke wünschte sich einen Teil dieses riesigen Umsatzes für tolle Romane, deren Autorinnen und Autoren sich nicht im Fernsehen präsentierten und somit kaum werbliche Unterstützung hatten.

»Keine Ahnung, deshalb zeige ich Ihnen ja das Tablet«, blaffte der Kunde.

»Meine Mitarbeiterin ist Buchhändlerin und nicht Ihre Sekretärin«, meldete sich nun Bea zu Wort. »Bitte sagen Sie einfach, welches Buch es sein soll, dann schauen wir nach, ob wir es vorrätig haben oder für Sie bestellen müssen.«

»Bestellen?!« Der unfreundliche Herr im Anzug sah aus, als stünde er kurz vor der Explosion. »Ich will es sofort haben, sonst hätte ich es ja gleich online ordern können. Sie meinen doch nicht allen Ernstes, ich komme ein zweites Mal in Ihren unaufgeräumten Laden, um ein Buch abzuholen, das vorrätig sein müsste, wenn dieser Mediziner es in einer Talkshow anpreist. Darüber müssen Sie doch informiert sein!«

Obwohl Rieke verärgert über das unhöfliche Benehmen des Kunden war, nahm sie ihm das Tablet aus der Hand und schaute, um welchen Titel es sich bei dem Gewünschten handelte. Es war *Dem Tod auf der Spur* von Rechtsmediziner Dr. Michael Tsokos. Ein älterer Titel des Bestsellerautors, aber vielleicht hatte er ihn trotzdem in der Sendung erwähnt, oder der Kunde hatte eine Aufzeichnung in der Mediathek geschaut. »Dieses

Buch müssten wir tatsächlich besorgen, es wäre dann morgen Nachmittag abholbereit.«

Sie hatte den Satz noch nicht zu Ende gesprochen, als der Herr sich das Tablet schnappte und wortlos die Buchhandlung verließ. Dabei stieß er beinahe mit Bengt zusammen.

»Der sah ja mies gelaunt aus«, sagte dieser anstelle einer Begrüßung zu Rieke. »Hast du ihn vergrault? Übrigens habe ich dir einen Kaffee mitgebracht, denn es ist ja gestern ziemlich spät bei euch Mädels geworden.« Erst dann entdeckte Bengt Bea, die ihn aufmerksam musterte. »Guten Morgen, hätten Sie auch gern einen Kaffee? Dann hole ich Ihnen einen.«

»Nein danke, ich hatte schon Tee«, erwiderte Bea und drehte sich zu Rieke um. »Ich gehe kurz mal nach oben und hole ein paar Unterlagen, bin aber gleich wieder da.«

Rieke nahm den Sylt-Recup-Becher in die Hand, der eine angenehme Wärme abstrahlte, und trank dann einen kleinen Schluck. »Danke, Bengt, das ist jetzt genau das Richtige. Also, was liest dein Vater gern, und was sind seine Interessensgebiete?«

»Wissenschaft, Natur, Biografien, Romane eher selten.«

Rieke versuchte, sich der magischen Wirkung seiner Augen zu entziehen, doch dies gelang ihr nur bedingt. Denn zusätzlich stieg ihr noch der Duft seines Körpers in die Nase, eine großartige Mixtur aus Salzwasser, Sonne, Herbstlaub und Abenteuer.

»Wie wäre es mit einer Biografie über Alexander von Humboldt?«, schlug sie vor und nahm den dicken Wälzer aus dem Regal, von dem Bea und Adalbert gleichermaßen geschwärmt hatten. »Von Humboldts Rolle als zweiter Kolumbus ist zwar nach wie vor umstritten, aber seine Entdeckungen und Forschungen über Pflanzen und Tiere sind auch heute noch von Bedeutung.«

Sie reichte Bengt das Buch, und als ihre Hände sich berührten, gab es erneut einen Funkenschlag wie bei der Partynacht am Strand. Bengt las scheinbar aufmerksam den Klappentext, schaute aber immer wieder zu ihr, als wolle er sie etwas fragen.

»Ich persönlich liebe die Buchreihe von Joachim Meyerhoff, der in Nordfriesland aufgewachsen ist und dessen Vater Direktor der Kinderpsychiatrie in Hesterberg war. Meyerhoff schreibt klug, amüsant, zuweilen ein bisschen selbstverliebt, aber auch sehr berührend«, sagte Rieke.

»Das klingt super«, erwiderte Bengt, spontan begeistert. »Ich nehme die ersten beiden Bände und habe dann gleich was für Weihnachten, wenn ihm die Bücher gefallen.«

»Gute Wahl«, sagte Rieke strahlend und ging zur Kasse. Obwohl das Verpacken von Büchern für sie absolute Routine war, zitterten ihre Hände diesmal leicht, als sie das Papier von der Rolle abriss. Sie hoffte, dass Bengt dies nicht bemerkte und dass das Gespräch an dieser Stelle noch nicht vorbei war. Doch da hatte sie die Rechnung ohne die fünf Touristinnen gemacht, die gemeinsam hereinkamen. Jede von ihnen schwärmte in eine andere Richtung aus, mit einem Mal fühlte sich das Büchernest winzig klein an. Als eine der Damen sich an Rieke wandte, musste sie gleichzeitig bei Bengt kassieren und die Frage nach einem Tipp für einen Sylt-Roman beantworten, der im Herbst spielte.

»Wir sehen uns«, rief Bengt im Hinausgehen, und Rieke schaute ihm durchs Fenster nach. Mist! Jetzt wusste sie immer noch nicht, ob er tatsächlich eine Freundin hatte, und hatte auch keine Handynummer von ihm.

23

Nele

Nele beobachtete, wie Oles Kater Campino und Schneeweißchen sich mit gesträubtem Fell gegenübersaßen. Diese Drohgebärde ließ beide Tiere deutlich größer erscheinen, als sie eigentlich waren, und es schmerzte Nele, dies mit anzusehen.

»Na, das kann ja heiter werden«, sagte sie zu Sven, als Schneeweißchen Campino anfauchte, der daraufhin eine Art Knurren ertönen ließ, wie Nele es noch nie gehört hatte. Doch sie war auch noch nie zuvor Zeugin eines Revierkampfes unter Katzen geworden und konnte die Situation deshalb nicht objektiv einschätzen. »Was machen wir denn jetzt?«

»Ruhe bewahren und abwarten, was passiert.« Sven zeigte sich unbeeindruckt und zuckte mit den Schultern. »Lass die zwei sich erst mal beschnuppern, und wir beide richten uns derweil ein. Ich finde es übrigens toll hier, Ole hat einen echt guten Geschmack. Also, wo wollen wir schlafen?«

Nele deutete mit dem Kopf in Richtung Wendeltreppe. Sie war meilenweit davon entfernt, so gelassen zu sein wie Sven, und wollte erst einmal sichergehen, dass die Katzen einander nicht verletzten, bevor sie sich um ihre eigenen Belange kümmerte. Sven schnappte sich die zwei größten Koffer und brachte sie nach oben, während Campino und Schneeweißchen sich weiter gegenseitig belauerten. Im Grunde konnte Nele Campino nicht verübeln, dass er sich bedroht fühlte. Schließlich war Oles Haus sein *Heim erster Ordnung*, wie Katzenexperten das Revier rund um den Fress- und Schlafplatz nannten, das auch den Garten einschloss – und damit eindeutig Herr im Haus.

Schneeweißchen reagierte, wie sie es schon vor dem *Umzug* nach List getan hatte, mit Rückzug. Nele lehnte seufzend die Tür ihres Ateliers an und ging schließlich nach oben zu Sven, der gerade seine Anzüge in den geräumigen Kleiderschrank hängte, in dem noch Platz war.

»Weißt du eigentlich schon, was du zu unserer Hochzeit tragen wirst?«, fragte sie und versuchte, sich Sven in einem Smoking vorzustellen, obwohl dies reichlich übertrieben für eine Hochzeit im Rathaus von Westerland war. In diesem Moment fiel ihr ein, dass sie noch gar nicht darüber gesprochen hatten, ob sie sich zudem kirchlich trauen lassen würden. Wollte Sven das überhaupt? Nele kannte kein schöneres Gotteshaus als die Kirche St. Severin am Rande von Keitum, wo auch Bea und Adalbert geheiratet hatten. Auch wenn sie sich selbst nicht als sonderlich religiös bezeichnet hätte, vertraute sie dennoch fest darauf, dass es *da oben* jemanden gab, der die Geschicke der Menschen lenkte. Allerdings schien dieser *Jemand* zuweilen nicht hinzuschauen, was das viele Elend betraf, das es auf dieser Welt leider unbestreitbar gab.

»Einen Kilt«, gab Sven breit grinsend zur Antwort und zog Nele so fest an sich, dass ihr ein lustvoller Schauer nach dem anderen über den Rücken lief. Und ehe sie sichs versah, landeten sie in dem gemütlichen Doppelbett und küssten einander leidenschaftlich.

Eine Stunde später erwachte Nele aus einem leichten Dämmerschlaf und rekelte sich wohlig. Ihre nackte Haut glühte noch von Svens Liebkosungen, am liebsten hätte Nele ihn geweckt und ein zweites Mal verführt, doch sie musste unbedingt nach ihrem Kätzchen und Campino schauen und die beiden füttern. Also zog sie Svens Hemd an, das wunderbar nach ihm duftete, und tappte barfuß die steile Wendeltreppe nach unten. Dann rief sie beide Katzennamen, doch es war weit und breit keine Spur vom Kater und von dem Kätzchen zu entdecken, obgleich Nele sorgsam das ganze Haus absuchte, auch Oles Atelier, das neben ihrem lag.

Ob Sophie nach der gemeinsamen Reise wohl zu Olaf zieht?, fragte sie sich, als sie auf dem Schreibtisch eine Fotografie ihrer Freundin in inniger Umarmung mit dem Treibholzkünstler entdeckte, dessen Skulpturen und Objekte dem Raum eine ganz besondere Atmosphäre verliehen. Wenn dies so wäre und sie selbst endlich eine gemeinsame Bleibe mit Sven gefunden hätte, würde das Obergeschoss von Beas Kapitänshaus leer stehen. Diese Erkenntnis elektrisierte Nele, denn das bedeutete, dass dann mehr Platz für all die Bücher und Geschenkartikel zur Verfügung stehen würde, die im Büchernest verkauft wurden. Oder würde Bea es nicht gutheißen, wenn die Kundschaft auch in den Räumen der oberen Etage herumstöberte, in denen früher ihr eigenes Kinderzimmer und das von Generationen vor ihr untergebracht gewesen war?

Natürlich ließ es sich nicht vermeiden, in diesem Zusammenhang an den unschönen Streit mit Vero zu denken, den Nele bislang erfolgreich verdrängt hatte. Sie selbst hatte keine

Lust gehabt, auf Vero zuzugehen, und war obendrein zu beschäftigt mit dem Umzug nach List gewesen, aber auch Vero hatte sich nicht bei ihr gemeldet, um sich wieder zu versöhnen. Eigentlich erstaunlich, denn sie war ähnlich harmoniebedürftig wie Lissy. Doch irgendetwas hatte sich verändert, und Nele fragte sich, ob Vero unter einer verspäteten Midlife-Crisis litt.

Oder hatten sie alle zu wenig Rücksicht auf die Bedürfnisse der gutmütigen Freundin genommen und einfach vorausgesetzt, dass diese glücklich und zufrieden mit ihrem Leben war?

Nele rief sich noch einmal den genauen Wortlaut des Streits in Erinnerung und stellte beschämt fest, dass Vero sehr deutlich zu verstehen gegeben hatte, dass sie sich in ihrer gewohnten Rolle nicht mehr wohlfühlte und etwas an ihrem Leben verändern wollte. War sie ungerecht gewesen, weil sie sich in ihrer Eitelkeit gekränkt fühlte und Vero sich die Typveränderung nicht nur wegen der bevorstehenden Hochzeit gewünscht hatte, sondern auch, um im Gespräch mit Holger Hartwig eine *bella figura* zu machen? Es brodelte und arbeitete in ihr, während sie versuchte, sich ein objektives Bild von der Situation zu machen, in die sie beide im Affekt geschlittert waren. Vero war offensichtlich beseelt von Holger Hartwigs Jobangebot gewesen, und Nele … ihr wurde beinahe übel, als sie erkannte, wie sehr sie ihre liebe Freundin verletzt haben musste, als sie behauptete, das Angebot des Starkochs sei lediglich Taktik gewesen, um das Café des Büchernests zu schwächen. Wie war sie überhaupt auf die Idee gekommen, so etwas Unsinniges zu denken und dann auch noch laut zu sagen? Natürlich gab es keine geeignetere Person, um ein Restaurant zu leiten, Speisepläne und Gastro-Konzepte zu erstellen und ein Küchenteam zu dirigieren. Schließlich konnte sie ihre jahrzehntelange Erfahrung als Köchin in das Unternehmen einfließen lassen. Und sie dumme Kuh hatte nichts Besseres zu tun gehabt, als Vero diese großartige Chance madig zu machen und ihr obendrein noch wehzutun. Was war denn an diesem Abend nur in sie gefahren?

Lag es daran, dass sie sich ein Team ohne Vero nicht vorstellen konnte?

Als Nele ein Miauen hörte, sah sie, dass Schneeweißchen ins Atelier gekommen war, und freute sich, als das Kätzchen auf ihren Schoß sprang, um sich dort schnurrend zusammenzurollen. Während sie das flauschige Fell streichelte, wurde ihr nach und nach klar, was ihr so zu schaffen gemacht hatte: Vero war im Begriff, eigene, neue Wege zu gehen und loszulassen.

»Meine Süße, ich muss mal eben telefonieren«, murmelte Nele und stand auf, um ihr Handy zu holen, das sie zuletzt auf der Anrichte im Flur gesehen hatte. Doch der Platz, an den sie es gelegt hatte, war leer. Nanu? Nele verfluchte mal wieder ihre Schusseligkeit, zumal sie jetzt unbedingt Vero anrufen und ihr sagen wollte, wie entsetzlich leid ihr alles tat. Während sie immer hektischer überlegte, wo das Telefon sein könnte, hörte sie aus dem Wohnzimmer ein Geräusch, als würde jemand über den Holzboden schubbern. Als sie in den Nebenraum ging, sah sie, dass Campino das Smartphone zwischen den Pfoten hielt und es immer wieder über den Dielenboden kickte, als sei es ein Puck, der übers Eis geschossen wurde und anschließend wieder eingefangen werden musste.

»Was machst du denn da, weißt du, wie teuer dieses Ding war? Wenn das kaputt ist, gibt's ab sofort kein Sheba mehr, sondern nur noch Katzenfutter vom Discounter«, drohte sie und jagte dem Maine-Coon-Kater hinterher, der großen Spaß an seinem Spielzeug zu haben schien und es nicht mehr hergeben wollte. Ihr Kätzchen war mittlerweile ebenfalls aufgetaucht und sprintete in Richtung Telefon, dem Campino erneut mit der Pfote einen Schubs gab und es zu Schneeweißchen kickte. Nele griff entschlossen ein, schnappte sich das Handy, genau beobachtet von beiden Katzen, die mittlerweile dicht nebeneinandersaßen und aussahen, als seien sie schon immer ein Herz und eine Seele gewesen. Sie wertete dies als gutes Omen und wählte mit klopfendem Herzen Veros Nummer …

24

Vero

Vero steckte gerade mitten in den Vorbereitungen für das Abendessen und hatte sich fest vorgenommen, danach mit Hinrich über Holger Hartwigs Jobangebot zu sprechen – und ihr war gar nicht wohl bei dem Gedanken daran, wie er reagieren könnte. Gedankenverloren blickte sie durch das Küchenfenster in den Garten, wo der Wind sich in den Blättern austobte und graue Schleierwolken über den sich verdunkelnden Himmel schob, was sie aufgrund der Dämmerung nur schemenhaft erkennen konnte. Man spürte immer deutlicher, dass der Spätsommer sich allmählich dem Ende zuneigte und dem frühen Herbst Platz machte, was ihre durchwachsene Stimmung noch verstärkte.

Bea und Lissy wussten immer noch nichts von Hartwigs Offerte, und was Nele davon hielt, hatte sie ihr mehr als deutlich zu verstehen gegeben. Vero schluckte schwer und blinzelte die Tränen weg, die sich erneut hinter ihren Augenlidern sammelten, so sehr schmerzte sie der Gedanke an die spontane Reaktion von Nele, obwohl sie versucht hatte, sich zu beruhigen, und mittlerweile ein Tag seit dem Zerwürfnis vergangen war.

»Na, was gibt es heute Abend Schönes?«, fragte Hinrich, der hereinkam, sich neben ihr am Weinregal zu schaffen machte, eine Flasche Roten herauszog und mithilfe der Lesebrille das Etikett studierte.

»Vorweg einen Blattsalat mit Walnüssen, Endivien, Babyspinat und Apfelspalten, als Hauptgang Lachs mit Kräuterkruste aus dem Ofen und zum Dessert eine leichte Quarkspeise mit Beeren«, erwiderte Vero und kippte das Fenster, um frische Luft in die Küche zu lassen. Hinrich fuhr sich genüsslich mit der Zunge über die Lippen, was Vero augenblicklich rührte. Sie wusste, wie gern er aß, und es machte ihr stets Freude, ihn mit köstlichen Mahlzeiten zu verwöhnen, selbst dann, wenn sie sich ansonsten nicht so gut verstanden.

»Das klingt wunderbar und ganz danach, als sollten wir lieber ein Glas Weißwein dazu trinken. Übrigens steht dir deine neue Frisur ausgesprochen gut.«

Vero war gerade dabei, das Salatdressing aus Olivenöl, Meersalz, Dijonsenf und frisch gemahlenem Pfeffer zu probieren, und verschluckte sich prompt. Bislang hatte Hinrich nämlich keine Silbe zu ihrer drastischen Typveränderung gesagt. »Ist dir das erst jetzt aufgefallen?«, erwiderte sie, einen Tick unfreundlicher als beabsichtigt.

»Nein, aber ich musste mich erst einmal daran gewöhnen. Die kürzeren Haare und der neue Farbton lassen dich jünger und frischer wirken, aber du hast mir vorher auch sehr gut gefallen.«

Vero war kurz davor, ihn zu fragen, wieso er ihr dies nie gesagt hatte, biss sich aber gerade noch rechtzeitig auf die Zunge. Je besser die Stimmung zwischen ihnen beiden war, desto entspannter konnte sie mit ihrem Mann über das reden, was ihr gerade im Kopf herumging, denn der neue Job und alles Weitere betraf schließlich sie beide. Also erwiderte sie: »Das freut mich«, und gab Hinrich einen flüchtigen Kuss auf die Wange. »Deckst du den Tisch? In zehn Minuten können wir essen.«

Als sie ins Esszimmer kam, sah sie zu ihrer Überraschung, dass Hinrich die Kerzen in dem mehrarmigen Leuchter auf dem Esstisch angezündet hatte, zudem lief leise Klaviermusik im Hintergrund. »Haben wir etwas zu feiern?«, fragte sie verdutzt, als Hinrich ihnen beiden Weißwein einschenkte und tatsächlich nicht die bauchigen Rotweingläser genommen hatte, die er sonst aus Nachlässigkeit aus dem Vitrinenschrank holte, sondern die richtigen.

»Sag du es mir«, lautete seine lapidare Antwort, doch Vero erkannte an dem leichten Glitzern in seinen Augen und der Andeutung eines provokativen Lächelns, dass er gerade voll auf sie konzentriert war. »Du hast dich doch nicht ohne Grund so chic gemacht und gönnst mir ausnahmsweise ein Abendessen mitsamt Nachtisch, während du mir sonst wegen meines Herzproblems die Kalorien im Mund abzählst und das kleinste Gläschen verbietest. Also, was ist los? Hast du dich verliebt?«

Hinrichs Frage ließ Vero augenblicklich zur Salzsäule erstarren, und sie wusste nicht, was sie sagen sollte.

Er schaute sie eine Weile ebenso wortlos an, schüttelte den Kopf und begann schließlich in aller Ruhe den Salat zu essen. Veros Kehle war wie zugeschnürt, ihr Mund fühlte sich an, als sei er mit einem Pflaster verklebt.

»Also habe ich recht?«, fragte Hinrich und aß scheinbar ungerührt weiter.

»Das ist so nicht ganz richtig«, versuchte Vero, sich zu erklären, nachdem sie ein Glas Wasser getrunken und sich ein wenig von dem ersten Schock erholt hatte. »Ich habe mich verliebt, das ist richtig, aber anders, als du denkst. Es geht mehr um den Wunsch und die Sehnsucht nach etwas Neuem, Erfüllendem und Aufregendem als konkret um einen Mann. Auch wenn ein solcher tatsächlich der Auslöser gewesen ist, denn Holger Hartwig möchte mir die Leitung seines neuen Restaurants in Keitum übertragen, das er im nächsten Sommer eröffnen wird.«

»Der Typ, der dir seit Monaten mit seinem Foodtruck das Leben schwer macht?«

Nun legte Hinrich die Gabel beiseite und betrachtete Vero mit einem Blick, den sie nicht deuten konnte. Sie nickte und spürte, wie ihr Herz hart gegen die Brust schlug.

»Und dazu hast du Lust?«

Vero nickte erneut. Denn obwohl sie nach dem Abendessen mit Hartwig verwirrt gewesen war und deshalb das Gespräch mit Nele gesucht hatte, war sie sich mittlerweile darüber im Klaren, dass sie Sehnsucht nach einem Neuanfang verspürte. Natürlich würde es ihr in der Seele wehtun, wenn sie das Café im Gartenpavillon aufgab, aber es war schon lange nicht mehr das Buchcafé, das sie so geliebt hatte und für das sie ihr letztes Hemd gegeben hätte. Insofern hatte der fürchterliche Streit mit Nele tatsächlich zur Klärung beigetragen, wenn auch anders als erwünscht.

»Ich möchte wieder in einem lebendigen Team arbeiten, Erfolg haben mit dem, was ich mache, abends glücklich und zufrieden ins Bett fallen, Menschen mit meinen Kochkünsten beglücken, Mitarbeiter motivieren oder sogar ausbilden, wenn ich die Eignungsprüfung schaffe.«

Ja, auch darüber hatte sie mit Hartwig gesprochen und ihm

erzählt, wie schön es gewesen war, Rieke bei ihrer Entwicklung im Büchernest zu begleiten und auch weiterhin zu erleben.

»Warum solltest du die nicht schaffen? Du bist doch schlau«, sagte Hinrich und schaute sie weiterhin prüfend an.

»Natürlich schaffe ich die, ich zweifle nicht ernsthaft an meinen Fähigkeiten, auch wenn es vielleicht manchmal so wirkt«, murmelte sie und stocherte mit der Gabel im Salat herum.

»Ich habe dir immer schon gesagt, dass du dein Licht nicht unter den Scheffel stellen sollst«, erwiderte Hinrich, und Vero wurde einfach nicht schlau aus ihm. War er sauer? Oder enttäuscht? Kämpfte er gerade um sie, oder war er am Ende froh, wenn sie immer weiter auseinanderdrifteten?

»Nur weil ich nicht so ein Tamtam um mich und meine Person mache wie Bea und Nele, heißt das nicht, dass ich weniger selbstbewusst bin«, widersprach sie energisch. »Ich weiß sehr genau, was ich kann … und endlich auch, was ich will. Dieses Angebot kommt zur richtigen Zeit, denn das Leben ist zu kurz, um sich unnötig mit Problemen zu belasten, die vermeidbar sind. Wir haben ein wunderschönes großes Haus, einen riesigen Garten, wir können uns weitgehend selbst verpflegen und sind, bis auf kleine Zipperlein, gesund. Apropos Haus: Ich wünsche mir ein eigenes Zimmer, in dem ich meine Ruhe habe und arbeiten kann. Wir brauchen keine zwei Gästezimmer, denn Friederike und die Kinder kommen ohnehin nicht mehr alle auf einmal, das gelingt ja seit Neuestem nicht mal mehr an den Feiertagen.«

»Ich finde es auch schade, dass alle ständig auf Achse sind und so gut wie nie Zeit haben«, murmelte Hinrich, und Vero wurde schwer ums Herz. Sie hatte sich schon lange damit abgefunden, dass Sylt nicht mehr der Lebensmittelpunkt ihrer

Tochter war, erst recht, nachdem die Enkel geboren worden waren. Aber so lief es nun mal heutzutage: Reisen und Mobilsein standen ganz oben auf der Bedürfnisskala, dicht gefolgt von Work-Life-Balance. Hinrich hatte schwer an dieser Veränderung zu knapsen, konnte sich aber auch nicht aufraffen, Friederike in Hamburg zu besuchen, da er Sylt nicht gern verließ.

»Aber genau deshalb möchte ich etwas an meiner Situation ändern, etwas tun, woran ich Freude habe. So, wie du es auch machst.«

»Willst du denn künftig auch allein schlafen? Ich dachte, dich stört mein Schnarchen nicht«, sagte Hinrich. Er sah mit einem Mal so traurig aus, dass Vero aufstand und ihm liebevoll über das immer schütterer werdende Haar strich. Seine Kopfhaut war warm, und er roch so angenehm vertraut. Sie wollte ihn nicht wirklich *verlassen*, immerhin war er die Liebe ihres Lebens. Sie wollte nur endlich mehr Raum und Zeit für sich, etwas wert sein, Beachtung finden und *gesehen werden!* Es musste sich etwas ändern, und zwar jetzt und nicht irgendwann.

»Ich würde es zumindest gern mal ausprobieren, damit ich in schlaflosen Nächten keine Rücksicht nehmen muss. Du weißt, wie gern ich dann lese, und das stört wiederum dich. Das klingt jetzt wahrscheinlich alles ein wenig herzlos und kommt überraschend für dich, aber ich bin, ehrlich gesagt, selbst verwundert darüber, wie ich mich zurzeit fühle.«

Bevor Hinrich etwas darauf erwidern konnte, klingelte das Festnetztelefon, und Vero sah aus dem Augenwinkel den Namen Nele auf dem Display.

»Nun geh schon ran, ist bestimmt wichtig«, sagte Hinrich und räusperte sich vernehmlich, ein Zeichen dafür, wie sehr ihn das Gespräch beschäftigte.

Als Vero den Hörer abgenommen hatte, hörte sie schon an Neles ersten Worten, wie zerknirscht und reumütig sie war. Unter Schluchzern erklärte sie, wie leid es ihr tat, dass sie so unangemessen reagiert und sie sogar, ohne es zu wollen, beleidigt hatte.

»Ich schätze, es war die Angst, dich zu verlieren«, sagte Nele schließlich, und Vero schaute in diesem Moment zu Hinrich, der sichtlich zusammengefallen auf dem Stuhl saß und wirkte, als sei er gerade geschrumpft. Doch sosehr es ihr leidtat, dies alles zu sehen und zu hören, so groß war auch ihr innerer Widerstand. Also holte sie tief Luft, bevor sie zu Nele sagte: »Das muss ich erst mal sacken lassen, wir sprechen bald darüber, aber gib mir noch etwas Zeit.« Dann setzte sie sich wieder an den Tisch. Hinrich schaute sie fragend an, und es wirkte, als hätte er Tränen in den Augen. Vero hatte gerade zwei Menschen, die sie über alles liebte, zum Weinen gebracht.

Das tat ihr zwar tief in der Seele weh, aber sie wusste: Es ging gerade einfach nicht anders.

Manchmal brauchte es eben eine Krise, um später wieder neu und frisch zu beginnen. Ihre Freundinnen hatten diese Lebensmetamorphosen alle schon durchgemacht, waren dadurch stärker, reifer und selbstbewusster geworden. Nun war sie an der Reihe, und obwohl sie sich ein bisschen ängstigte, war sie dennoch gespannt darauf, was das Leben von nun an für sie bereithielt.

Einige Wochen später …

25

Bea

Die Hamburger Herbstferien markierten Beas Erfahrung nach einen Wendepunkt der Wetterlage: Der Oktober begrüßte die Sylter Gäste zunächst mit kräftigem Sonnenschein und eher milden Temperaturen und machte somit dem Begriff »goldener Oktober« alle Ehre. Doch das änderte sich meist wenige Tage später, wenn böige Winde über die Insel fegten, graue Regenwolken vor sich hertrieben und die Nordsee aufwühlten. Dann war es an manchen Tagen so kalt, dass selbst die Möwen nicht mehr ihre Kreise am Himmel zogen, sondern sich irgendwo versteckten. Ihr Kreischen verstummte fast gänzlich, und man hörte nur noch die raue Melodie des Herbstwindes. Die meisten Menschen glaubten nicht an den Mythos *Wetterwechsel nach Vollmond*, doch Bea war der festen Überzeugung, dass sie sich irrten. Und so lag an diesem Donnerstagmorgen ein Nebelschleier über den Wattwiesen, als Bea auf dem Fahrrad Richtung Morsum fuhr. Seit sie sich darüber klar geworden war, was sie künftig schreiben wollte, war das Radfahren zu einer geliebten Morgenroutine für sie geworden, die sie um nichts in der Welt mehr missen wollte.

Es gab kaum etwas Schöneres, Entspannteres und Erfrischenderes, als kräftig in die Pedale zu treten, jeden einzelnen Muskel ihres Körpers zu spüren, das Prickeln des kalten Herbstwindes im Gesicht und an den Händen. Während Bea den Anblick der Landschaft in sich aufsog, den weidenden Rindern und den Pferden auf den Koppeln innerlich ein *Moin* zurief, einem entgegenkommenden Traktor Platz machte und die salzhaltige Luft auf ihren Lippen schmeckte, war sie so randvoll mit Liebe für ihre Heimat, dass sie vor Glück schier zu zerplatzen drohte. Sie war längst nicht mehr betrübt darüber, dass es Adalbert nicht gelungen war, ein freies Zimmer auf einer Hallig aufzutreiben, denn sie war vollauf damit beschäftigt, täglich fünf bis zehn Seiten zu schreiben. Die Ideen dafür entstanden morgens bei der Radtour oder nachts, wenn sie vor lauter Vorfreude und Aufregung kaum ein Auge zubekam. Bislang war der Inhalt ihres Buches ein streng gehütetes Geheimnis, noch nicht mal der Verlag wusste davon. Aber das musste er auch nicht, denn Bea war zutiefst davon überzeugt, dass dieses Buch unzählige Leserinnen und Leser finden und ihre Herzen höherschlagen lassen würde.

Kurz vor Veros Haus machte Bea halt und dachte daran, wie sehr sich ihre Freundin in den vergangenen Wochen verändert hatte, und das nicht nur optisch. Sie schien selbstbewusster, kämpferischer, aber auch kratzbürstiger und eigenwilliger als früher. Ihr Verhältnis zu Nele war plötzlich abgekühlt – wenn die beiden aufeinandertrafen, sprachen sie nur das Nötigste –, doch woran dies lag, hatte keine von beiden Bea verraten. Aber sie war viel zu beschäftigt mit ihrer neuen Buchidee, als dass sie weiter nachgehakt oder sich gar als Schlichterin angeboten hätte. Ihrer Erfahrung nach erledigten sich solche Reibereien meist von selbst, und es stand ihrer Freundin Vero gut zu Gesicht, dass sie sich endlich mehr um die eigenen Wünsche und Bedürfnisse kümmerte. Als es um das Catering der mit Spannung erwarteten Signierstunde der drei Bestsellerautorinnen aus dem New-Romance-Genre ging, hatte Vero zur Überraschung aller ganz klar gesagt: »Die Veranstaltung findet im Hotel *Strandkorbträume* statt, also sind die auch für das Essen zuständig.« Die Vero von früher hätte für so ein Event bestimmt einen Kuchen mit den drei Covern der Romane als Topping aus pastellfarbenem Fondant gebacken, Cake-Pops in Buchform gemacht oder sich etwas anderes einfallen lassen, um das Thema *Lesen* kulinarisch in Szene zu setzen. Bei dem Gedanken an die Veranstaltung machte Bea wieder kehrt und fuhr zurück nach Keitum, denn sie wollte auch heute noch ein wenig schreiben, bevor sie die Ansprache hielt, um die Lissy und Rieke sie gebeten hatten.

Am späten Nachmittag war es so weit: Bea betrat die geschmückte Hotelbibliothek, in der sie als Besitzerin des Büchernests gemeinsam mit Lissy die drei Starautorinnen Mina Sparkle, Lara Lukas und Kim Kersten sowie die Mitarbeiterinnen der jeweiligen Verlage begrüßen würde, bevor um 17 Uhr die Signierstunde im angrenzenden Festsaal stattfand.

»Das sieht ja toll aus«, lobte sie Rieke, die maßgeblich für das Konzept und die Organisation des ersten offiziellen Events als Kooperation zwischen der Buchhandlung und dem Hotel zuständig gewesen war und rund um die Uhr dafür geschuftet hatte, dass die Veranstaltung ein voller Erfolg wurde. »Wenn auch ein bisschen zu rosa für meinen Geschmack.«

»Es soll ja auch nicht dir gefallen, sondern den Fans und natürlich den Autorinnen«, gab Rieke grinsend zurück.

»Diese mehrstöckige Buchtorte ist der Knaller, nicht wahr?«, fragte Riekes Freundin Emma, die Bea sehr gern mochte, weil sie frech, wild und sehr, sehr klug war. Sie hatte Rieke als großer Fan der Bücher von Mina Sparkle tatkräftig unterstützt, ihre Wangen glühten vor Aufregung. »Dieses Kuchenwunder stammt vom Café Mateika in Westerland. Eigentlich dürfte man gar nichts davon essen und müsste die Torte für die Ewigkeit konservieren.«

»Dann macht doch vorher Fotos oder diese komischen ... Wie heißen die noch? ... Reesles oder so davon«, gab Bea ungerührt zur Antwort. Für diese Art kitschigen Schnickschnack hatte sie genauso wenig übrig wie für das viel gerühmte Etageren-Frühstück im Café in der Bismarckstraße. Selbst in der Nebensaison musste man Wochen im Voraus einen Tisch oder einen der weißen Strandkörbe auf der kleinen Terrasse reservieren, wenn man im Mateika etwas zu sich nehmen wollte. Natürlich waren das Essen und die Backwaren dort ausgesprochen köstlich, aber Bea brauchte weder französische Chansons als Hintergrundmusik noch hellrosafarbene Pfeffermühlen, scheinbar historische Wandmalereien oder Sofas, die aus dem Museum zu stammen schienen.

»Guten Tag, da sind wir«, sagten zwei junge, bildhübsche Frauen, die sich als Lara Lukas und Kim Kersten vorstellten. Beide hatten ihre Pressereferentinnen im Schlepptau, die bereits eifrig Fotos und Videos von der Bibliothek, der Torte und ihren Schützlingen machten.

»Moin und herzlich willkommen«, erwiderte Bea und musterte die Autorinnen von Kopf bis Fuß. Beide waren offensichtlich Fans von Wimpernverlängerung und Nagelstudiobesuchen, und Kim Kerstens Lippen sahen aus, als seien sie aufgespritzt.

Am liebsten hätte sie ihnen das starke Make-up abgewaschen und ihnen gesagt, dass sie ohne bedeutend hübscher und sogar jünger wirken würden, aber stattdessen lächelte sie großzügig über ihre eigene kritische Haltung hinweg. Es waren nun mal andere Zeiten mit anderen Schönheitsidealen, anderen Werten. »Ich bin Bea Hansen, und das dahinten ist meine Nichte Lissy, Mitinhaberin des Buchcafés Büchernest hier in Keitum. Rieke kennen Sie ja schon, sie hat sich allergrößte Mühe gegeben, dass Sie sich hier wohlfühlen.«

»Danke, Rieke, das Zimmer ist ein Traum«, erwiderte Lara Lukas, deren blonde, seidige Haare bis auf den Po fielen. »Dieses Hotel ist super nice, und ich kann mir gut vorstellen, dass viele meiner Fans hier auch einchecken wollen, wenn ich alles auf Insta poste.«

»Das höre ich sehr gern«, erwiderte Sven, der in diesem Moment in die Bibliothek gekommen war, gefolgt von Lissy. »Ich bin übrigens der Besitzer der *Strandkorbträume*. Sollten Sie irgendwelche Wünsche haben, lassen Sie es mich wissen.«

»Das werde ich, ganz sicher«, meldete sich Kim Kersten zu Wort, die den attraktiven Sven förmlich mit den Augen verschlang, die Brust herausstreckte und ihre ohnehin schon vollen Lippen zu einem Schmollmund aufwarf.

Gut, dass Nele das nicht sieht, dachte Bea und betete innerlich, dass dieses Event möglichst schnell vorbei war, damit sie wieder zurück an den Schreibtisch und in ihre eigene Realität konnte. Diese beiden Autorinnen waren mindestens so künstlich wie die Buchcover und die mehrstöckige Torte, von der sie garantiert keinen Bissen essen würde.

Nachdem auch Lissy sich mit allen bekannt gemacht hatte, erkundigte sie sich nach dem Verbleib von Mina Sparkle, dem eigentlichen Stargast des Trios, deren Erfolg als Autorin den ihrer Kolleginnen weit in den Schatten stellte. Zudem waren drei ihrer Romane fürs Kino verfilmt worden und allesamt Blockbuster geworden.

»Ich versuche es mal auf ihrem Handy«, sagte Rieke und verzog sich in die Ecke der Bibliothek, die abgetrennt war und wo Hotelgäste sich, größtenteils gänzlich unbeeindruckt von den Starlets, der Lektüre von Büchern oder der Tageszeitung widmeten. Nur ein Hotelgast mit grau melierten Haaren warf immer wieder einen begehrlichen Blick auf den wohlgeformten Po von Lara Lukas, obwohl seine Frau direkt neben ihm saß und Tee trank.

»Merkwürdig, ich kann sie nicht erreichen«, sagte Rieke und runzelte die Stirn. »Laut der Rezeption hat sie noch nicht einmal eingecheckt.«

»Ich schaue mal eben, ob es Probleme mit der Regionalbahn auf der Strecke gibt«, bot Emma an und nahm ihr Smartphone zur Hand. »Oder wollte sie mit dem Auto kommen?«

Rieke schüttelte den Kopf und tippte eine Textnachricht.

Na, das kann ja heiter werden, die Signierstunde beginnt in knapp einer Stunde, dachte Bea und fragte sich, wo eigentlich Nele und Vero blieben. Es fühlte sich merkwürdig an, dass das Büchernest-Quartett beim ersten großen Event noch nicht vollständig war. Weil die beiden Autorinnen ohnehin damit beschäftigt waren, sich für ihre Social-Media-Kanäle in Pose zu werfen, nutzte Bea die Gelegenheit, einen Blick auf die Whatsapp-Gruppe Büchernest zu werfen. Und siehe da: Sowohl Nele als auch Vero hatten fast zeitgleich geschrieben, dass sie bedauerlicherweise aus gesundheitlichen Gründen nicht kommen könnten und hofften, dass die Signierstunde ein voller Erfolg würde. Nele hatte sich den Magen verdorben, und Vero litt unter starken Kopfschmerzen.

Bea glaubte keiner von beiden. Was um Himmels willen war nur zwischen den beiden vorgefallen? Wenn das so weiterging, musste sie sich tatsächlich einschalten und versuchen, eine Versöhnung herbeizuführen.

»Mist, sie wird nicht kommen, weil sie eine Panikattacke hat«, flüsterte Rieke, die sich neben Bea gestellt hatte, und deutete auf die Antwort von Mina Sparkle im Textfeld ihres Handys. »Sie ist in Westerland am Bahnhof und will den nächsten Zug zurück nach Hamburg nehmen. Offenbar war sie ohne Begleitung ihres Verlags unterwegs, und es gab bei der Hinfahrt irgendwelche Probleme mit Fans, die sie entdeckt und zu sehr bedrängt haben, obwohl sie erster Klasse gefahren ist. Dabei hat sie es nicht geschafft, in Keitum auszusteigen.«

»Na, da werden sich ja alle freuen, die sie so sehnsüchtig erwarten«, erwiderte Bea und dachte nicht zum ersten Mal an diesem Tag, dass ihr klassische Lesungen mit erfahrenen Autorinnen und Autoren weit lieber waren. Allerdings gab es auch unter denen Künstler mit großem Lampenfieber. Und sie wusste auch nicht, wie sie selbst damit zurechtkäme, wenn sie anlässlich der Buchpremiere zum ersten Mal aus ihrem Kriminalroman las.

»Kannst du hier die Stellung halten, während ich zum Bahnhof fahre?« Riekes Miene nach zu urteilen, war sie entschlossen, alles dafür zu tun, dass das Event nicht zum Fiasko geriet.

»Das ist eine gute Idee«, meldete sich nun auch Lissy zu Wort, die zuvor mit einem Redakteur der *Sylter Tageszeitung* gesprochen hatte, der über die Signierstunde berichten und Fotos von den Autorinnen machen wollte. »Emma, Bea und ich bleiben solange hier. Wenn Not am Mann ist, unterstützt uns sicher auch Sven, nicht wahr? Schade, dass Nele sich den Magen verdorben hat. Was habt ihr denn gestern gegessen?«

»Sie ist krank?« Sven wirkte verdutzt, was Beas Verdacht erhärtete, dass Nele sich vor einem Zusammentreffen mit Vero drücken wollte. »Hm, davon wusste ich ja gar nichts, aber das ist ja jetzt nicht das Thema. Ich gebe mal eben unserem Fahrer Bescheid, dass er dich nach Westerland bringen soll, Rieke, und drücke die Daumen, dass du die Autorin davon überzeugen kannst, doch noch zu kommen, denn wir haben über hundertfünfzig Tickets für die Veranstaltung verkauft.«

Rieke schickte Mina Sparkle eine Nachricht mit der Bitte, sich nicht von der Stelle zu rühren, und fuhr fünf Minuten später mit dem Chauffeur des Hotel-Shuttles zum Bahnhof, um die Autorin dazu zu bewegen, die Signierstunde wie geplant zu absolvieren. Wenn ihr dies nicht gelang, würde garantiert ein Tumult ausbrechen, worauf Bea alles andere als scharf war.

Nun hatten auch Lara und Kim bemerkt, dass etwas nicht stimmte, und unterhielten sich lautstark darüber, wie unprofessionell sie das Verhalten ihrer Kollegin fanden.

»Na, na, na, das ist aber gar nicht nett«, fühlte Bea sich bemüßigt, die Lästereien zu unterbinden. »Jeder verliert mal die Nerven, das ist nur menschlich. Und Sie beide sind doch sicher professionell genug, um mit dieser Situation umzugehen, nicht wahr?«

Dann drehte sie sich um, ohne eine Antwort abzuwarten, und ging in Richtung Festsaal, um eine Mikroprobe für ihre Ansprache zu machen.

26

Rieke

Am Sonntagmorgen rekelte Rieke sich verschlafen zwischen den Daunen und erschrak, als sich ein kalter Fuß unter ihr warmes Bein schob.

»Nimm sofort deinen fiesen Eisklumpen weg, Emma«, schimpfte sie scheinbar streng, während ein breites Lächeln auf ihrem Gesicht lag.

Dank ihres beherzten Einsatzes war Mina Sparkle gestern tatsächlich zur Signierstunde gekommen, sehr zur Freude der Fans, die geduldig auf Autogramme, Signaturen und Selfies mit ihrem Star gewartet hatten. Der Büchertisch war binnen kürzester Zeit leer gekauft, was Rieke zuvor bei keinem einzigen Buchevent erlebt hatte. Auch die Interviews und die Aufnahmen für die Storys waren toll geworden, nun hatte Rieke genug Material, um es auf die neuen YouTube- und TikTok-Kanäle des Büchernests zu stellen, die enormen Zuwachs hatten, seit Rieke regelmäßig postete und auf Instagram traumhafte Sylt-Fotos zeigte, die sie mit großer Begeisterung schoss.

Doch die Krönung des Abends war das unerwartete Auftauchen von Bengt gewesen, der seine jüngere Schwester begleitet und ihr Mina Sparkles neuesten Roman geschenkt hatte. Seit dem Tag im Büchernest, als Bengt die Bücher für seinen Vater gekauft hatte, war er wie vom Erdboden verschluckt gewesen. Rieke hatte ein paarmal überlegt, im *Twisters* nach ihm zu fragen, wollte sich dann aber keine Blöße geben. Sie hatte nach wie vor viel an ihn gedacht und sich geärgert, dass er sich nicht wieder bei ihr gemeldet hatte, doch letztendlich hatte sie so viel mit der Vorbereitung des Events und auch sonst zu tun gehabt, dass der Gedanke an Bengt irgendwann ein kleines bisschen in den Hintergrund gerückt war. Bis gestern, als er unerwartet vor ihr gestanden, umwerfend gelächelt und getan hatte, als sei nichts weiter geschehen …

Als Emma ihn entdeckt hatte, hatte sie Rieke kurz in die Seite gestoßen, denn die beiden hatten zuvor einige schlaflose Nächte damit verbracht zu überlegen, was wohl aus Bengt geworden war und wieso er Rieke plötzlich ghostete.

Und nun stand er auf einmal da und neben ihm seine Schwester.

Finja war sechzehn, supersüß und derart fasziniert von der Bestsellerautorin Mina Sparkle, dass sie kaum den Mund aufbekommen hatte, als sie ihren Namen für die Signatur nennen sollte. Während die überglückliche Finja mit Mina für ein Selfie posierte, hatten sich Bengts und ihr Blick mehrmals gekreuzt, und Rieke wäre beinahe wieder im Anblick seiner meerfarbenen Augen ertrunken, die heute leicht grünlich schimmerten. Er hatte auch danebengestanden, als Bea und Lissy ausdrücklich Riekes Engagement bei diesem Event und ihre Feinfühligkeit hinsichtlich Mina Sparkles Panikattacke gelobt hatten. Als der größte Ansturm abgeebbt war, hatte er sie für den nächsten Tag zu einem Spaziergang am Strand von Kampen eingeladen, und Rieke platzte beinahe vor Aufregung und

Vorfreude. Ein winziger Anflug von Misstrauen und der Sorge, er könne sich wieder in Luft auflösen, trübte dennoch kurz ihre gute Laune. Doch immerhin hatten die beiden gestern ihre Handynummern getauscht – ein großer Fortschritt. In dem Moment, als Rieke Bengts Whatsapp-Nachricht mit dem Satz »War schön, dich wiederzusehen« zum zehnten Mal las, erwachte Emma und verlangte laut stöhnend nach einem starken Kaffee.

»Hast du gestern zu tief ins Cocktailglas geschaut?«, fragte Rieke schmunzelnd und sprang aus dem Bett, um Kaffee mit Hafermilch für sie beide zuzubereiten, den sie dann gemütlich im Bett trinken konnten, während Emma sich theatralisch die Hand an die Stirn legte und aussah wie ein sterbender Schwan. Rieke hörte Emma noch rufen: »Es blieb mir ja nichts anderes übrig, diese Autorinnen waren echte Feierbiester, und wir Sylter wollen denen doch in nichts nachstehen, oder?«, als sie nach unten in die Küche ging, um den Morning-Booster per Hand zu brühen. Sie liebte dieses Ritual und fand es viel schöner und sinnlicher als die Zubereitung mit einer Kaffeemaschine. Auf dem Küchentisch stand ein Teller mit frischen Croissants, daneben lag ein Zettel von ihrer Mutter mit den Worten: »Ich hoffe, es hat gestern alles gut geklappt. Guten Appetit und bis später, mein Schatz. Dein Vater und ich sind gespannt, was du zu erzählen hast.«

Rieke wurde warm ums Herz, denn ihre Eltern waren einfach großartig. Wenn es danach ginge, würde sie am liebsten weiter in diesem urigen Friesenhaus am Rande Keitums wohnen, das zwar nicht mehr perfekt in Schuss war, aber einer ihrer liebsten Orte auf der Insel, neben der Koppel, auf der ihre Stute Merret stand. Doch allmählich war es an der Zeit, die Flügel zu spreizen und aus dem warmen, elterlichen Nest in ein eigenständiges Leben als junge Erwachsene zu starten.

Wenige Minuten später kuschelte sie sich wieder zu Emma ins Bett, und beide schlürften andächtig den heißen Kaffee.

»Woher wusstest du eigentlich, wie du mit Mina Sparkles Panikattacke umgehen musstest?«, fragte Emma, nachdem sie den Becher geleert und das Koffein offenbar seine belebende Wirkung entfaltet hatte. »Hast du heimlich Psychologie studiert?«

»Süße, ich mache doch nichts, ohne dir davon zu erzählen«, erwiderte Rieke und dachte erneut voller Stolz an den gestrigen Nachmittag. Zunächst war es nicht einfach gewesen, die verängstigte Autorin davon zu überzeugen, mit ihr nach Keitum zu kommen, doch dann hatte sie eine Idee gehabt, die Mina letztlich die Sicherheit gegeben hatte, die sie so nötig brauchte: Sie hatte ihre Signierstunde kurzerhand ins Büchernest verlegt und den Hotel-Chauffeur gebeten, die Fans nur einzeln hereinzulassen. Natürlich hatte diese Sonderbehandlung bei Lara und Kim für Missmut gesorgt. Doch schlussendlich waren auch die beiden im Festsaal des Hotels auf ihre Kosten gekommen, denn sie hatten Unmengen von Büchern verkauft und die mediale Aufmerksamkeit für sich allein gehabt, da Mina sich geweigert hatte, Interviews zu geben oder sich von der Presse fotografieren zu lassen. Das Selfie mit Bengts Schwester war eine große Ausnahme gewesen, die sie nur Rieke zuliebe gemacht hatte, weshalb sie nun für Finja eine große Heldin war.

»Ich musste an den letzten Roman der Sommerküchen-Reihe von Jenny Colgan denken, in der eine Heldin mit Angststörung im Mittelpunkt stand, und das brachte mich auf die Idee, Mina anzubieten, die Signierstunde an einem Ort zu machen, an dem sie sich geschützt fühlte.«

»Lesen unterhält nicht nur, es bildet auch«, murmelte Emma und zog sich die Decke über den Kopf. Rieke meinte so etwas wie »Wenn ich doch nur wüsste, was ich mit meinem Leben anfangen soll« zu hören, war sich jedoch nicht ganz sicher, denn die Bettdecke dämpfte Emmas Worte.

»Alles okay mit dir?«, fragte sie und stupste ihre Freundin an, die daraufhin wieder aus ihrer Daunenhöhle auftauchte und sich die dunklen Korkenzieherlocken aus dem Gesicht pustete.

»Wenn ich dich so reden höre, muss ich sofort daran denken, dass du einen Plan vom Leben hast und ich so gar keinen. Das Einzige, was ich weiß, ist, dass ich gern so schnell wie möglich mit dir in eine WG ziehen möchte, aber ehrlicherweise keinen blassen Schimmer davon habe, wie ich das finanzieren soll, außer ich liege meinem Papa weiterhin auf der Tasche. Es nervt mich total, dass man immer vernünftig sein, Geld sparen und sein Ziel im Blick haben muss, weil man sonst einfach nichts auf die Kette bekommt.«

Rieke seufzte tief, denn sie wusste genau, was Emma meinte. Auch sie hatte hochfliegende Träume, in denen sie wahlweise in einem Bücherbus durch die Lande fuhr, eine kleine Buchhandlung in Paris betrieb oder eine Literatur-Talkshow moderierte. Doch all das konnte noch wahr werden, schließlich war sie erst zwanzig Jahre alt und hatte immerhin schon eine Anstellung in der schönsten Buchhandlung auf Sylt.

»Lass uns nach Paris ziehen und dort die Schule des Lebens studieren«, schlug Emma vor und türmte ihre Haarpracht zu einem Knoten. »Ich jobbe im Café oder in einem Nachtklub, schneidere abgefahrene Klamotten und verkaufe sie online, nehme Schauspielunterricht und brenne dann mit einem heißen Regisseur an die Côte d'Azur durch. Weißt du noch, wie schön es in unserem schrägen Airbnb im Marais war?«

»Aber natürlich weiß ich das«, stimmte Rieke ihr zu, war jedoch in Gedanken eher bei Bengt als bei Emmas schwärmerischer Rückschau auf den gemeinsamen Kurzurlaub, den Riekes Eltern ihr anlässlich der mit Bestnote bestandenen Ausbildung geschenkt hatten. »Und genau deshalb weiß ich auch, dass Paris noch teurer ist als Sylt und somit leider für uns beide unerschwinglich. Bewirb dich doch endlich mal an den Schauspielschulen, Süße. Du hast so viel Talent.«

»Wenn ich das mache, muss ich weg von Sylt … und von dir«, murmelte Emma. »Ich würde eingehen, ohne meine über alles geliebte Nordsee. Nein, ich muss etwas finden, womit ich auf der Insel mein Geld verdienen kann. Nach Paris können wir fahren, wenn uns das Fernweh packt. Diese Gedanken und Sehnsüchte überfallen mich ja ohnehin nur, wenn der Sommer vorbei ist und Sylt allmählich in den Winterschlaf fällt. Es ist einfach superschade, dass das hier immer mehr zum schwimmenden Freizeitpark verkommt und fast alle, mit denen wir zur Schule gegangen sind, nicht mehr hier leben.«

Bengt geht auch weg, sobald er einen Studienplatz für Meeresbiologie hat, dachte Rieke betrübt. Vielleicht war es gar nicht so klug, sich noch mehr in ihn zu verlieben, womöglich sogar etwas mit ihm anzufangen. Sie hatte gestern spätabends noch recherchiert, wo die begehrten Universitäten für diesen Studiengang waren, während Emma lautstark neben ihr geschnarcht und sogar im Schlaf geredet hatte.

Wenn man den Master of Science in Meeresbiologie machen wollte, standen die Hochschulen in Island, Padua, Gibraltar oder Utrecht ganz oben auf der Liste.

»Vielleicht sollte ich auch eine Ausbildung als Buchhändlerin machen«, fuhr Emma fort, klang jedoch nicht recht überzeugt. »Irgendetwas muss ich jedenfalls bald in Angriff nehmen, sonst macht Mama mir die Hölle heiß und schmeißt mich raus.«

»Du weißt genau, dass sie das niemals tun würde«, widersprach Rieke lachend, denn Emmas Mutter Wiebke war eine Seele von Mensch und am glücklichsten, wenn sich die Großfamilie um den Esstisch versammelte, nachdem Emmas Vater Rafael seinen berühmten Fischeintopf *Caldeirada* mit aromatischen Tomaten und frischen Kräutern zubereitet hatte. »Mach dir keine so großen Sorgen und Gedanken, das wird alles schon. Bis dahin jobbst du einfach weiter, irgendwann wirst auch du wissen, worauf du wirklich Lust hast.«

»Okay, okay, du hast ja recht«, erwiderte Emma und strampelte plötzlich wild mit den Beinen umher. »Es hat ja nicht jeder das Glück, mit einem Masterplan geboren zu sein, so wie du. Also entspanne ich mich jetzt und schlafe noch ein Stündchen, damit ich fit für den Abend mit der Theatertruppe bin. Hoffentlich kann ich meinen Text ...« Bevor Emma den Satz beendet hatte, war sie auch schon eingeschlafen. Kein Wunder, dass sie so müde war, denn sie hatten bis tief in die Nacht über Bengts plötzliches Auftauchen philosophiert und über einen Typen aus Emmas Theatergruppe, der sich offensichtlich in sie verknallt hatte.

Da Emma nun wieder tief und fest schlief, stand Rieke auf, öffnete den Kleiderschrank und überlegte, welches Outfit ihre heutige Stimmung am besten widerspiegelte. Sie entschied sich spontan für ein geringeltes Longshirt, eine Latzhose und derbe Boots. Denn heute würde sie das sein, was man auf Sylt eben war: ein echtes Meermädchen.

27

Nele

Irgendetwas stimmt nicht! Dabei war eigentlich alles genau so, wie Nele es liebte: Sie saß vor der Staffelei, hörte Musik von der Sängerin LEA, Schneeweißchen hatte sich zu ihren Füßen zusammengerollt, und Kater Campino betrachtete das Geschehen im Atelier gemütlich vom Sessel aus. Eine Kanne »Sylter Wintertraum« aus der *Kleinen Teestube* in Keitum dampfte auf dem Stövchen und verströmte den betörenden Duft von Orangenschalen, Malvenblüten, Zimt und Mandeln. Draußen dämmerte es, und sie würde bald Kerzen anzünden, deren flackernden Schein sie so gern mochte.

Nele trank den Becher leer, starrte auf das gerade entstandene Bild für ein neues Kinderbuch und fragte sich, wieso sie seit Tagen unzufrieden mit den Skizzen, ihrer Farbwahl und letztlich auch den Motiven war. Sie arbeitete an diesem Sonntag, weil der Abgabetermin nahte und die Illustrationen noch vor Weihnachten in die Herstellungsabteilung des renommierten Hamburger Kinderbuchverlages mussten, in dessen Auftrag Nele zum ersten Mal tätig war. Sie kniff die Augen zusammen, betrachtete weiter kritisch ihr Werk auf der Leinwand und spürte, wie sie in eine düstere Stimmung abzugleiten drohte.

Hoffentlich kam Sven bald nach Hause und brachte sie auf andere Gedanken.

Nach Hause. Die Erkenntnis, dass sie sich in Oles Haus so wohlfühlte, als würde sie hier schon immer wohnen, erfüllte sie trotz des drohenden Trübsinns mit Freude. Und wer hätte gedacht, dass das Zusammenleben mit Sven sich nicht nur unkompliziert gestaltete, sondern weit schöner war, als Nele es sich in ihren kühnsten Träumen ausgemalt hatte. Bis auf kleine Kabbeleien lebten sie hier in harmonischem Gleichklang, genossen die Zweisamkeit und organisierten gemeinsam die Hochzeit. Der Entwurf für die Einladungen stand, natürlich hatte Nele das Motiv selbst gezeichnet. Demnächst hatte sie einen Termin mit Birte von *Stil & Blüte*, um mit ihr den Blumenschmuck zu besprechen und den Brautstrauß in Auftrag zu geben. Doch es fehlte leider etwas ganz Entscheidendes, das auf Sylt praktisch unplanbar war, es sei denn, man war Millionär: eine passende Wohnung. Wenn sie endlich wüsste, wo Sven und sie künftig leben würden, dann wäre ihr deutlich wohler. Denn mit einem Mal konnte sie sich überhaupt nicht mehr vorstellen, zwischen ihrem Zimmer in Beas Haus und dem in Svens Hotel zu pendeln, wenn Ole und Sophie von ihrer Reise zurückkamen.

Nele beneidete ihren guten Freund ein wenig darum, dass er dieses schöne Haus auf der Düne vor dem Ortseingang geerbt hatte und zudem in der Lage war, es auch zu halten – für viele Insulaner leider keine Selbstverständlichkeit.

Um sich ein wenig davon abzulenken, dass sie gerade an einer Malblockade litt, machte sie Fotos von den beiden Katzen und schickte sie Sophie. Die reagierte prompt: »Es freut mich, dass ihr es so gemütlich habt und Campino allmählich seine süße

Mitbewohnerin akzeptiert. Wir sind übrigens nach einer kleinen Rundreise in die angrenzenden Länder wieder zurück in der Bretagne, weil wir uns nicht von diesem tollen Landstrich trennen können.« Es folgten mehrere Emojis, Grüße von Ole und Bilder von der zerklüfteten Küste, Leuchttürmen, alten Fischerbooten, tosender Brandung und spektakulären Sonnenuntergängen. Die Temperaturen im Oktober schwankten laut Sophie zwischen acht und siebzehn Grad, an manchen Tagen war es angenehm warm, dann folgten trübe Tage mit Dauerregen und Kälte.

Ich war noch nie in der Bretagne, dachte Nele und startete ihren Laptop, um nach Ferienwohnungen dort zu suchen. Vielleicht war dieser wilde und ursprüngliche Teil Frankreichs eine Option für die Flitterwochen?

Wie aufs Stichwort ertönte Svens Stimme aus dem Flur, Nele war so verstrickt in ihrer merkwürdigen Stimmung, dass sie gar nicht gehört hatte, dass er das Auto in der Auffahrt geparkt hatte. »Na, wie geht's dir, immer noch krank?«, fragte er mit einem schelmischen Lächeln und gab Nele einen Kuss.

Krank?! Nele wusste zunächst nicht, was Sven meinte, doch dann fiel ihr die Flunkerei vom Vortag wieder ein, die sie aufrechterhalten hatte, nachdem er vom Buchevent aus Keitum zurückgekommen war und ihr einen Kräutertee zur Beruhigung des Magens gekocht hatte. Als er ihr zudem eine Wärmflasche auf den Bauch gelegt und Zwieback hingestellt hatte, war Nele kurz davor gewesen, ihre Notlüge zu gestehen.

Doch sie spielte das Spiel dennoch konsequent weiter, weil sie Sven auf gar keinen Fall die Ursache des Streits mit Vero erzählen und deren Geheimnis um jeden Preis hüten wollte. Offenbar hatte sie Bea immer noch nicht in ihre Pläne eingeweiht, sonst wüssten sie und Lissy längst davon.

»Danke, es geht schon viel besser, allerdings komme ich mit dem Malen überhaupt nicht voran.« Nele schloss den Laptop und deutete beinahe anklagend auf die Leinwand. Zwischen dunklem Tannengrün schauten einige Wichtel mit bunten Zipfelmützen hervor, die Szenerie hatte den Charakter eines Wimmelbilds.

»Das sehe ich aber anders«, erwiderte Sven, nahm sich einen Hocker und setzte sich neben Nele, was Schneeweißchen aufscheuchte. Missmutig maunzend tapste das Kätzchen von dannen und war flugs aus dem Atelier verschwunden. »Ich sehe hier ein äußerst stimmungsvolles, fröhliches und leuchtendes Bild, das wunderbar zum Thema Wichtelwald passt. Was gefällt dir denn nicht daran?«

Nele schürzte die Lippen und kniff die Augen zusammen. Oberflächlich betrachtet musste sie Sven recht geben, aber sie wusste genau, dass in ihr weit mehr steckte als diese stereotype Malerei. Oder war es nur ihre miese Laune, die gerade den Blick auf ihre Arbeit trübte? »Aber es fehlt meiner Meinung nach der spezielle Humor, der meine Kinderbuchillustrationen so besonders und beliebt bei den Verlagen und Kids macht.« Ihr großes Vorbild waren schon immer die hintergründigen Zeichnungen der Pettersson-und-Findus-Bilderbücher von Sven Nordqvist gewesen, wenngleich sie selbst weit bunter und kräftiger zeichnete und malte.

»Und wieso ist dir der Humor abhandengekommen? Liegt es daran, dass wir jetzt zusammenwohnen? Oder hast du Sorgen, von denen ich nichts weiß?« Sven legte den Arm um sie und drückte sie so tröstend, dass sie ihm am liebsten die Wahrheit gesagt hätte. Doch konnte sie dies tun, ohne Vero ein weiteres Mal in den Rücken zu fallen? Aber sie wollte natürlich unbedingt verhindern, dass Sven glaubte, sie habe ihre Kreativität verloren, weil beide seit Wochen fast jede Minute ihrer freien Zeit gemeinsam verbrachten.

»Versprichst du mir, dass du das, was ich dir jetzt anvertraue, für dich behältst?« Neles Herz klopfte, denn nun hatte sie den ersten Schritt getan, und Sven würde noch vor Bea und Lissy von Veros beruflichen Plänen erfahren …

»Ich verspreche dir, diskret zu sein, aber auch, dich nicht weiter zu löchern, wenn du nicht über das reden möchtest, was dich dermaßen zu bedrücken scheint, dass du sogar unzufrieden mit der Qualität deiner Arbeit bist.«

Nele erzählte, was an jenem Abend, als der Umzug in Oles Haus geplant gewesen war, zwischen Vero und ihr vorgefallen war. Als sie laut aussprach, wofür sie sich bereits tränenreich und zerfressen von Schuldgefühlen bei ihrer lieben Freundin entschuldigt hatte, wurde ihr erneut klar, welch große Angst sie davor hatte, dass sich das Büchernest-Quartett eines Tages auflösen würde und die vier sich in alle Winde zerstreuen würden. Kein Wunder, dass ihr unter diesen Umständen das Malen nicht ganz so leicht von der Hand ging.

»Bislang war die Erhaltung des Buchcafés das Ziel, das uns alle auf Trab gehalten und in gewisser Weise zusammengeschweißt hat, obwohl wir vier so unterschiedlich sind«, versuchte Nele, ihre Empfindungen in Worte zu fassen. »Egal, wie groß die Herausforderungen waren, und egal, wie viel Stress wir hatten, keine von uns hat auch nur eine Sekunde lang daran gedacht, auszusteigen und damit ein Stück weit unseren gemeinsamen Traum aufzugeben. Wenn Vero bei Hartwig zusagt, dann ist dies das unwiderrufliche Ende einer Ära.«

Sven schwieg eine Weile, und Nele dachte nicht zum ersten

Mal, dass sie auch gern so überlegt und rational wäre, wenn es darauf ankam. Sie selbst hatte nun mal ein überschäumendes Temperament und reagierte immer aus einem spontanen Impuls heraus, was nun ihre langjährige Freundschaft mit Vero bedrohte. »Doch das Allerschlimmste an der Sache ist, dass ich Vero so tief verletzt habe, dass sie meine Entschuldigung nicht annimmt und sich sogar vor der Signierstunde krankgemeldet hat, nur um mir nicht begegnen zu müssen. Wie kann ich ihr klarmachen, dass ich das erstens nicht so gemeint habe und zweitens alles dafür tun würde, um diesen blöden Streit aus der Welt zu schaffen?«

»Wie wäre es, wenn du ihr einen Brief schreiben und sie dazu ermutigen würdest, mit dir noch einmal in Ruhe über ihre Pläne zu sprechen? Sie sollte die Chance haben, dir ehrlich zu erzählen, was genau sie an Hartwigs Angebot reizt. Immerhin hat sie beim letzten Treffen sehr deutlich ihre Unzufriedenheit zum Ausdruck gebracht. Und wenn ich dich richtig verstehe, bist du ihr nicht mit so viel Empathie begegnet, wie sie sich das von dir erhofft hatte. Darum ist es aus ihrer Sicht verständlich, dass sie so reagiert hat. Ich sehe tatsächlich nur zwei Möglichkeiten: Entweder du lässt ihr die Zeit, die sie braucht. Oder du suchst aktiv das Gespräch, auch auf die Gefahr hin, dass sie dich abblitzen lässt.«

»Ein Brief gibt ihr die Gelegenheit, erst einmal darüber nachzudenken, wohingegen ein Anruf natürlich sehr direkt ist«, sinnierte Nele und mochte Svens Idee von Minute zu Minute lieber. Handgeschriebene Zeilen, am besten auf schönem Papier, das war auf alle Fälle nach Veros Geschmack.

»Ist es in Ordnung, wenn ich unser Gespräch unterbreche, um schnell mal rüber zur *Alten Tonnenhalle* zu flitzen und zu schauen, ob ich dort Briefpapier bekomme?« Plötzlich waren Neles Lebensgeister wieder erwacht, und sie hoffte, dass es ihr gelang, eine halbe Stunde vor Schließung des maritim gestalteten Einkaufszentrums am Lister Hafen Briefbogen zu finden, die Vero mochte.

»Was hältst du davon, wenn ich dich begleite und dich zur Feier deiner spontanen Genesung vom Magen-Darm-Infekt zum Essen einlade? Oder möchtest du heute Abend lieber wieder Zwieback und Fencheltee?«

Bei dem Gedanken an Pasta mit Gambas stieß Nele einen kleinen Freudenschrei aus, was Schneeweißchen und Campino anlockte, die neugierig ins Atelier äugten. »Kannst du bitte die beiden füttern, während ich mich rasch umziehe?« Ohne Svens Antwort abzuwarten, hastete sie nach oben ins gemeinsame Schlafzimmer.

Nur wenig später saßen die beiden an einem der Hochtische bei *Gosch* in der urigen *Alten Bootshalle*, dem bei Urlaubern äußerst beliebten Fischlokal, das Nele immer noch so gern mochte wie am ersten Tag, als sie auf die Insel gekommen war.

»Schmeckt's?«, fragte Sven lächelnd, weil Nele sich mit einem derart großen Appetit über das Knoblauchbrot hermachte, das sie sich dazubestellt hatte, als sei sie kurz vor dem Verhungern. Er selbst hatte sich für eine gemischte Fischplatte mit Salat und Bratkartoffeln entschieden, von der Nele immer wieder eine Gabel voll stibitzte.

»Was hältst du übrigens von der Bretagne?«, fragte sie, dummerweise mit vollem Mund, weil sie so große Lust hatte, Pläne für die Flitterwochen zu schmieden, dass sie sich noch nicht einmal die Zeit nahm, das Essen hinunterzuschlucken, bevor sie sprach.

»Von der Bretagne als Landstrich im Allgemeinen, oder wie darf ich deine Frage verstehen?«

»Als Ziel für unsere Hochzeitsreise. Sophie und Olaf sind so begeistert, dass sie dort noch ein Weilchen bleiben wollen. Ich habe vorhin ein wenig gegoogelt und muss sagen, dass es dort ziemlich grandios zu sein scheint. Allerdings auch ein bisschen stürmisch und kühl, wenn wir direkt nach der Hochzeit am Tag des Biikebrennens fahren. Aber wahrscheinlich möchtest du lieber in die Sonne, oder?«

»Darüber habe ich noch gar nicht nachgedacht«, erwiderte Sven, »denn ich genieße es gerade so sehr, mit dir zusammenzuwohnen, dass ich mir eher Gedanken darüber mache, wie wir an eine schöne bezahlbare Wohnung oder ein Häuschen kommen, in dem wir uns beide so wohlfühlen wie hier in List.«

»Ich hätte da eine Idee«, erwiderte Nele, die nun wieder Oberwasser hatte und es kaum erwarten konnte, den Brief an Vero zu schreiben, sich mit ihr zu versöhnen und das Bild weiterzumalen, für das ihr während des Essens einige Ideen gekommen waren. »Wir überzeugen Sophie und Olaf davon, dass sie in der Bretagne bleiben, und fragen sie, ob Olaf uns das Haus günstig zur Miete überlässt.«

»Genialer Plan, das dürfte ja ein Leichtes sein«, erwiderte Sven schmunzelnd und erhob das Glas. »Nein. Im Ernst: Auf die Bretagne und auf deine Versöhnung mit Vero. Also, welche Reiseziele könntest du dir noch vorstellen?«

Mit vor Vorfreude pochendem Herzen holte Nele einen der wunderhübschen Briefbogen aus ihrer Handtasche und notierte darauf alle Ziele, die ihnen im Lauf des Abends einfielen. Natürlich standen Klassiker wie Venedig und Paris ganz oben auf ihrer beider Liste, aber auch Schottland, Island, Andalusien,

Südfrankreich und einige griechische Inseln. Es war wunderschön, ungestört zu träumen, zu fantasieren, sich dabei immer wieder tief in die Augen zu schauen und zu wissen: Wir gehören zusammen. Für den Rest unseres Lebens.

28

Lissy

Die beiden Kinder schliefen bereits tief und fest. Zuvor hatten Lissy und Leon Pfannkuchen mit Apfelmus mit Liu gegessen und ihr abwechselnd ein Weilchen vorgelesen, bis die Kleine so müde gewesen war, dass Leon sie nach oben in ihr Bettchen tragen konnte, ohne dass sie aufwachte. Dennoch ging es an diesem Abend in Keitum weit weniger harmonisch zu als bei Nele und Sven: Leon verkündete seinen Entschluss, sich tatsächlich selbstständig zu machen, und wollte mit Lissy auf diesen wichtigen Schritt anstoßen. Doch die war wie vom Donner gerührt, als er aussprach, was sie die ganze Zeit befürchtet hatte, weil dies noch mehr Unsicherheit in ihrer aller Leben bringen würde.

»Und wie hat dein Chef reagiert?«, fragte sie mit angehaltenem Atem. Ein Teil von ihr hoffte, dass Leon jetzt so etwas sagen würde wie: »Er hat mir eine so große Gehaltserhöhung plus einen fetten Bonus gegeben, dass ich meine Entscheidung rückgängig gemacht habe.«

»Tatsächlich hat er mich beglückwünscht und mir sogar angeboten, dass ich freiberuflich weiter für die Redaktion arbeiten kann, wenn ich möchte. Wie du weißt, haben mir so viele

Unternehmen Aufträge zugesagt, dass wir wahrscheinlich ganz gut über die Runden kommen. Wenn du damit einverstanden bist, würde ich anfangs gern das Gästezimmer als Arbeitszimmer nutzen und dich mit den Kindern von zu Hause aus unterstützen. Du wirst sehen, wie gut es dir tun wird, ein bisschen freier zu sein, sobald du Niels abgestillt hast.«

Auch wenn Lissy Verständnis für Leons Entscheidung hatte, fühlte sie sich als Ehefrau bei diesem endgültigen Schritt übergangen und zurückgesetzt. »Das klingt alles schön und gut, und ich freue mich auch für dich, aber es wäre mir trotzdem lieber gewesen, wir hätten ein allerletztes Mal darüber gesprochen, bevor du in der Redaktion die Kündigung auf den Tisch gelegt hast«, erwiderte sie und spürte, wie sich alles in ihr vor Wut zusammenzog. »Das hier ist unser gemeinsames Leben und unsere gemeinsame Familie, und wir wissen immer noch nicht, wie und sogar ob es mit dem Büchernest weitergeht. Vero und Nele scheinen irgendwelche Streitigkeiten zu haben, von denen Bea und ich offenbar nichts wissen dürfen, Bea schreibt zurzeit wie eine Wilde an einem neuen Buch, dessen Inhalt sie nicht verraten will, Nele ist seit dem Umzug nach List kaum noch greifbar, und du bist auch im Alleingang unterwegs.« In Lissys Hals sammelte sich ein dicker Kloß, sie ballte im Zorn die Fäuste, und das Allerschlimmste war: Sie konnte sich in diesem Moment überhaupt nicht leiden. Doch die Worte waren ihr nun mal entschlüpft, und sie konnte weder das Gesagte zurücknehmen noch ihren vorwurfsvollen Ton.

Leons Gesichtsausdruck war ein Spiegel ihrer eigenen unzufriedenen Stimmung, offenbar hatte sie ihm die gute Laune und die Freude daran verdorben, dass er einen beruflichen Neustart wagen wollte – entsprechend harsch fiel seine Reaktion aus.

»Aber wir haben das Thema doch in den vergangenen Wochen x-mal durchgekaut, und du hast mich ermuntert, das zu tun, was ich für richtig halte. Mir war nicht klar, dass ich deine abschließende Erlaubnis für eine Entscheidung brauche, die wir gemeinsam getroffen haben.«

»Es geht hier nicht um eine Erlaubnis …« Lissys Stimme brach, weil sie sich für das Gefühl der Zurücksetzung schämte, das an ihr nagte. Sie klang wie eine schlecht gelaunte, nörgelnde Ehefrau, die ihrem Missmut freien Lauf ließ. Das Abbild dessen, wie sie nie sein wollte. Doch sosehr sie es liebte, Mutter zu sein, so schwer war es zuweilen für sie zu akzeptieren, dass sie sich gewissen Dingen fügen musste, bis Liu und Niels in den Kindergarten gingen und sie ihre Zeit wieder selbstständiger einteilen konnte. Dazu gehörte leider, sich und ihre Eigenständigkeit ein Stück weit aufzugeben.

»Ich dachte, du freust dich für mich«, erwiderte Leon kopfschüttelnd. Dann nahm er seine Brille ab und putzte sie, als wolle er Zeit gewinnen oder mehr Klarsicht. »Und ich war der festen Überzeugung, dass es dir guttun würde, wenn ich mich zwischendurch um die Kids kümmern und du wieder stundenweise im Büchernest arbeiten könntest, wenn dir danach ist. Vermisst du es denn gar nicht, mit Kunden zu tun zu haben und Bücher zu empfehlen? Du bist doch förmlich aufgeblüht, als du die Autorinnen für die Signierstunde engagiert hast, und man kann doch wahrlich sagen, dass dieses Event ein voller Erfolg war, oder nicht?«

Leons Worte stimmten Lissy ein wenig versöhnlicher, denn sie zeigten ganz klar, dass er im Grunde das Beste für sie wollte.

»Es stimmt, dass es ein tolles Gefühl war, endlich mal wieder Erfolg zu haben und so richtig mitzumischen, anstatt nur eine

Randfigur zu sein. Aber ehrlich gesagt verdanken wir das alles in erster Linie dem großartigen Einsatz und den Ideen von Rieke und auch Emma, die eine wirklich große Hilfe war und spontan eingesprungen ist, weil Nele und Vero durch Abwesenheit geglänzt haben.«

»Aber du hattest trotzdem Spaß, nicht wahr?«

Lissy nickte, obgleich das nicht hundertprozentig der Wahrheit entsprach, denn dies war nur die eine Seite der Medaille. »Es hat sich allerdings gar nicht gut angefühlt, dass weder Vero noch Nele an dem Abend dabei waren und dass das erste Event in Kooperation mit Svens Hotel ausgerechnet eine Signierstunde mit Autorinnen war, mit denen nur die jüngeren Leserinnen etwas anfangen können. Du weißt, dass wir alle vorherigen Dinner-Lesungen und Ähnliches mangels Ticketverkauf absagen mussten, und auch Beas Buchpremiere scheint nicht gerade der Renner zu werden. Hier läuft seit Monaten etwas gewaltig schief, und Nele und ich haben sogar vor einiger Zeit darüber gesprochen, dass wir uns sehr genau überlegen sollten, ob der Traum des Büchernests nicht allmählich ausgeträumt ist. Wir wollten aber beide noch mal ganz in Ruhe über alles nachdenken, bevor wir mit Bea und Vero sprechen. Schließlich geht es um unser aller gemeinsame Zukunft, und wir müssen uns alle vier einig sein.«

»Deshalb hast du gerade so reagiert, verstehe«, murmelte Leon und wirkte ehrlich bedrückt. »Deine berufliche Zukunft ist unklar, und ich stelle mich ab sofort völlig neu auf. Aber wieso hast du mir von alldem nichts gesagt?« Leon nahm sie fest in den Arm und strich ihr zärtlich über den Kopf.

Lissy lehnte sich an seine Brust und genoss das Gefühl von Geborgenheit, das sie so dringend brauchte. »Ich war sehr beschäftigt mit Niels und der daraus resultierenden Eifersucht von Liu. Auch die Gespräche mit der Therapeutin wühlen einiges in mir auf und wirken immer noch nach, ich habe wieder Albträume vom Unfalltod meiner Eltern.«

»Oh, das tut mir leid, davon wusste ich ja nichts«, murmelte Leon, und Lissy konnte am Mahlen seines Unterkiefers sehen, wie sehr das Gespräch in ihm arbeitete. »Aber die Therapiesitzungen tun dir gut, nicht wahr?«

Leon wirkte mit einem Mal so besorgt, dass Lissy fast bedauerte, ehrlich zugegeben zu haben, wie schwierig ihr Leben sich zurzeit für sie anfühlte. Doch wie sagte Frau Dr. Vogel so schön? Die Dinge müssen raus, sonst holen sie einen ein.

»Die Konfrontation mit alldem ist natürlich anstrengend, aber ich weiß, dass es sich lohnt, dranzubleiben. Doch ich kann auch nicht leugnen, dass ich mich zurzeit nicht nur um die Existenz des Büchernests sorge, sondern vor allem um unsere Vierer-Freundschaft. Vero und Nele müssen heftig miteinander gestritten haben, lassen sich aber genauso wenig in die Karten schauen wie Bea. Früher hat kein Blatt zwischen uns gepasst, und wir hätten für jedes noch so große Problem eine gemeinsame Lösung gefunden. Wo ist das Vertrauen geblieben, das uns so stark verbunden hat? Ich weiß einfach nicht, was gerade los ist, und fühle mich ehrlich gesagt ein wenig hilflos.«

»Ich schätze, das ist wohl der normale Lauf der Dinge«, erwiderte Leon, nahm Lissys Hand und zog sie in den Flur des Friesenhäuschens. »Komm, zieh dich an, wir gehen in den Garten.«

»In den Garten?« Lissy hatte keine Ahnung, was Leon vorhatte, aber sie warf sich den Mantel über, zog ihre Stiefel an und folgte ihm ins Freie.

»Siehst du, wie die Sterne funkeln?«, flüsterte Leon und legte den Arm um sie. »Ihr Schein erinnert uns daran, dass wir die Magie in unserem Leben nicht vergessen und verlieren dürfen. Weißt du noch, wie aufgeregt Liu war, als sie zum ersten Mal bemerkt hat, dass es dort oben so schön schimmert und blinkt?«

Lissy lauschte Leons Worten verzückt, schloss die Augen und konnte die Szene so deutlich sehen, als wäre es gerade erst passiert: Sie hatte Liu auf dem Arm gehabt und genau hier im Garten gestanden, als diese plötzlich aufgeregt ihr Ärmchen gereckt und auf den Himmel gedeutet hatte.

Und bald würde auch Niels die Wunder deutlicher wahrnehmen, die das Leben, die Natur und diese traumschöne Insel für all diejenigen bereithielt, die ihnen Aufmerksamkeit schenkten.

»Ich will damit sagen, dass uns nichts passieren kann, solange wir einander haben, einander lieben und einander vertrauen. Also bitte vertrau mir, wenn ich dir jetzt sage, dass sich letztendlich alles zum Guten wenden wird, auch wenn es sich für dich in diesem Augenblick vielleicht nicht so anfühlt.«

»Da muss ich dir aber energisch widersprechen«, entgegnete Lissy und schlang die Arme um Leons Hals. »Denn es fühlt sich sehr gut an, um nicht zu sagen fantastisch. Ich liebe dich, und ich fürchte, ich habe dir das in den vergangenen Wochen viel zu selten gesagt. Was hältst du davon, wenn wir jetzt nach oben gehen und es uns im Bett gemütlich machen?«

Leons Antwort war ein langer, zärtlicher Kuss, und das war alles, was Lissy in diesem Moment brauchte.

29

Vero

Endlich war alles so, wie Vero es sich gewünscht hatte. Sie stand in ihrem Zimmer, das sie eigenhändig renoviert und vollständig nach ihrem Geschmack eingerichtet hatte. Der Raum erstrahlte in vollem Glanz – oder ertrank in einem Blumenmeer, wie Hinrich gestern leicht spöttisch, aber dennoch anerkennend gesagt hatte. Die Ausgaben für diesen Traum haben sich gelohnt, dachte Vero und strich verliebt mit der Hand über die erhaben wirkenden Rosenmotive auf der Vliestapete. Die edle Wandverzierung befand sich an der Kopfseite des neuen Betts im Landhausstil, die Bettwäsche duftete herrlich frisch, und Vero konnte es kaum erwarten, sich später hineinzukuscheln und ihre erste Nacht im eigenen Zimmer zu zelebrieren.

Doch bevor es so weit war, stand eine weitere Besprechung mit Holger Hartwig an, den sie mittlerweile duzte. Heute Abend wollte er Vero in den Räumlichkeiten des neuen Restaurants mit dem Team bekannt machen, das Vero künftig leiten würde. Sie warf einen letzten Blick in den großen Spiegel mit antikem Rahmen, der sich an der Wandfläche hinter der Tür befand, und betrachtete sich. Der erste Eindruck zählte, und der sollte natürlich perfekt sein. Die schwarze Hose ließ sie ein wenig schlanker wirken, genau wie der dazugehörige lange Blazer. Doch Vero wäre nicht Vero, wenn sie dieses strenge Outfit nicht mit einer hellblauen Bluse kombiniert hätte, die seidig glänzte. Als sie im Flur den Mantel anzog und den Haustürschlüssel in die Tasche steckte, traf sie auf Hinrich, der gerade hereingekommen war.

Durch die geöffnete Tür wehte kühle, frische Herbstluft, Hinrichs Wangen waren von der Kälte gerötet, was ihm ausgesprochen gut stand. »Auf dem Weg zu einem Meeting?«, fragte er, und Vero nickte. Die Stimmung zwischen ihnen glich einer Art Waffenstillstand, auch wenn beide sich nicht im Krieg miteinander befanden. Allerdings lebten sie zurzeit eher in einer Wohngemeinschaft, aßen nur selten gemeinsam und tauschten sich lediglich über das Nötigste aus.

Doch Vero hatte es Hinrich hoch angerechnet, dass er ihr bei der Renovierung zur Hand gegangen war, wenn sie einmal nicht weitergewusst hatte. YouTube-Tutorials waren natürlich eine große Hilfe, aber es tapezierte sich eindeutig leichter zu zweit als allein, das konnte Vero nicht leugnen.

»Dann wünsche ich dir viel Erfolg«, erwiderte er, zum ersten Mal seit Tagen kreuzten sich ihre Blicke und verfingen sich einen kurzen Moment ineinander.

»Ich lerne heute das Team kennen«, rutschte es Vero heraus, obgleich sie ihren Mann bisher nicht über die Fortschritte der Zusammenarbeit mit Holger informiert hatte. »Und danke übrigens, dass du bislang dichtgehalten und weder Bea noch Lissy noch Adalbert etwas von meinen Plänen erzählt hast. Das weiß ich sehr zu schätzen.«

Hinrich brummte etwas, das nach »Sag es ihnen aber bald, bevor dir das Ganze um die Ohren fliegt« klang, und schob sich dann an ihr vorbei, um in die *Stuv* zu gehen. In Veros Kopf blitzte kurz das Bild des lodernden Kaminfeuers auf, vor das sie beide sich früher an kalten Abenden gesetzt, gelesen, geredet, miteinander Karten gespielt oder Musik gehört hatten. Sie vermisste diese traute Gemütlichkeit, doch sie freute sich auch auf die Besprechung und darauf, neue Leute kennenzulernen. Die meisten waren keine Sylter, mit einigen hatte Holger schon in seinem Restaurant in Hamburg zusammengearbeitet.

Sie stellte sich an die Bushaltestelle und wartete, doch es dauerte volle zehn Minuten, bis sie einsteigen und die Fahrt von Morsum Richtung Keitum antreten konnte. Während der Wind ihr beim Fußmarsch von Schnitti's Eck in der Dorfmitte Richtung Restaurant das Gesicht streichelte und sein Raunen in ihren Ohren nachhallte, überfiel Vero mit einem Mal trotz der Vorfreude auf die neue Aufgabe ein Hauch von Melancholie. Die Blätter an den Bäumen, die bei jedem Windstoß durch die Lüfte tanzten und schließlich zu Boden segelten, lösten jedes Jahr aufs Neue widersprüchliche Gefühle in ihr aus: Einerseits liebte sie die bunte Farbenpracht, den modrig feuchten Duft des Herbstes, den Anblick der Zugvögel, die erst auf den Feldern nach Futter pickten und sich dann in Scharen auf den Weg in wärmere Winterquartiere machten. Sie sammelte für ihr Leben gern Kastanien, Eicheln, Bucheckern und konnte es kaum erwarten, mit der kleinen Liu zu basteln. Auch bereitete sie mit großem Vergnügen Backofengemüse zu, wofür sich die Früchte des Herbstes ganz besonders gut eigneten: Kürbis, Süßkartoffeln, Rosenkohl, Walnüsse, Kräuter und Keitumer Ziegenkäse bildeten eine schier unschlagbare Kombination, nach der sie sich die Finger leckte und meist ein kleines bisschen zu viel davon aß.

Andererseits lag über dieser Jahreszeit eine dunkle Ahnung von Vergänglichkeit, Veränderung, vom Ende …

Vero versuchte, das ungute Gefühl beiseitezuschieben und sich stattdessen darauf zu konzentrieren, dass sie wegen der Teambesprechung in Keitum war.

Holgers Restaurant trug den klangvollen Namen *Meerherz* und lag unweit von Adalberts Haus am Watt, weshalb Vero es bislang vermieden hatte, sich nach der ersten Besichtigung dort mit ihm zu treffen. Doch heute ging es nicht anders, und sie war froh, dass Keitum abends nicht hell erleuchtet war, sondern in einen sanften Schimmer gehüllt wurde, in dem nur ab und zu die Pfützen aufblitzten, die durch den Regen der vergangenen Tage entstanden waren. Vero war viel zu spät dran und erhöhte ihr Schritttempo, als …

»Was hältst du von einem Hund?«, fragte eine Stimme, die eindeutig zu Adalbert gehörte, und ihr Herz machte augenblicklich einen großen Satz. »Du hast doch deinen Berner Sennenhund Timo so geliebt.«

In dem Moment, als Bea seufzend erwiderte: »Ja, das habe ich«, sprang Vero hinter einen Baum und landete … in einem kleinen Graben. Die blank polierten Stiefeletten füllten sich nach und nach mit Wasser, auch die Hosenbeine sogen sich zusehends voll. Doch dies war Vero egal, nichts konnte so schlimm sein, wie in diesem Augenblick von Bea zur Rede gestellt zu werden.

»Hm, das stimmt schon«, erwiderte Bea, deren Stimme nun näher und näher kam. »Aber so ein Hund bedeutet enorm viel Verantwortung und wird sehr schnell zum Familienmitglied, weil man ihn unendlich liebt. Ich weiß noch, wie viele Sorgen ich mir damals um Timo gemacht habe und wie sehr mich sein Tod heute noch schmerzt.«

Vero lauschte gebannt den Worten ihrer Freundin und spürte gleichzeitig, wie kalt ihre Füße wurden.

Zu ihrem Leidwesen blieben Bea und Adalbert ausgerechnet in der Nähe des Baums stehen, hinter dem Vero sich versteckte. Und dann geschah, was immer geschah, wenn Vero kalte Füße bekam: Sie begann zu niesen, und zwar mehrfach hintereinander.

»Vero?«, frage Bea und schaute sich suchend um.

Vero hielt sich die Nase zu, atmete so ruhig wie möglich ein und aus und betete, dass die beiden sie nicht entdeckten. Doch ausgerechnet in diesem Moment sprang etwas aus dem Wasser, streifte kurz Veros Bein, und diese stieß einen spitzen Schrei aus. Obwohl sie Tiere mochte und das Landleben gewohnt war, hatte sie vor einem panische Angst: Mäuse. Und das fellige Etwas war eindeutig eine solche gewesen.

»Veronika! Kannst du mir bitte sagen, was das hier soll?«, schimpfte Bea und stemmte kopfschüttelnd die Hände in die Hüften. »Komm sofort aus diesem Matsch heraus.«

»Ich … äh …« Vero standen trotz der Kälte Schweißperlen auf der Stirn. Bea sprach sie nur mit ihrem vollen Namen an, wenn sie wirklich entsetzt von dem war, was ihre Freundin tat, und das war in all den Jahren äußerst selten passiert. »Na los, wird's bald, oder willst du dir den Tod holen? Diese Niestattacken bekommst du nur, wenn deine Füße Eisklumpen sind, das wissen wir doch beide.«

Nun blieb Vero nichts anderes übrig, als aus dem Graben zu waten, was allerdings dadurch erschwert wurde, dass sie mit dem rechten Fuß so tief eingesunken war, dass ihr Schuh im Schlamm stecken blieb.

»Bleib da stehen, ich hole den Stiefel«, sagte Adalbert und

erwies sich damit wieder einmal als der Gentleman, der er immer schon gewesen war.

Vero hüpfte auf dem einen Fuß, um die Balance zu halten und jeglichen Kontakt mit dem kalten Boden zu vermeiden, geriet dabei allerdings ins Straucheln. Bea konnte gerade noch verhindern, dass sie wie ein Mehlsack auf den Weg plumpste.

»Wie oft soll ich dir noch sagen, dass du Sport machen muss, um dir deine Muskelkraft und die nötige Körperspannung zu erhalten«, kommentierte sie Veros Unbeholfenheit. »Wobei das natürlich Unsinn ist, denn was man nicht hat, kann man sich auch nicht bewahren. Also, verrätst du mir jetzt, was du hier treibst?«

Bea musterte Vero mit zusammengekniffenen Augen, während diese sich an ihrer Freundin festklammerte und dabei versuchte, möglichst unfallfrei den Schuh anzuziehen.

»Ich lasse euch beide mal allein. Wie es scheint, habt ihr ja einiges zu besprechen«, sagte Adalbert und verschwand in der Dunkelheit, wofür Vero ihm dankbar war.

»Hast du eine Affäre?«, fragte Bea schließlich, und Vero blieb beinahe die Luft weg. Zum einen wegen der Frage und zum anderen, weil sie nun schon über zwanzig Minuten zu spät für das Meeting war und gerade keine Chance hatte, Holger Bescheid zu geben.

Mist, wie kam sie bloß aus dieser vertrackten Nummer heraus? Sie konnte jetzt auf gar keinen Fall Hartwig anrufen, sonst würde Bea sofort Lunte riechen.

Als sie wieder aufrecht stand und fieberhaft überlegte, was sie jetzt sagen oder wie sie ihre Kleidung wieder sauber bekommen sollte, schmetterte Bea mit triumphierendem Tonfall ihre ganz persönliche Theorie über Veros Situation durchs mucksmäuschenstille Keitum. »Ich habe recht, es hat also keinen Sinn zu leugnen. Du warst beim Friseur, trägst diese seltsamen Klamotten und benimmst dich seit Wochen merkwürdig. Wenn man mit dir spricht, bist du innerlich meilenweit entfernt, oftmals erreicht man dich telefonisch nicht, neulich hast du das Café nicht geöffnet, und du hast dich mit Nele gezofft. Wahrscheinlich ist sie dir auf die Schliche gekommen, und das ärgert dich. Deshalb hast du dich auch für das Event krankgemeldet, obwohl wir dich dringend gebraucht hätten.«

In Veros Innerem tobte ein Tumult, und sie konnte nicht mehr klar denken, also fiel ihr nichts Besseres ein, als nun ihrerseits Bea anzugreifen. »Was soll das heißen, ich bin nicht erreichbar und seltsam? Wer ist denn seit Wochen nur noch sporadisch im Büchernest, dreht frühmorgens mit dem Fahrrad seine geheimnisvollen Runden um die Insel und sagt keinen Ton mehr über eine Schreibblockade, obwohl du uns vorher permanent mit deinem Selbstmitleid auf die Nerven gegangen bist?«

»Selbstmitleid?«, empörte Bea sich. »Was für ein Unsinn! Also hast du nun eine Affäre, oder nicht?«

Beas zweiter Vorname war Beharrlichkeit, und genau diese machte die Situation so schwierig. Derart in die Ecke gedrängt, blieb Vero nichts anderes übrig, als abzuwägen, was schlimmere Konsequenzen hatte: Bea von ihrem neuen Job zu erzählen oder eine schwärmerische Verliebtheit zu gestehen, die sie tatsächlich verspürte, sosehr Vero versuchte, sich dagegen zu wehren.

»Erwischt, es gibt da jemanden«, begann sie mit der erpressten Beichte und wollte eigentlich vom *beruflichen* Seitensprung erzählen.

Doch Bea fiel ihr, wie so häufig, ins Wort. »Wer ist es? Wie lange geht das schon? Wo hast du ihn kennengelernt?«

Beas Fragen prasselten auf sie ein wie Hagelkörner. Vero wusste nicht mehr weiter, also nannte sie in ihrer Not den Namen ihres Stammgasts Fiete Ingwersen, einem entfernten Verwandten von Rieke.

»Fiete?«, fragte Bea und prustete laut los. »Das ist nicht dein Ernst, oder? Was willst du denn mit dem alten Miesepeter? Ich weiß, dass er dich anschmachtet, aber bislang dachte ich, seine Liebe gilt den Spiegeleiern, die laut seiner Aussage keiner so gut zubereiten kann wie du. Also ehrlich, Vero. Wenn du jetzt gesagt hättest, dass dir dieser Hartwig gefällt, dann hätte ich das ja noch halbwegs verstanden. Aber Fiete … ich bitte dich!«

Die Worte »bislang dachte ich, seine Liebe gilt den Spiegeleiern« brachten das Fass endgültig zum Überlaufen, denn Vero fühlte sich von Beas Bemerkung ebenso herabgesetzt wie von Neles Reaktion. Und ehe sie sichs versah, verkündete sie voller Stolz: »Und eben dieser Hartwig hat mir die Leitung seines Restaurants angeboten. Ich war gerade auf dem Weg zu einem wichtigen Meeting, bei dem ich das Küchenteam kennenlernen sollte. Betrachte dies als meine Kündigung sowohl als Leiterin des Cafés als auch als stille Teilhaberin des Büchernests. Es ist an der Zeit, endlich neue Seiten aufzuschlagen, und ich kann es kaum erwarten, bis es endlich so weit ist. Am zweiten Januar geht es offiziell los.«

Bevor Bea etwas darauf erwidern konnte, machte Vero auf dem Absatz kehrt und ging in Richtung Bushaltestelle.

Sie würde sich daheim umziehen und dann mit dem Auto zurück nach Keitum zur Teambesprechung fahren. Nichts und niemand würde sie jetzt mehr aufhalten, und sie würde allen Spöttern eine lange Nase drehen. Die Zeit, in der alle sie unterschätzt hatten, war nun endgültig vorbei!

30

Rieke

Am frühen Abend trug Rieke einen etwas kräftigeren Lippenstift auf, checkte ihr Spiegelbild und wischte sich dann die Farbe wieder mit einem Taschentuch ab. Auf der Konsole vor dem Badezimmerspiegel standen drei verschiedene Lippenstifte, für jeden Anlass ein Farbton, doch sie war sich unsicher und unschlüssig, was das Styling für den kleinen Ausflug mit Bengt betraf: Einerseits war Kampen der nobelste Ort von Sylt, an dem man durchaus mal *dick* auftragen konnte. Doch andererseits waren Bengt und sie zum Strandspaziergang verabredet und nicht auf einen Drink in einer schicken Bar. Dies sprach wiederum für einen zarten Nude-Ton.

»Wenn du so weitermachst, kommst du zu spät«, kommentierte Emma Riekes Stylingversuche, die nun schon über eine Stunde dauerten. Sie lümmelte auf dem Rand der frei stehenden Badewanne, versuchte, Rieke mit Tipps zu unterstützen, und chattete gleichzeitig auf einer Dating-App und mit dem Typen aus der Theatergruppe. »Es dämmert schon bald, also ist es doch egal, ob deine Lippen knallrot sind oder roséfarben. Mögen diese Naturburschen nicht ohnehin eher den puren Look?«

»Wahrscheinlich hast du recht«, erwiderte Rieke seufzend und band ihre Haare zu einem hohen Pferdeschwanz. Jeanslatzhose, Boots, Hoodie und eine Beaniemütze, das musste eigentlich genügen.

Emma begann zu summen und brach schließlich in ihr typisches Emma-Glucksen aus.

»Was ist so komisch?«, fragte Rieke, ging in ihr angrenzendes Zimmer und suchte den Schrank nach dem passenden Schal zur Mütze ab. Doch sie wurde nicht fündig, wie so häufig.

Das Phänomen der verschwundenen Socke war hinlänglich bekannt, nicht aber das der verschwundenen Mützen und Schals. Vielleicht ein Fall für *Die Sendung mit der Maus*, die sie so gern schaute, auch wenn sie gar nicht mit diesem TV-Format aufgewachsen war, dachte sie und überlegte, was Bengt sich wohl gern ansah. Ganz sicher Wissenschaftssendungen und Dokus.

»Ich amüsiere mich gerade darüber, dass du dir Gedanken wegen der Farbe deines Lippenstifts machst, der ohnehin verwischt, wenn ihr euch küsst«, sagte Emma schmunzelnd und warf sich quer über Riekes Bett.

»Ich werde Bengt nicht küssen«, erwiderte Rieke und versuchte, die Erinnerung an die Strandparty zu verscheuchen, die sich seit jenem Abend fest in ihr Gedächtnis eingebrannt hatte. Sie konnte immer noch seinen Atem spüren, und wie die Luft zwischen ihnen beiden gebrannt hatte. »Wie steht's eigentlich mit deinen Flirts? Du tippst ja permanent. Irgendwer Spannendes am Start?«

Emma saß mittlerweile im Schneidersitz und war so versunken in ihre Chats, dass sie Riekes Frage gar nicht hörte. Doch vielleicht war das auch ganz gut so, denn Rieke musste dringend los, wenn sie den Bus noch erwischen wollte, zudem musste sie einmal umsteigen. Also gab sie ihrer Freundin ein Küsschen auf die Wange, winkte ihr von der Tür aus zu und ging nach unten, um sich von ihrer Mutter zu verabschieden. »Emma chillt noch oben, bis sie zur Theaterprobe muss, hoffe, das ist okay.«

Diese Frage war eigentlich überflüssig, denn Emma gehörte ebenso zur Familie Ingwersen wie Rieke wiederum zu den da Silvas, die im Nachbardorf Archsum wohnten.

»Viel Spaß, Schätzchen«, erwiderte Ina, die gerade dabei war, die *Sylter Tageszeitung* zu lesen. »Übrigens wollen wir nächstes Wochenende nach Hamburg zu Lasse. Hast du Lust, mitzukommen?«

Hamburg?! Rieke liebte diese Stadt, und wäre sie nicht so gern auf Sylt, dann wäre das Tor zur Welt mit Elbe, Alster, den zahllosen Buchhandlungen und Kulturveranstaltungen ein Ort, an dem sie gern wohnen würde. »Na klar, vorausgesetzt, das klappt mit dem Büchernest. Zurzeit ist es ziemlich schwierig, am Samstag freizubekommen, wie du weißt. Aber ich frage Bea. Ich hoffe, dass sie Ja sagt, denn ich habe mein Bruderherz schon ewig nicht mehr gesehen.«

Während der Busfahrt dachte sie über Lasse nach, der in Hamburg als Digital Creator in einer coolen Agentur im Schanzenviertel arbeitete und in einer WG im angrenzenden Karolinenviertel lebte. Rieke besuchte ihren älteren Bruder, sooft es ging, durchstöberte im Karoviertel das Angebot des Flohmarkts, der jeden Samstag stattfand, die Secondhand-Plattenläden und natürlich ihre Lieblingsbuchhandlung Cohen & Dobernigg. Doch der Sommer auf Sylt war so schön gewesen, dass Lasse zum Surfen und Feiern auf die Insel gekommen war und auch

Rieke kaum Anlass gehabt hatte, nach Hamburg zu fahren. Dennoch hatten sie beide sich in Keitum fast nur die Klinke in die Hand gegeben und sich höchstens mal beim Familienfrühstück oder bei einem Grillfest gesehen.

»Hey, da bist du ja«, sagte Bengt, als Rieke in Kampen-Mitte ausgestiegen war, und gab ihr einen Begrüßungskuss auf die Wange. Zum Glück war sie so in die Gedanken an ihren Bruder vertieft gewesen, dass sie keine Zeit gehabt hatte, um nervös zu werden und tausendmal in den Handyspiegel zu schauen. Doch der Kuss ließ ihr Herz schneller schlagen, und ihr wurde mit einem Mal so warm, als hätte sie ein heißes Schaumbad genommen.

»Geht's dir gut?«

Ein kurzer Blick in Bengts Augen genügte, um weiche Knie zu bekommen und sich nichts sehnlicher zu wünschen, als ihm ganz, ganz nahe zu sein. Doch sie musste cool bleiben! Zumindest so lange, bis sie verlässlich wusste, was es mit seiner Freundin oder Ex auf sich hatte – und wann er die Insel für das Studium verließ. Also nickte sie lediglich und fragte: »Wollen wir ans Quermarkenfeuer und dann runter an die Steilküste, oder woran hattest du gedacht?«

»Meine Lieblingsstrecke«, erwiderte Bengt, und so gingen die beiden den Strönwai entlang, die Party- und Shopping-Meile von Kampen. Hier reihte sich eine Nobelboutique für feine Strickwaren an das Ladenlokal eines Immobilienmaklers, der Juwelier an den Burberry-Shop mit Mode im typischen Karomuster und eine Galerie an die Patisserie Ladurée mit den köstlichen Macarons, die Rieke aus Paris kannte. Alles war unglaublich teuer, wunderschön dekoriert, doch für Riekes Geschmack viel zu übertrieben.

»Mir bleibt hier manchmal echt die Luft weg«, sagte Bengt, als könnte er Riekes Gedanken lesen. »Wäre der Strand hier nicht so schön, würde ich einen großen Bogen um Kampen machen. An manchen Tagen hätte ich nicht übel Lust, ein wenig Luft aus den Reifen der Porsches, Ferraris, Lamborghinis und SUVs herauszulassen, die alles verpesten und so irre viel Benzin schlucken, dass es schon wehtut.«

»Ernsthaft?« Rieke schaute Bengt erschrocken an. »Würdest du wirklich so weit gehen?«

»Natürlich nicht«, erwiderte er, und nun lag der Weg durch die Heide zum Leuchtturm vor ihnen. »Aber es macht mich immer wieder wütend, wenn ich daran denke, was auf unserer schönen Insel und natürlich auf der Welt schiefläuft. Ich fühle mich dann manchmal so ohnmächtig, dass ich mir am liebsten die Decke über den Kopf ziehen und mich einfach tot stellen möchte. Diese gewissenlosen Reichheimer gefährden unser aller Zukunft.«

»Aber du unternimmst doch künftig etwas gegen die Umweltsünden, indem du dich der Meeresbiologie widmest«, hielt Rieke dagegen und versuchte, sich so an das Thema heranzupirschen, das sie so sehr beschäftigte: der Ort, an dem Bengt künftig studieren würde. »Außerdem rettest du als DLRG-Mitglied Menschenleben und tust damit Gutes. Wann beginnt denn eigentlich dein Semester, und wo wirst du zur Uni gehen?«

Rieke sah in der Ferne zwischen den braun gewordenen Heideblüten die Häuser von Kliffende aufleuchten, die im Licht der untergehenden Sonne weiß schimmerten, und wünschte, Bengt würde jetzt antworten: »Ich bleibe hier, weil du hier bist. Und weil es kaum einen schöneren Ort auf dieser Welt gibt als

Sylt.« Doch das Leben war nun mal kein Wunschkonzert, wie sie einige Sekunden später feststellen musste.

»Ich gehe nach Reykjavík, aber erst zum Frühjahrssemester. Davor studiere ich online als Gast.«

Island also … Rieke überlegte fieberhaft, wie groß die Entfernung zwischen Sylt und dem Inselstaat war. Zweitausend Kilometer oder doch eher zweitausendfünfhundert? In jedem Fall viel zu viel, um sich auch nur ansatzweise regelmäßig zu sehen. Das klappte ja noch nicht mal mit ihrem heiß geliebten Bruder, von dem sie nur drei Stunden Fahrt mit der Regionalbahn trennten.

»Warst du schon mal auf Island?«, fragte Bengt.

»Nein, aber ich glaube, dass es dort toll ist. Ich habe neulich gerade einen süßen Roman mit dem Titel *Das kleine Hotel auf Island* von Julie Caplan gelesen. Da geht es um eine junge Frau, die die Leitung eines Hygge-Hotels übernimmt, wobei alles schiefgeht, was nur schiefgehen kann. Doch ich stelle mir die Vulkanlandschaft, die Wasserfälle, Fjorde und diese Hot Pots toll vor, gerade weil man in denen ohne schlechtes Gewissen baden kann. Schließlich nutzt man dafür heiße Quellen. Aber essen die da nicht diesen gruselig stinkenden Fisch und ähnlich schlimmes Zeug? Diesen Ludofisk?«

»Du meinst den norwegischen Lutefisk? Nein, auf Island gibt's überwiegend eingelegten Hai, Robbenflossen und Schafsköpfe«, erwiderte Bengt grinsend. »Davor habe ich, ehrlich gesagt, auch Respekt. Wahrscheinlich ernähre ich mich dort dann hauptsächlich von Pizza, Skyr-Joghurt, Tomaten und Pilzen. Nur gut, dass die Isländer Kaffee über alles lieben, das ist schon mal die halbe Miete.«

»Oh ja, so ein Kaffee im Bett ist der beste Start in den Tag, den man sich nur wünschen kann«, stimmte Rieke zu, während sie überlegte, wie lange so ein Semester eigentlich dauerte und ob Bengt die studienfreie Zeit auf Sylt verbringen würde. Es gab doch Facetime, Skype, Zoom … aber da war immer noch die Frage nach der schwarzhaarigen Schönheit mit dem Schlangentattoo am Hals.

»Hast du eigentlich einen Lieblingsroman von Thomas Mann?«, fragte Bengt so unvermittelt, dass Rieke zunächst glaubte, sich verhört zu haben, doch dann verstand sie die Anspielung auf den berühmten Gast, den Kliffende, das Haus am Ende des Roten Kliffs, einst beherbergt hatte.

»Ehrlich gesagt stehe ich mit ihm seit meinem Abschluss zur Buchhändlerin ein wenig auf Kriegsfuß«, gab sie freimütig zu und erinnerte sich mit Schaudern an den Blackout in der mündlichen Prüfung. »*Tod in Venedig* war mein Prüfungsthema. Allerdings fiel mir vor lauter Nervosität der Name des Protagonisten nicht ein, was beinahe zu einer kleinen Katastrophe geführt hätte.«

»Also kein Thomas Mann, sondern lieber andere Autorinnen und Autoren«, konstatierte Bengt, während sich Rieke innerlich immer noch mit seinem zukünftigen Studienort Island beschäftigte. Mittlerweile waren sie auf dem Bohlenweg angelangt, der zum Quermarkenfeuer führte, das den traumschönen Strand von Kampen überragte, und unterhielten sich angeregt über Bücher, bis der weiße, pudrige Sandstrand vor ihnen lag und einen atemberaubenden Anblick bot. An diesem Punkt verschmolzen Himmel, Meer und Horizont zu einem einzigartigen, traumhaften Bild, das seinesgleichen suchte.

»Übrigens lässt mein Vater dich grüßen, du hast seinen Geschmack voll getroffen.«

»Ach, das freut mich«, erwiderte Rieke, die es stets mit Stolz erfüllte, wenn ihre Empfehlungen gut ankamen. »Wo wohnen deine Eltern denn?« Am liebsten hätte sie gefragt: »Wo wohnst du?«, aber sie hielt sich zurück, denn sie wollte nicht wirken, als sei sie übermäßig an Bengt interessiert, obwohl man ihr die neu entflammte Verliebtheit wahrscheinlich an der Nasenspitze ansah.

»Sie leben in Alt-Westerland, und ich wohne zurzeit noch bei ihnen unterm Dach. An sich bin ich zu alt dafür, aber meine Jungs und ich finden einfach keinen bezahlbaren Wohnraum für unsere WG. Und da ich ohnehin nicht mehr häufig auf Sylt sein werde, habe ich mich auch nicht weiter in die Sucherei reingekniet.«

»Wirst du die Insel vermissen?«, fragte Rieke, als beide nach links in Richtung Steilküste abbogen, auf der die Uwe-Düne mit der Aussichtsplattform thronte. Bengts Worte schmerzten sie, denn er sagte damit klar und deutlich, dass er auf dem Absprung nach Island war und offenbar nicht vorhatte, Sylt künftig regelmäßig zu besuchen. Beide stapften eine Weile wortlos nebeneinanderher, Rieke beobachtete die Seevögel, die ihre Kreise am Abendhimmel zogen. Die Sonne stand schon tief und ließ die majestätische Steilküste in goldfarbenem Licht schimmern. Es war seltsam, Bengt so nahe zu sein und gleichzeitig so weit von ihm entfernt, als trennten sie bereits jetzt die vielen Kilometer zwischen Sylt und Island.

»Doch, ich werde so einiges vermissen«, erwiderte Bengt auf Riekes Frage, die sie selbst schon fast vergessen hatte, weil sie so sehr damit beschäftigt war, gegen den Gefühlssturm anzukämpfen, der in ihrem Inneren tobte. Es wäre vermutlich das Klügste gewesen, jetzt einfach kehrtzumachen und zurück nach Keitum zu fahren, ehe es zu spät war und sie die Kontrolle über ihre Emotionen verlor. »Vor allem, seit ich dich kenne. Ich weiß, dass das seltsam klingt, weil wir uns nur ein paarmal gesehen haben und ich mich nicht mehr gemeldet habe, seit ich bei dir im Büchernest war, aber …«

»Das hat sich angefühlt, als würdest du mich ghosten«, platzte es aus Rieke heraus, und sie ärgerte sich im selben Moment maßlos über sich. Wieso hatte sie das gesagt? Doch nun konnte sie es nicht mehr ungeschehen machen, also kam es im Grunde nicht mehr auf das an, was sie hinterherschob. »Und du bist mir immer noch eine Erklärung in Bezug auf deine Freundin schuldig, die mich ziemlich blöd angemacht hat, wenn du dich erinnerst. Was ich ihr allerdings auch nicht verdenken kann, wenn ihr beide wirklich ein Paar seid.«

»Aber das sind wir nicht«, widersprach Bengt, blieb stehen und drehte sich so, dass beide sich gegenüberstanden. »Ich war mal mit Nico zusammen, das stimmt. Aber wir waren schon mehrere Wochen getrennt, als wir zwei uns begegnet sind. Doch leider hängt Nico immer noch an mir und versucht, mich zurückzugewinnen, auch wenn ich immer wieder sage, dass sie sich keine Hoffnungen machen soll. Als sie uns zwei am Lagerfeuer gesehen hat, ist ihr die Sicherung durchgebrannt, weshalb ich sie auch gleich nach Hause gebracht habe. Sie war immer schon irre eifersüchtig, und ich hatte Sorge, dass sie eine Szene machen würde, die mir jede Chance bei dir nehmen würde.«

»Ebenjene Szene hat sie aber gemacht, und glaub mir, das hat sich ziemlich mies angefühlt«, erwiderte Rieke, deren Herz nun bis zum Hals pochte, denn sie begriff allmählich, was Bengt sagte. Er würde sie vermissen. Er hatte keine Freundin und war frei … doch in die Freude über seine Worte mischte sich auch eine gehörige Portion Wut, weil er sie so lange über all dies im Unklaren gelassen hatte und einfach abgetaucht war, ohne sich Gedanken darüber zu machen, wie Rieke sich fühlte. »Und du hast deinerseits leider nichts unternommen, um mich darüber aufzuklären, was passiert ist. Hätten wir uns nicht zufällig im *Twisters* getroffen, stünden wir doch jetzt gar nicht hier, oder?«

»Das kann sein«, murmelte Bengt beschämt. »Ich habe gespürt, dass du mir mehr bedeuten könntest als alle anderen Mädchen zuvor, und bin deshalb auf Tauchstation gegangen. Ich meine … ich werde nach Island gehen und nur noch selten auf Sylt sein … wie soll das denn funktionieren?«

»Das weiß ich auch nicht«, erwiderte Rieke mit einem dicken Kloß im Hals. Sie versuchte, die aufsteigenden Tränen wegzublinzeln – doch es gelang ihr nicht. Als Bengt ihre Hand nahm und sich seine Finger mit ihren verschränkten, wusste sie, dass es kein Zurück mehr gab. Diese Berührung fühlte sich an, als sei sie vorherbestimmt. Als hätten sie beide nur darauf gewartet, einander zu begegnen.

Als seine Lippen ihren Mund suchten, schloss sie die Augen und beschloss, einfach den Moment zu genießen – egal, welchen Preis sie dafür womöglich später zahlen würde …

31

Bea

Bea saß am Schreibtisch und las sich durch, was sie an diesem Sonntag, unterbrochen von der unerwarteten Begegnung mit Vero, zu Papier gebracht hatte. *Zu Papier* war im Grunde nicht richtig, denn sie hatte im Lauf der Zeit bereits 178 Seiten eines Manuskripts in den Computer getippt, die förmlich aus ihr herauszufließen schienen. Es stimmte offenbar, dass es wichtig war, davon überzeugt zu sein, was man schrieb, dass der Stoff einem am Herzen liegen und wirklich wichtig sein musste. Noch immer wusste außer ihr keine Menschenseele, worum es in ihrem neuen Buch ging, und das war auch gut so. Denn dies war ihr Schatz, ihr Werk, ihr Geheimnis.

Bevor sie weiterschreiben konnte, musste sie allerdings noch mal ins Büchernest und Fotoalben holen, die sie in einem Schrank im ersten Stock aufbewahrte. Sie schickte eine kurze Nachricht an Adalbert, der zum Essen mit ehemaligen Klassenkameraden verabredet war, nahm ihren Mantel und trat hinaus ins Freie. Sie atmete tief ein und beschloss, erst einmal eine kleine Runde zu drehen, um nach dem langen Tag am Schreibtisch und der Aufregung um Veros Kündigung erneut ein wenig frische Luft zu schnappen.

Es dämmerte schon, als sie bei Nielsens Kaffeegarten den Weg nach unten zum Watt nahm und dann am hohen Strandhafer vorbeiging, den Duft von Salzwasser, Schlick und Algen in der Nase. Der Wind ließ die mannshohen Halme tanzen, das Rascheln klang, als sängen die Gräser ein Lied.

Ein Lied von der rauen See, den Austernfischern, die hier im Frühjahr in Kolonien brüteten und die die Wattseite am Grünen Kliff mochten.

Ein Lied von den Menschen, die seit Jahrhunderten auf dieser Insel lebten, sie liebten und dafür kämpften, dass sie erhalten blieb, solange es eben ging.

Ein Lied von den Tieren, den Pflanzen, den Dünen, den Grabhügeln, der Glockenheide, den Bohlenwegen, den Kliffkanten, Sonnenuntergängen, Eisschollen auf dem Meer und dem Flug der Zugvögel. Ein Lied mit unendlich vielen Strophen, zu denen sich immer wieder neue gesellten.

Bea fröstelte ein wenig, es war ein kühler Herbstabend, an dem man besser schnell ging, statt gemächlich zu schlendern. In der Ferne sah sie die Lichter des Hotels Fährhaus Munkmarsch glitzern, auf dem auflaufenden Wasser kräuselten sich kleine Wellen. Bea dachte über die Entscheidung ihrer Freundin Vero nach, die sie auf mehreren Ebenen eiskalt erwischt hatte: Zum einen ärgerte es Bea maßlos, dass Vero sich ihr nicht anvertraut hatte. Zum anderen, dass sie durch ihr Verhalten ihre jahrelange Freundschaft aufs Spiel setzte und damit natürlich auch die Besonderheit des Büchernests. Die Buchhandlung war schon lange nicht mehr nur eine Buchhandlung, sondern das berühmte Buchcafé in Keitum, mit seinem besonderen Charme und Zauber, das früher Insulaner und Urlauber gleichermaßen angezogen hatte, weil es für Sylter Verhältnisse einzigartig war. Dieser Zauber war in diesem Jahr etwas verblasst, das konnte leider keiner leugnen. Aber Bea war noch nicht bereit, kampflos aufzugeben.

Wieso, verdammt noch mal, wollte Vero diesen Weg nicht mehr weiter mit ihr gehen? Warum ließ sie sich von diesem Hamburger Koch einwickeln, und weshalb hatte sie keinen Ton davon zu Bea gesagt?

Von allem, was mit Veros Kündigung einherging, war dieser Alleingang das Schlimmste. Er fühlte sich an, als hätte es die lange Freundschaft, all die stürmischen Lebensphasen, all das Glück, die gemeinsamen Erlebnisse, Reisen und Krisen nicht gegeben. Als hätte Vero mit einem Schlag alles ausradiert, was Bea die Welt bedeutete. Sie blieb stehen und schaute auf das vor ihr liegende Wattenmeer, das nach und nach von der Dämmerung verschluckt wurde. Das Büchernest war ein Ort für Herz und Seele, war sich Vero dessen gar nicht mehr bewusst?

Bea dachte daran, wie unwürdig die Begegnung vorhin für sie beide gewesen war. Vero hatte sich doch tatsächlich vor ihr versteckt! Und zwar nicht nur in diesem Moment, sondern schon seit Wochen, wenn Bea genauer darüber nachdachte.

Wieso hatte sie der optischen Veränderung ihrer Freundin keine Beachtung geschenkt, sie nicht kommentiert und sich nicht danach erkundigt, was sie zu diesem Schritt bewogen hatte? Warum hatte sie sie nach der Signierstunde nicht angerufen und gefragt, was ihr fehlte, und ihr gute Besserung gewünscht? Dass Vero gar nicht krank gewesen war und zu diesem Zeitpunkt eigene Pläne verfolgt hatte, konnte sie ja nicht wissen.

Die beschämende Antwort war, dass Bea seit Wochen mit sich selbst und dem Buchprojekt beschäftigt gewesen war, erst recht, als ihr endlich die lang ersehnte, zündende Idee gekommen war. Mit einem Mal geriet sie ins Schwanken, und ihre Wut verflog. Nicht ganz, aber immerhin ein bisschen, für jemanden wie Bea beinahe schon das Höchstmaß an Selbstreflexion. Das bewegungslose Herumstehen ließ Bea erschauern, und so ging sie strammen Schrittes wieder hinauf ins Dorf und erreichte kurz darauf das Büchernest, dessen Schaufensterbeleuchtung gerade angegangen war.

Sie stand einen Moment davor und betrachtete die Titel, die Rieke dekoriert hatte und die ausnahmslos dem Thema Herbst gewidmet waren: Kochbücher, Romane, Pilzbestimmungsbücher, Gedichtbände und Bastelanleitungen. Kastanien und getrocknete Blätter bildeten einen wunderschönen Rahmen für die Bücher genau wie Treibhölzer und Muscheln mit dunklerer Schalenfärbung. Bea war so versunken in den Anblick, dass sie erschrak, als auf einmal ein Auto Kurs auf den Parkplatz nahm und Scheinwerfer sie blendeten.

»Was machst du denn hier?«, fragte Nele, nachdem sie ausgestiegen war. »Gefällt dir die Auslage etwa nicht?«

»Nein, nein, die ist wunderschön, Rieke hat wirklich Geschmack und ein Händchen für die Gestaltung von Schaufenstern. Ich wollte eigentlich etwas aus dem Haus holen, bin aber irgendwie vor dem Fenster hängen geblieben. Und was machst du hier? Bist du wieder gesund? Du hast uns beim Signierevent gefehlt.«

»Ja, danke, es geht schon wieder«, erwiderte Nele, vermied aber den Augenkontakt und wirkte etwas unsicher auf Bea. Dieser Eindruck verstärkte sich noch, da sie eine Hand hinter den Rücken hielt, als würde sie etwas vor Bea verstecken wollen. »Wie schön, dass die Signierstunde so ein toller Erfolg war und wir endlich mal wieder richtig Kasse gemacht haben. Lissy meinte, die Umsätze seien generell in den vergangenen Wochen gestiegen, insbesondere auch der Online-Anteil nach gezielten Empfehlungsvideos. Riekes Ideen scheinen sich allmählich bezahlt zu machen.«

»Worüber hast du dich mit Vero gestritten?«, fragte Bea ganz direkt, nicht gewillt, sich auf Small Talk über Umsätze einzulassen, und ging um Nele herum. Die hielt tatsächlich etwas in der Hand, und zwar einen Umschlag, auf dem der Name »Vero« stand. »Ich habe bislang nichts gesagt und wollte mich eigentlich auch nicht einmischen. Aber eure Krankmeldung und eine äußerst seltsame, zufällige Begegnung mit Vero vorhin lassen bei mir alle Alarmglocken schrillen. Also raus damit: Was ist los mit euch beiden?«

»Ich ... äh ...« Nele wand sich förmlich vor Verlegenheit. In genau diesem Moment tauchte plötzlich Lissy auf, und alle drei schauten einander verwundert an.

»Ich wollte Purzel holen, den Liu im Laden vergessen hat«, erklärte Lissy. »Ohne ihn kann sie nicht schlafen, wie ihr wisst. Ich habe daheim schon alles auf den Kopf gestellt, der Laden oder das Café sind jetzt meine letzte Hoffnung.«

Purzel war das Plüschkaninchen, das Liu kurz nach der Geburt von ihrer Patentante Paula aus Hamburg geschenkt bekommen hatte.

»Das trifft sich gut, denn ich möchte mit euch reden. Es geht um die Zukunft des Büchernests«, sagte Bea mit ernster Miene.

Nele wollte gerade den Mund aufmachen, auch Lissy schaute nicht sehr begeistert drein, doch das war Bea gerade herzlich egal. »Keine Widerrede, ich hätte euch schon viel früher zusammentrommeln sollen. Tut, was immer ihr gerade tun wolltet, danach treffen wir uns im Café. Ich setze derweil Wasser für einen Tee auf.«

Bea stapfte entschlossen in Richtung Pavillon, wo ihr der Duft der immer noch blühenden Sylter Rosen in die Nase stieg, Veros ganzer Stolz. War es nicht erst gestern gewesen, als Bea ihr das antiquarische Küstenkochbuch mit den tollen Desserts gegeben und Vero über Nachspeisenrezepte mit Rosen sinniert hatte?

Das Türschloss des Cafés klemmte ein bisschen, was Bea geradezu symbolisch erschien. Ja, es klemmte gerade an allen Ecken und Enden, und sie schalt sich selbst dafür, dass sie die vergangenen Wochen einfach so hatte verstreichen lassen, ohne selbst am Ruder zu stehen und die Crew des Büchernests zu navigieren. Sie hatte sogar zugelassen, dass die nächste Besprechung nach der Tagung des Familienrats wieder und wieder verschoben wurde, weil es ihr so besser in den Kram gepasst hatte, wie allen anderen offenbar auch. Im Grunde war Rieke momentan die Einzige, die mit Leib und Seele bei der Sache war, gestand sie sich betreten ein. Wo war nur das Feuer geblieben, mit dem sie alle für das Buchcafé gebrannt hatten?

»Ich muss gar nicht in den Laden, ich wollte nur diesen Brief für Vero abgeben«, erklärte Nele, die nach ihr ins Café gekommen war, und legte den Umschlag aus hochwertigem Papier neben den Kerzenständer auf die Kommode. »Ich übernehme gern das Teekochen, wenn du magst.«

»Da sage ich nicht Nein«, brummte Bea und zündete die Kerzen an, deren heimeliger Schein den Pavillon erhellte. Während Nele in der angrenzenden Küche hantierte, rang Bea mit sich: Sollte sie Lissy und Nele wirklich von Veros Kündigung erzählen, oder fiel sie ihrer Freundin damit genauso in den Rücken, wie diese es zuvor mit Bea gemacht hatte?

Im Grunde müsste Vero bei dieser Besprechung dabei sein, dachte sie und nahm ihr Handy, um Vero anzurufen.

Doch sie erreichte nur die Mailbox, auch die Textnachricht von Bea lief ins Leere, da Vero das Telefon entweder nicht bei sich hatte oder nicht auf Bea reagieren wollte.

»Ich habe Purzel hinter der Kiste mit den Bilderbüchern gefunden, Liu muss den Hasen gestern dort vergessen haben. Zum Glück hat sie das erst heute bemerkt«, sagte Lissy, die gerade hereingekommen war und deren Wangen förmlich glühten. »Ich kann nur sagen, Gott sei Dank, denn sonst hätten wir alle eine grauenvolle Nacht vor uns, und das würde momentan eindeutig meine Kräfte übersteigen.«

»Das glaube ich dir gern«, erwiderte Nele und stellte Becher auf den Tisch. »Wie vertragen die beiden Mäuse sich denn zurzeit?«

Lissy erzählte, dass sich das Blatt zum Glück endlich gewendet hatte und Liu nur noch selten Kommentare wie »Blödnüss« von sich gab und noch einiges mehr, doch Bea hörte nur mit halbem Ohr zu. Es kam nur sehr selten vor, dass sie unsicher in ihren Entscheidungen war, doch dies war definitiv einer dieser Momente, und sie fühlte sich überfordert. Veros wundersame Wandlung und plötzliche Kündigung hatten Beas Welt auf den Kopf gestellt, und so wusste sie nicht mehr, wo unten und wo oben war. Jetzt hätte sie den Rat von Adalbert gebraucht, einem wahren Meister der Achtsamkeit und erfahrenen Mediator in Krisensituationen.

»Was würdet ihr tun, wenn ihr ein Problem mit jemandem hättet, das auch Auswirkungen auf das Leben von anderen hat, und ihr die Person, die diese Situation verursacht hat, gerade nicht erreichen könntet, auch wenn …?« *Himmel, hilf! Was stammelte sie denn da für einen Unsinn?*

»Du sprichst von Veros Plänen, nicht wahr?«, fiel Nele Bea ins Wort.

»Welche Pläne?«, fragte Lissy mit weit aufgerissenen Augen.

»Du weißt also von der Kündigung, Nele, und gehst Vero deshalb aus dem Weg?«, mutmaßte Bea, die nun noch wütender wurde. Die Eiszeit zwischen Vero und Nele dauerte schließlich schon eine ganze Weile an, und weder die eine noch die andere hatte es für nötig gehalten, sie darüber zu informieren. »Wieso hast du denn nicht schon längst etwas gesagt? Wäre ich ihr vorhin nicht zufällig begegnet, hätte ich keinen blassen Schimmer davon, dass das Café ab Anfang des kommenden Jahres ohne Vero dastehen wird, was im Grunde bedeutet, dass wir es dichtmachen müssen. Findest du das fair und loyal?«

»Vero macht was? Ich verstehe gerade nur Bahnhof«, sagte Lissy und zupfte an den plüschigen Ohren von Purzel herum.

»Fändest du es fair und loyal, wenn ich dir etwas über Vero verrate, das sie, aus welchem Grund auch immer, vor dir geheim hält? Ich finde, das steht mir nicht zu. Aber glaub mir, es ist mir nicht leichtgefallen, dichtzuhalten, und es belastet mich, so mit Vero zerstritten zu sein, dass sie sich sogar weigert, meine Entschuldigung anzunehmen, und kein einziges Wort mehr mit mir spricht.« Nele zitterte am ganzen Körper, der gesamte Pavillon schien förmlich von der negativen Energie zu vibrieren, die sich hier in den letzten Minuten angesammelt hatte.

»Kann mir jetzt bitte jemand in klaren und verständlichen Worten sagen, was passiert ist und worum es hier geht?«

Lissys Augen blitzten, und so ergriff Bea wieder das Wort.

Lissy machte nur »Pffff«, als Bea ihren Monolog beendet hatte, und Nele nahm ihr das Stofftier aus der Hand.

»Hör auf, den armen Purzel zu traktieren, er kann nichts dafür, dass es hier gerade drunter und drüber geht. Ich bin zwar keine Expertin für rationales Handeln, aber lasst uns jetzt bitte versuchen, die Situation so sachlich wie möglich zu betrachten und eine Lösung zu finden.«

Bea nickte und trank einen Schluck Tee.

»Ich denke, dass Vero sich gerade in einer Lebensphase befindet, in der sie vieles infrage stellt, was sie zuvor klaglos hingenommen hat, einschließlich der Ehe mit Hinrich. Dass der mit den Jahren nicht gerade charmanter und liebevoller geworden ist, wissen wir alle. Dazu kommt erschwerend, dass du, Bea, mit deinem Buch beschäftigt bist, Lissy ein zweites Kind bekommen hat und ich selbst kaum noch in Keitum bin, weil es nun mal so schön ist, endlich mehr Zeit mit Sven zu verbringen und in Ruhe Hochzeitspläne zu schmieden. Vero leidet darunter, dass ihr Leben gerade stillsteht, während wir uns weiterentwickeln und neue Wege gehen. Nichts anderes möchte sie auch. Und glaub mir, Bea, sie ist deshalb nicht zuerst zu dir gegangen, weil sie sich meinen Rat holen wollte, bevor sie dich womöglich unnötig erschreckt. Diesen Schritt zu gehen, fällt ihr sicher unendlich schwer, aber ich kann verstehen, dass sie die Chance auf einen Neubeginn ergreifen möchte, und wir sollten ihr das gönnen, so schmerzlich das auch für uns sein mag, weil sie uns natürlich im Team fehlen wird. Ohne Vero ist das Büchernest nun mal kein Büchernest«, sagte Nele.

Bea konnte nicht leugnen, dass Neles Worte sie tief in ihrem Inneren berührten. Es stimmte schon, dass alle schnell dazu neigten, die Liebenswürdigkeit und Hilfsbereitschaft von Vero als selbstverständlich zu betrachten.

Und es stimmte, dass Vero als begeisterte Teamplayerin keine Anbindung mehr an den Laden hatte, wo Bea, Nele, Rieke und früher auch Sophie sich regelmäßig austauschen und Zeit miteinander verbringen konnten. Verständlicherweise hatte es Vero imponiert, dass ein attraktiver und erfolgreicher Mann wie Holger Hartwig ihr einen so verantwortungsvollen Job anbot, das wäre Bea sicher nicht anders gegangen. Sie suchte den Blick ihrer Nichte, die bislang so gut wie gar nichts zu dem Gespräch beigetragen hatte und anscheinend unter Schock stand.

Doch offenbar war die unschöne Überraschung nicht das einzige Problem, das ihr zu schaffen machte, denn sie sagte zu Nele gewandt: »Dann sollten wir beide aber auch endlich die Karten offen auf den Tisch legen und Bea erzählen, worüber wir vor einigen Wochen in der *Kleinen Teestube* gesprochen haben …«

32

Lissy

»Schatz, was ist los? Du wirkst immer noch so bedrückt.« Leon und Lissy gingen am Montagnachmittag mit den beiden Kleinen die Promenade von Hörnum entlang, wo im Hintergrund der rot-weiß gestreifte Leuchtturm aufragte, in dem sie beide getraut worden waren.

Liu hielt die Hand ihres Papas und summte fröhlich vor sich hin, Lissy hatte sich das Tragetuch mit Niels umgebunden. Das Ziel ihres Fußmarsches waren die Tetrapoden, die dem Küstenschutz dienten und eine geradezu magische Wirkung auf Liu ausübten. Sie nannte die vierarmigen Wellenbrecher aus Beton, die die Wucht des anbrandenden Wassers abmildern sollten, Kraken und liebte es, zwischen ihnen umherzuspringen und sich hinter den Kolossen zu verstecken.

»Wie ich dir heute Morgen schon gesagt habe, macht mich die Situation des Büchernests total fertig. Veros Kündigung, ihr Streit mit Nele und zu allem Überfluss auch noch Neles und mein ungeplantes Geständnis … Alles, was mir immer so viel bedeutet hat, bricht auseinander.«

»Ja, das tut es, und ich kann verstehen, dass dich das beunruhigt«, erwiderte Leon und ließ Lius Hand los, weil diese in

Richtung Crêpe-Stand stürmen wollte, wo sie hin und wieder etwas vom Besitzer geschenkt bekam. »Aber das schafft auch Raum für Neues, für Entwicklungen … du siehst doch an Beas Reaktion, dass sie offenbar auch nicht mehr gewillt ist, zu kämpfen, sonst hätte sie euch bestimmt Dampf gemacht und versucht, euch dazu zu motivieren, durchzuhalten. Doch sie schreibt, wie du sagst, mit Feuereifer an ihrem zweiten Buch, Nele ist happy mit Sven und ihren Aufträgen als Kinderbuchillustratorin, und Vero kann ab Januar endlich das tun, wo sie wieder voll in ihrem Element ist: in der Küche herumwirbeln. Und für dich ist es doch auch wesentlich leichter, wenn du mehr Zeit für dich selbst und die Kleinen hast. Dann musst du dich nicht mehr ständig zwischen allen Fronten zerreiben und dir Sorgen machen, wenn Lius Tagesmutter mal ausfällt. Außerdem stelle ich es mir kuschelig vor, wenn wir im Winter alle vier zu Hause sind und es uns nett machen. Ich würde übrigens gern bald mit dir die Möbel für das Arbeitszimmer aussuchen und den Raum neu streichen. Wenn du willst, können wir auch die anderen Zimmer ein bisschen auf Vordermann bringen. Du blätterst doch so häufig in Wohnzeitschriften, vielleicht möchtest du ja etwas im Haus verändern.«

So verlockend das auch alles klang, sosehr spürte Lissy tief in ihrem Inneren, dass bei alldem etwas fehlte: nämlich ihr Platz im Leben, unabhängig von ihrer Mutterrolle, auch wenn diese für sie oberste Priorität hatte. Doch sie liebte es, mit Büchern zu tun zu haben, auch wenn sie ursprünglich eine Ausbildung zur Hotelkauffrau absolviert hatte. Sie mochte den Umgang und Austausch mit Menschen und die Abwechslung, welche die Tätigkeit im Büchernest stets mit sich brachte. Die Signierstunde hatte ihr großen Spaß gemacht, genau wie die Zusammenarbeit mit Rieke und deren Freundin Emma. Sollte das nun wirklich alles vorbei sein?

Bea hatte gestern Abend deutlich gemacht, dass sie das Büchernest zum Jahresende schließen würde, wenn alle damit einverstanden wären. Aber war sie das wirklich?

Womit würde sie sich beschäftigen, während ihre Freundinnen Tätigkeiten nachgingen, die sie glücklich machten und bei denen sie sich verwirklichen konnten?

Sollte sie sich in einer der Buchhandlungen in Westerland als Teilzeitkraft bewerben? Sie mochte Buchhändler Rolf Klaumann und seine Frau Sabine, die die Filiale der *Badebuchhandlung* in Wenningstedt leitete, sehr. Doch da wäre sie nur eine Angestellte und nicht mehr Mitinhaberin, was allerdings den Vorteil hätte, dass sie ein festes Einkommen hätte, im Gegensatz zu Leon, der sich gerade selbstständig machte.

»Wir müssen uns auf alle Fälle so bald wie möglich zu viert treffen, eruieren, wie man die Dinge positiver angehen und damit wieder in Ordnung bringen kann«, sagte sie, sah, wie Liu sich artig in die Schlange am Crêpe-Stand einreihte, und schmunzelte. Ihre Tochter war wirklich ein kleines Schleckermäulchen und liebte die Schokoladenfüllung in den hauchdünnen Pfannkuchen – vor allem, wenn die freundliche Mitarbeiterin ihr noch einen Smiley oder ein Herz aus Schokosoße auf die Crêpe malte.

Wahrscheinlich wäre es hilfreich, künftig etwas entspannter und spielerischer an alles heranzugehen, und nicht so verkopft.

»Habt ihr eigentlich Vero endlich erreicht?«, fragte Leon, der natürlich mittlerweile im Bilde war.

»Leider nein«, erwiderte Lissy. »Sie geht nicht ans Handy, beantwortet keine Textnachrichten und hat heute auch nicht das Café geöffnet, wie ich von Rieke weiß. Sie ist wie vom Erdboden verschluckt.«

»Besuch sie doch einfach, ich gehe gern solange mit den beiden Kleinen hier spazieren.«

»Wäre das wirklich okay?«, fragte Lissy, die schon mit diesem Gedanken geliebäugelt hatte. Doch sie bekam sofort ein schlechtes Gewissen gegenüber ihrer Familie. Die Sonne strahlte heute mit voller Kraft vom Himmel, und sie hatten nicht häufig die Gelegenheit, an einem Nachmittag in der Woche etwas zu viert zu unternehmen.

»Aber natürlich, Schatz«, erwiderte Leon, gab ihr einen Kuss und nahm ihr das Tragetuch ab. »Sollte etwas mit Niels sein, bist du ja erreichbar. Ich drücke die Daumen, dass du Vero erwischst und ihr vielleicht gemeinsam etwas mehr Licht in diese verfahrene Situation bringt. Nimm ruhig das Auto, wir fahren dann nachher mit dem Bus zurück.«

Erleichtert darüber, dass Leon sie bestärkt hatte, verabschiedete Lissy sich und ging zurück zum Parkplatz in der Nähe des Hafens, wo gerade ein Ausflugsschiff ankam. Wenige Minuten später war sie auf dem Weg nach Morsum, denn wo sollte Vero sonst sein?

In der Tat musste Lissy nur einmal klingeln, dann öffnete Vero die Tür, offensichtlich erfreut, Lissy zu sehen. »Das ist ja eine schöne Überraschung, komm herein, wir gehen nach oben, ich möchte dir unbedingt etwas zeigen.«

»Du bist also gar nicht krank, sondern machst heute mal wieder blau«, stellte Lissy fest und folgte Vero in den ersten Stock. Diese öffnete die Tür des ehemaligen Gästezimmers, und Lissy staunte nicht schlecht, als sie sah, dass der Raum nun offensichtlich Veros Reich war.

»Das sieht ja traumhaft aus«, flüsterte sie beinahe ehrfürchtig. »Vor allem die Rosentapete. Und das Bett würde mir auch gefallen, dieser Landhausstil ist einfach zeitlos schön. Leider kann ich unser Schlafzimmer nicht so einrichten, weil Leon sich sonst unwohl fühlen würde.«

»Hinrich hat auch einen halben Anfall bekommen, vor allem, als dieses Schätzchen geliefert wurde, aber das war mir egal«, erwiderte Vero. Mit »Schätzchen« meinte sie den ausladenden Lesesessel, dessen Stoff ebenfalls ein üppiges Blumenmuster zierte. Auf Veros Lippen lag ein freches, selbstbewusstes Lächeln.

»Du scheinst ja so einiges in deinem Leben zu erneuern«, erwiderte Lissy, die schockverliebt in den umgestalteten Raum war. »Der neue Look, das neue Zimmer, der neue Job.«

»Ja, der neue Job«, wiederholte Vero, und ihr Lächeln war plötzlich wie weggeblasen.

»Magst du mir davon erzählen, oder nervt dich das eher?«, fragte Lissy, der nicht entging, dass Veros Stimmung mit einem Mal gewechselt hatte.

»Das mache ich sehr gern, denn du bist die Erste, die offenbar wirklich hören möchte, wie es dazu gekommen ist und wie es mir geht. Aber lass uns das nicht hier besprechen, sondern unten. Möchtest du Tee oder Kaffee? Ich habe heute Morgen Marmorkuchen gebacken, als hätte ich geahnt, dass du kommst.«

»Mhm, Marmorkuchen«, erwiderte Lissy und leckte sich voller Vorfreude die Lippen. »Ich hätte gern Tee, kann ihn aber auch selbst zubereiten.«

»Nichts da, das kommt gar nicht infrage«, protestierte Vero. »Mach es dir in der Stuv gemütlich, ich bin gleich bei dir.«

Lissy schaute im Wohnzimmer durch das Fenster auf die Terrasse und Veros riesengroßen Garten und wurde traurig. Sie dachte an unzählige Familienfeiern, Grillfeste, Sommerpartys, Kindergeburtstage und Taufen, die fast ausnahmslos mit der Großfamilie hier gefeiert worden waren. Würde das alles bald ebenso der Vergangenheit angehören wie die Zusammenarbeit im Büchernest? Wenn Vero und Hinrich getrennte Schlafzimmer hatten, war das ein mehr als deutliches Zeichen.

»Also, wie kam es zu dieser ganzen Sache?«, fragte Lissy Vero, als die beiden an der hübsch gedeckten Kaffeetafel saßen, die für zwei Personen viel zu groß war. Ein Tonkrug voll bunter Herbstblumen aus Veros Garten bildete den Mittelpunkt, der Raum wurde von den Strahlen der Herbstsonne erhellt, die das Zimmer förmlich durchfluteten.

Vero begann zu erzählen, und Lissy hörte aus jeder Silbe heraus, dass Vero sich nicht nur in eine reizvoll erscheinende Aufgabe verliebt hatte, sondern auch ein Stück weit in den Mann, der ihr offensichtlich die Chance auf einen Neuanfang bot – zumindest in beruflicher Hinsicht.

»Eigentlich wollte ich das ja alles in Ruhe mit Bea besprechen und sie nicht einfach vor vollendete Tatsachen stellen, aber dann ist plötzlich alles aus dem Ruder gelaufen, und es gab auch noch diesen schrecklichen Streit mit Nele …«

Bis eben hatte Vero aufgedreht und glücklich gewirkt, doch nun brach ihre Stimme. Lissy legte die Hand auf Veros Arm, und so fuhr Vero fort: »Beide haben herablassend reagiert und so getan, als sei ich nicht mehr in der Lage, einen Mann für mich zu interessieren, weder für mich als Frau noch als Mitarbeiterin.«

»So ein Unsinn«, platzte es aus Lissy heraus. Ihr wurde übel bei dem Gedanken, dass vielleicht alles gar nicht so weit gekommen wäre, wenn beide etwas feinfühliger und vor allem besonnener mit Veros Wünschen und Gefühlen umgegangen wären. Doch das war leider weder Beas noch Neles Stärke. »Du bist eine tolle, sympathische, attraktive und sehr talentierte Frau«, widersprach sie energisch und fühlte Wut in sich aufsteigen. Sosehr sie ihre Tante und ihre Freundin auch liebte, waren beide aber leider gleichermaßen exaltiert, häufig zu ungeduldig und selbstbezogen. »Wieso hast du nicht als Erstes mit mir gesprochen? Du weißt, dass ich immer ein offenes Ohr für dich habe und für dich da bin, wenn du mich brauchst.«

»Das weiß ich, Lissylein«, erwiderte Vero und streichelte ihre Hand. »Du wärst an sich auch meine erste Wahl gewesen, aber du darfst nicht vergessen, dass du Mitinhaberin des Büchernests bist. Nele erschien mir in dieser Situation eine neutralere Ratgeberin. Außerdem habe ich gehofft, dass sie am ehesten Verständnis für meine Pläne und Ideen haben würde, schließlich war sie sofort Feuer und Flamme, als es um das Umstyling ging.«

»Da gebe ich dir recht, aber vertragt euch bitte wieder. Es wäre doch jammerschade um diese jahrelange, schöne und innige Freundschaft.«

Mit einem Mal schimmerten Tränen in Veros Augen, was Lissy unendlich wehtat. Sie liebte diese Frau, die nach dem Unfalltod ihrer Eltern gemeinsam mit Bea wie eine zweite Mutter für sie gewesen war. Vero war schon immer da gewesen, seit Lissy denken konnte. Sie hatte ihr so oft geholfen, war liebevoll im Umgang mit den Kleinen und eine Seele von Mensch. Aber wahrscheinlich brauchte Vero genau von alldem eine Pause.

»Ich weiß nicht, ob das wieder wird«, schniefte Vero. »Denn das setzt voraus, dass Bea und Nele verstehen, dass ich mich nach Veränderung sehne. Es tut unendlich gut, wertgeschätzt, gesehen zu werden und Neues auszuprobieren. Ich durfte gestern das Team des Restaurants kennenlernen, und ich freue mich auf den Neustart im Januar, obwohl ich ein wenig Muffensausen habe. Das ist alles sehr viel Verantwortung, und die Mitarbeiter sind ausnahmslos jung. Keine Ahnung, wie die es finden, mit mir alter Schachtel zusammenzuarbeiten und sich von mir auch etwas sagen lassen zu müssen. Sie sehen wahrscheinlich Merten aus Hamburg viel eher als ihren Chef an als mich.«

»Aber Hartwig hat sich ganz bestimmt etwas dabei gedacht, dir den Job zu geben und nicht diesem Merten. Wahrscheinlich möchte er deine langjährige Berufserfahrung und die Kenntnis des Sylter Publikums als Kontrapunkt zu den jungen Hipstern, die die Weisheit auch nicht mit Löffeln gefressen haben. Ich sage ja immer: *Der Mix macht's*, was sich bei uns ja im Fall von Rieke auch gezeigt hat. Sie hat das Signierevent super organisiert, ihre Social-Media-Aktivitäten zeigen allmählich Wirkung, aber …«

»Aber was?« Veros Tränen waren allmählich getrocknet, und sie lauschte Lissys Worten aufmerksam.

»Ihr fehlt manchmal die Kenntnis von Büchern für die etwas ältere Kundschaft. Man darf jedoch nicht vergessen, dass Teenies meist nur gemeinsam mit den Eltern nach Sylt reisen, also geht es nicht in erster Linie darum, sich mit Titeln für diese Zielgruppe auszukennen. Das Gros unserer Kunden ist nun mal nicht mehr blutjung, das liegt in der Natur der Dinge. Aber zurück zu dir: Mach dir keinen Kopf und starte erst mal durch. Du wirst sehen, dass dich alle sehr schnell respektieren und lieben werden.«

»Du bist also nicht böse, dass ich gekündigt habe? Aber was wird dann aus dem Café?«

Die Antwort darauf schmerzte Lissy so sehr, dass sich ihre Kehle zuschnürte. »Es kann sein, dass wir das Büchernest zum Ende des Jahres schließen werden«, erwiderte sie, obgleich es ihr schwerfiel, dies laut auszusprechen. »Wir sind alle müde und sehen gerade keine Perspektive mehr … und das Büchernest ist ohne dich eh kein Büchernest mehr. Das letzte Wort ist aber noch nicht gesprochen, Bea möchte, dass wir das zu viert entscheiden. Wir sind ein Team, und es passiert nichts, ohne dass sich das Team einig ist. Ich hoffe, du bist bereit, dich so bald wie möglich mit uns zusammenzusetzen. Bea und Nele tut es übrigens sehr leid, wie sie sich dir gegenüber verhalten haben. Nele hat dir sogar einen Brief geschrieben, der im Pavillon auf dich wartet. Beide schämen sich zutiefst, das solltest du wissen.«

Bevor Lissy weitersprechen konnte, kam Hinrich herein. Sein Gesicht hellte sich merklich auf, als er Lissy sah, und er begrüßte sie mit einem leichten Klopfer auf den Rücken. »Na, alles klar bei euch? Wie geht's dem Lütten?«

Er war immer noch sehr stolz, dass Niels mit drittem Vornamen Hinrich hieß, und hatte den Kleinen vielleicht auch deshalb ganz besonders ins Herz geschlossen.

Lizzy erzählte begeistert, wie toll Niels sich entwickelte und dass Liu allmählich ihre Eifersucht ablegte.

»Hast du Fotos von ihm, die wir noch nicht kennen?«, wollte nun auch Vero wissen, und so beugten sich beide interessiert über Lissys Handy und bestaunten die neuesten Bilder des süßen Babyjungen.

Und Lissy freute sich sehr über das Wörtchen *wir* aus Veros Mund, das zwar klein, aber dessen Bedeutung letztendlich groß war.

33

Nele

Am selben Nachmittag erhielt Nele die Anfrage für einen Workshop in der Malschule am Lister Klappholttal, in der sie bereits zwei Semester unterrichtet hatte. Der dreitägige Kurs sollte Anfang Januar stattfinden und den Teilnehmern die trübe, kalte Jahreszeit versüßen. Da Nele ohnehin eine Pause von der Arbeit an der Staffelei brauchte, verließ sie Oles Haus, um ein wenig in List umherzuspazieren und über das Angebot der Schulleitung nachzudenken. So gern sie spontan zugesagt hätte – es gab doch einiges zu berücksichtigen, da sie Verpflichtungen hatte und nicht mehr nur das tat, wozu sie gerade Lust hatte.

Als sie die Straße Richtung Hafen entlangging und neue Restaurants passierte, schüttelte sie den Kopf. Der Ort hatte sich in den vergangenen Jahren extrem verändert. Neben dem Fünf-Sterne-Wellness-Hotel *A-Rosa* gab es nun auch das *Easy Living* im Beachhouse-Style mit einem Restaurant von Starkoch Alexandro Pape sowie das Gesundheitsresort *Lanserhof*, alle drei nicht gerade klein und schnuckelig. Man konnte getrost sagen, dass List nach Superlativen zu streben schien, die Gegend rund um den Hafen war mit neuen Bauten und stylishen Einkaufsmöglichkeiten geradezu gepflastert. Der Lister Markt, die sogenannte Mall am Meer, entwickelte sich neben der *Alten Tonnenhalle* und den Boutiquen als Shoppingmagnet, alles in allem wirkte das Areal wie eine bunte Mischung aus Jahrmarkt und Freizeitpark.

Um dem Trubel zu entfliehen, ging Nele so schnell wie möglich zum Hafen, von wo aus sie liebend gern aufs Wasser schaute und die Fähre SyltExpress beim Anlegen bestaunte. Der Blick auf die Nordsee hatte auch in List etwas Beruhigendes, denn hier, am nördlichsten Punkt der Insel und dem nördlichsten Hafen Deutschlands, schienen Himmel, Horizont und Meer sich noch mehr ineinander zu verschränken als anderswo.

Rømø lag nur wenige Kilometer Luftlinie entfernt gegenüber. Die dänische Insel bildete einen großen Kontrast zum Lister Hafen, denn dort gab es fast ausnahmslos so weite Sandstrände wie in Sankt Peter-Ording, genau wie hohe Dünen und viel unberührte Natur.

Nele erinnerte sich gern an einen Kurztrip mit Sven im Herbst vergangenen Jahres, als sie sich ein schnuckeliges, hellblau getünchtes Holzhäuschen gemietet und stundenlange Strandspaziergänge unternommen hatten. Sie hatten Hotdogs geschmaust, dänisches Bier getrunken und in Lakolk den Strandseglern dabei zugeschaut, wie diese scheinbar direkt in gigantische Sonnenuntergänge gesaust waren.

Das wäre doch ein schönes Ziel für die Tage nach der Hochzeit, die eigentlichen Flitterwochen können wir nachholen, wenn es etwas wärmer ist, dachte sie und amüsierte sich darüber, dass die einlaufende Fähre *ihren Mund öffnete* und zahllose Autos von Bord ließ, als würde sie ihre Ladung einfach so in die Nordsee spucken. Nachdem sie eine ganze Weile am Kai gestanden, alte Segelschiffe und Ausflugskutter betrachtet hatte, die im Hafen lagen, beschloss sie, dass es an der Zeit war, nach Hause zu gehen. Sie wollte unbedingt mit dem Malen fortfahren, das ihr gerade wieder ungeheuer viel Spaß machte, genau wie das Unterrichten vor einigen Monaten. Gesetzt den Fall, das Büchernest existierte im kommenden Jahr nicht mehr, konnte Nele für den Workshop an der Malschule zusagen, genau wie für ein komplettes Semester, falls dies gewünscht war.

In der Tat beanspruchten die Arbeit in der Buchhandlung und das ständige Pendeln zwischen List und Keitum sehr viel Zeit, wenn sie ehrlich mit sich war, auch wenn sie sich dies nur ungern eingestand, weil sie dann sofort ein schlechtes Gewissen bekam. Als Nele sich gedankenverloren umdrehte, sah sie aus dem Augenwinkel zahllose Liebesschlösser, angebracht an einem Metallherz mit Blick auf die Nordsee. Drei große Metallbuchstaben ergaben bei näherer Betrachtung zusammen mit dem Herz das Wort LOVE, und es gab einige Touristen, die an diesem Spot für Kuss-Selfies posierten oder sich dort sogar verlobten. Nach ausgiebigen Knutschereien und Anträgen konnten diejenigen, die es ernst mit dem Jawort meinten, auf dem sogenannten *Hochzeitsbänkli* Platz nehmen, das schneeweiß gestrichen war und dessen Rückenlehne aus zwei Holzherzen bestand.

Sven würde mich killen, wenn ich ihm mit dieser Art Kitsch komme, dachte Nele amüsiert, fühlte sich aber zu ihrem eigenen Erstaunen magisch von der Inszenierung angezogen. Sie ging dicht an das Herz heran und las einige der eingravierten Namen und Inschriften von Liebespaaren, deren Herz für die Insel Sylt schlug. Ist das ein Zeichen von immerwährender Liebe oder eher von Fesseln?, fragte sie sich, kam jedoch zu keinem

Ergebnis. Die Dinge hatten bekanntlich immer zwei Seiten, und sie selbst schwankte häufig, je nach Tagesform und Laune, zwischen beiden Polen hin und her.

Aus diesem Grund konnte sie auch nach wie vor die Frage nach der Zukunft des Buchcafés nicht eindeutig beantworten. Ihre persönliche Situation war das eine, doch was würde Lissy machen, wenn das Büchernest nach all den Jahren tatsächlich für immer seine Pforten schloss? Würde Bea es letztlich wirklich so leichtnehmen, ihr Lebenswerk aufzugeben, wie sie momentan glaubte? Was, wenn Vero der neue Job nicht gefiel und sie womöglich feststellte, dass es ein Fehler gewesen war, dem Café den Rücken zuzukehren?

Während Nele über all dies nachdachte und versuchte abzuwägen, verdunkelte sich der Himmel nach und nach, und sie glaubte ein Grollen in der Ferne zu hören. Kurz danach zuckten mehrere Blitze über der Nordsee, die nun mangels Licht eher bräunlich wirkte. Der Wind frischte auf und wirbelte Laub umher, die Luft war gleichzeitig eigentümlich warm, beinahe schwül.

Gibt es eigentlich Herbstgewitter?, fragte Nele sich und erhöhte das Schritttempo, denn sie trug weder eine Kapuzenjacke, noch hatte sie einen Regenschirm dabei, und nun begann es zu tröpfeln.

Kurz darauf war sie zurück in Oles Haus, wo sich Campino und Schneeweißchen eng aneinandergekuschelt hatten und vor dem Kachelofen im Atelier lagen. Mittlerweile war es beinahe stockfinster, und der Wind rüttelte kraftvoll an den Fensterläden. Es folgten ein Donnergrollen und kurz darauf erneut ein Blitz, wie Nele sehen konnte, als sie aus dem Fenster auf die Straße schaute, die menschenleer war. Nur ein Hund stromerte einsam umher, und Sven fuhr gerade auf die Auffahrt.

»Was machst du hier? Müsstest du nicht im Hotel sein?«, fragte Nele ihn zur Begrüßung und ließ den Hund herein, der Sven folgte, als sei dieser sein Herrchen.

Bevor Sven antworten konnte, tat es einen Schlag, und das Licht ging aus.

»Ich hatte einen Termin in der Nähe und dachte, es sei netter, gemeinsam mit dir abzuwarten, bis sich das Gewitter gelegt hat«, sagte Sven und gab Nele einen Kuss.

»Hast du etwa geglaubt, ich hätte Angst vor so ein bisschen Blitz und Donner?«, entgegnete Nele amüsiert und streichelte das nasse Fell des strubbeligen Hundes mit der süßen schwarzen Schnauze.

»Du vielleicht nicht, aber dieser Streuner hier und ich schon«, erwiderte Sven grinsend. »Deshalb hoffen wir, dass du uns beschützt, erst recht, wo es jetzt wegen des Stromausfalls so dunkel ist. Gibt's hier eigentlich Kerzen?«

»Gibt's an der Nordsee Ebbe und Flut?« Nele schmunzelte und ging in die Küche, gefolgt von dem Streuner, der sich, ehe Nele es verhindern konnte, hungrig über das Trockenfutter der beiden Katzen hermachte. Wie gut, dass Campino und Schneeweißchen den Gast noch nicht entdeckt hatten. Nele ließ den Hund fressen, stellte ihm einen Napf Wasser hin und holte Kerzen aus der Schublade des Bauernschranks, in dem Ole das Geschirr aufbewahrte. Sie wollte eben den Wasserkocher anstellen, um Tee zu kochen, weil sie zurzeit keinen Kaffee mochte, als … »Ohne Strom wird das leider nichts«, sagte Sven, der sich neben sie stellte und aus dem Fenster schaute.

»Hat das Haus eigentlich einen Blitzableiter?«, fragte Nele, während Blitz, Donner und starker Wind über die Insel tobten.

Das Wetter erinnerte sie fatal an die Sturmnacht im August, als ihr kleiner Patensohn Niels zur Welt gekommen war.

»Natürlich, das ist Bestandteil der Bauvorschriften«, erwiderte Sven und checkte sein Handy. Dann runzelte er die Stirn. »Ich habe schlechte Nachrichten aus dem Hotel. Eine Mitarbeiterin war gerade auf dem Rückweg von ihrer Pause und schreibt, dass der Pavillon brennt.«

»Veros Pavillon?« Nele war so entsetzt, dass ihr schwindelig wurde, während Sven die Nummer der Freiwilligen Feuerwehr von Keitum wählte. Wie in Trance hörte sie ihn reden, am Ende war klar, dass das Café wohl vom Blitz getroffen worden war, lichterloh brannte und die Feuerwehr bereits versuchte zu verhindern, dass das Feuer auf Beas Kapitänshaus übersprang.

Obgleich sie unter Schock stand, rief Nele Bea und Rieke an, die beide nicht ans Telefon gingen, und anschließend Lissy, die offenbar gerade bei Vero zu Besuch war.

»Wir kommen so schnell wie möglich, Hinrich fährt uns sicher«, sagte Lissy mit erstickter Stimme, und Nele wurde übel.

Später hätte keiner mehr zu sagen gewusst, wie lange es gedauert hatte, bis sich alle vor Beas Haus eingefunden hatten, und was danach geschehen war.

Nele fühlte sich wie in einem Horrorfilm, als sie tatenlos – und aus sicherer Entfernung – dabei zusehen musste, wie die Trümmer des abgebrannten Pavillons qualmten und Veros geliebte Rosenspaliere nach und nach Opfer der Flammen wurden.

»Betet, dass der Wind dreht«, hatte Ingmar, der Leiter der Freiwilligen Feuerwehr, gesagt, und Nele war sofort der Brand im Restaurant Badezeit an der Promenade von Westerland in den Sinn gekommen, das in den frühen Morgenstunden in der Küche ausgebrochen war.

Hätte der Wind anders gestanden, wäre auch das Hotel *Miramar* unweigerlich gefährdet gewesen, so wie nun Beas Haus.

Bea selbst klammerte sich an Adalbert, gestützt von Lissy.

Rieke stand daneben und starrte mit geweiteten Augen auf das Szenario.

Vero war bleich wie ein Gespenst und weinte, neben ihr war Hinrich, der nervös von einem Fuß auf den anderen trat, sichtlich überfordert von der Situation. Wie gut, dass wenigstens Sven die Nerven behielt und versuchte, auf alle beruhigend einzuwirken. Er hatte heiße Getränke vom Hotel bringen lassen und Decken für alle, die sich Trost suchend darin einwickeln wollten.

In dem Moment, als Funken auf den reetgedeckten Dachfirst übersprangen, schloss Nele stöhnend die Augen, sie konnte und wollte nicht dabei zusehen, wie Beas Haus vor deren Augen bis auf die Grundmauern niederbrannte.

Beißender Rauch stieg ihr in die Nase, ihre Augen tränten, ihr wurde erneut schwindelig und übel. Mit einem Mal schwanden ihr die Sinne, und sie hatte das Gefühl, ins Bodenlose zu fallen …

34

Vero

Wie fühlst du dich, Schätzchen?«, fragte Vero, die sich über die in ihrem Bett liegende Nele beugte und ihr liebevoll über die Stirn strich. Diese öffnete die verkrusteten Lider und hatte Schwierigkeiten, sich zu orientieren.

»Wo bin ich?«, fragte sie benommen und rieb sich die Augen.

»In meinem Zimmer in Morsum«, erwiderte Vero und reichte Nele eine Tasse Tee, der wohlig nach Kräutern duftete. »Trink, das wird dir guttun.«

»Schön, dass du wieder wach bist, du hast nach deiner kurzen Ohnmacht geschlafen wie ein Stein«, meldete sich nun auch Lissy zu Wort, die in Veros gemütlichem Lesesessel darauf gewartet hatte, dass ihre Freundin aufwachte.

»Was ist mit dem Büchernest?«, fragte Nele und setzte sich stöhnend auf. »Ist es …?«

»Der Wind hat gerade noch rechtzeitig gedreht«, erwiderte Bea, die im Türrahmen stand, weil sie zu unruhig war, um still zu sitzen. »Der Dachfirst ist zum Teil beschädigt, und es ist Löschwasser eingedrungen, aber das ist in den Griff zu kriegen. Natürlich wird das alles eine ganze Weile dauern und auch einen Haufen Geld kosten, aber Hauptsache, es ist kein Mensch zu Schaden gekommen, und das Haus steht im Großen und Ganzen noch.«

»Das bedeutet aber, dass die Buchhandlung erst mal geschlossen sein wird, oder?«, fragte Nele mit dünnem Stimmchen.

»Genau das«, bestätigte Bea kurz und knapp. »Das Schicksal hat entschieden, wir müssen uns also keinen Kopf mehr darüber machen, wie es mit dem Büchernest weitergeht.«

Veros Knie wurden weich, als Bea, scheinbar ungerührt, das Ende des gemeinsamen Traums der vier Freundinnen, das Ende einer Ära und damit das Ende ihres Lebenswerks verkündete.

»Oh, mein Gott«, wisperte Nele, und Lissy setzte sich zu ihr auf die Bettkante. »Das ist ja furchtbar!«

»Mach dir jetzt erst mal keine Gedanken über die Zukunft oder zumindest nicht über das Büchernest«, fuhr Lissy fort, und dann stahl sich ein Lächeln auf ihr Gesicht. »Es könnte nämlich sein, dass deine nächsten Wochen angefüllt sein werden mit Terminen, Besorgungen und mit Vorfreude auf das Baby, das sich da vielleicht ankündigt.«

»Welches Baby? Wovon sprichst du?«, fragte Nele und stellte die Tasse so energisch auf den Nachttisch, dass Vero befürchtete, sie würde zerspringen.

»Weißt du nicht mehr, was Doktor Gruber vorhin gesagt hat?« Lissy drehte sich zu Vero und Bea um, als suchte sie nach Bestätigung für das, was die Freundinnen gehört hatten, nachdem der Inselarzt mögliche Ursachen für Neles Übelkeit, überempfindlichen Geruchssinn, Schwindel und die kurze Ohnmacht genannt hatte.

Nele zog die Stirn kraus, man konnte förmlich sehen, wie es in ihr arbeitete. Dann breitete sich ein Strahlen auf ihrem

Gesicht aus, das Veros Herz erwärmte wie ein Sommertag auf Sylt. »Es könnte also sein, dass ich schwanger bin?«

»Ja, das könnte es. Du hast in den letzten Tagen über ein nerviges Spannungsgefühl in den Brüsten geklagt und auch keinen Kaffee mehr gemocht«, erwiderte Lissy.

Nun trat auch Bea zu Nele ans Bett, und Vero glaubte, Tränen in den Augen der Freundin schimmern zu sehen. Doch trotz allem, was passiert war, hielt sie selbst gebührenden Abstand zu Bea, denn zwischen ihnen gab es noch etliches zu bereden und vor allem zu bereinigen.

Vero konnte und wollte keinesfalls einfach so zur Tagesordnung übergehen, nach allem, was Bea ihr an den Kopf geworfen hatte, auch wenn die heutige Katastrophe sie eigentlich wieder hätte zusammenschweißen müssen.

»Weiß Sven davon?«, fragte Nele und schaute sich suchend in Veros Zimmer um. »Und wo ist er überhaupt?«

»Er besorgt gerade einen Schwangerschaftstest in der Apotheke, müsste aber jeden Moment zurück sein.«

»Ich bekomme also vielleicht ein Baby.« Nele sprach die Worte ungläubig und beinahe ehrfürchtig aus. »Das … das wäre ja eine echte Überraschung. Meine Tage haben sich tatsächlich verspätet, aber ich dachte, das läge an der ganzen Aufregung der vergangenen Wochen. Außerdem war mein Zyklus immer schon unregelmäßig. Wenn ich ehrlich bin, hatte ich allerdings gehofft, dass ich schwanger wäre.«

Für einen Moment war es still im Raum, lediglich das Ticken der antiken Wanduhr, ein Erbe von Veros Eltern, war zu hören. Lissy drückte liebevoll Neles Hand, und Bea streichelte ihr sanft über die Wangen.

Vero durchfuhr ein kurzer Schmerz, denn sie hatte mit einem

Mal das Gefühl, nicht mehr dazuzugehören, nicht mehr länger Teil dieses Quartetts zu sein. Wenn es möglich gewesen wäre, hätte sie das Zimmer sofort verlassen, um diesem Schmerz zu entfliehen, der sich bis ins Mark bohrte: Der Pavillon war nur noch ein Haufen Asche, genau wie ihre geliebten Rosenspaliere und, noch schlimmer, die Freundschaft, die stets der Mittelpunkt ihres Lebens gewesen war. Vor ihr lag eine ungewisse Zukunft, sowohl beruflich als auch privat.

Deshalb war sie froh über die Ablenkung, als Sven mit dem Test auftauchte, Nele küsste und diese dann ins Bad begleitete.

Es dauerte eine Weile, bis die beiden wieder zurückkamen, aber alle im Raum konnten sehen, dass das Testergebnis positiv gewesen war. Auf Neles Gesicht lag trotz ihrer Blässe ein wunderschöner Glanz, Sven strahlte über beide Ohren, und beide standen so eng aneinandergeschmiegt im Türrahmen, dass Vero von tiefer Freude erfüllt wurde.

Dann erinnerte sich Vero an die ersten Jahre mit Hinrich und daran, dass auch diese Liebe einmal frisch und jung gewesen war. Zum ersten Mal, seit sie sich ihrer Ehekrise bewusst geworden war, schoss ihr der Gedanke durch den Kopf, dass auch sie eine gewisse Mitschuld daran trug, dass die Ehe mit Hinrich nicht mehr so glücklich war, wie sie es sich wünschte. Sofern man bei diesem Thema überhaupt von »Schuld« sprechen konnte …

»Ich weiß, das ist eigentlich viel zu früh, aber möchtest du Patentante werden, Vero?«, platzte Nele in ihre Gedanken, und es dauerte eine Weile, bis ihre Worte erst in Veros Ohr und dann in ihr Herz drangen. Nun richteten sich die Blicke aller auf sie, und sie konnte nicht anders, als überglücklich auszurufen: »Aber natürlich! Sehr, sehr gern!«

Zwei Stunden später saß Vero allein vor dem prasselnden Kaminfeuer im Wohnzimmer und trank einen Sherry.

Von den vielen verrückten Tagen, die sie schon erlebt hatte, zählte dieser zu den verrücktesten. »Das Alte muss weichen, um Neuem Platz zu machen«, murmelte sie und sah, wie sie sich selbst in der Panoramafensterscheibe spiegelte, da es draußen bereits stockdunkel war. »Das Büchernest und das Café sind nun Geschichte, doch es warten zwei neue, wunderschöne Aufgaben auf mich: Ich werde Patentante, wenn die Schwangerschaft von der Gynäkologin bestätigt wird, und ich leite künftig ein Restaurant, das sicher bald zu den führenden der Insel gehören wird. Ich bin gesundheitlich einigermaßen fit, und ich habe Pläne. Das kann sicher nicht jeder von sich behaupten, von daher empfinde ich mein Leben als sehr privilegiert.«

Doch trotz der Freude über den schönen Brief von Nele, den Lissy ihr gegeben hatte, fühlte Vero sich so einsam wie noch nie zuvor in ihrem Leben.

Bea und Adalbert sichteten im Keitumer Watthuis die Versicherungsunterlagen, Lissy war daheim bei Leon und den Kindern, Nele und Sven wieder zurück in List, wo sie sicher einiges zu besprechen hatten.

Auch wenn alle mit großer Trauer über den Verlust des Buchcafés zu kämpfen hatten, waren sie doch zusammen, und das Leben ging für alle gemeinsam weiter.

Hinrich war gerade wer weiß wo, diesmal hatte er ihr noch nicht einmal Bescheid gesagt, als er nach Neles Zusammenbruch die Brandstelle grußlos verlassen hatte.

Vero starrte abwechselnd auf ihr Spiegelbild und die knisternden Flammen, als sie hörte, wie die Haustür geöffnet wurde und Schritte ertönten. Ihr Herz tat einen kleinen Sprung, weil ein Teil von ihr sich nach Hinrich sehnte.

Doch zu ihrer Überraschung stand nicht ihr Ehemann vor ihr, sondern Bea, die Hände in die Hüften gestemmt. »Willst du allein trinken, oder hast du auch einen Sherry für mich?«, fragte sie und ging, ohne Veros Antwort abzuwarten, an die kleine Hausbar auf dem Getränkewagen aus geflochtenem Korb, der neben dem Bücherregal stand.

»Bedien dich ruhig«, erwiderte Vero. Bea war also nicht bei Adalbert, sondern hier bei ihr. Sie hörte das leise Ploppen des Korkens und schaute zu, wie die goldgelbe Flüssigkeit ins Sherryglas rann, das Bea in der linken Hand hielt.

Dann setzte diese sich in Hinrichs Lesesessel direkt gegenüber. »Magst du mir jetzt mal erzählen, was in deinem Kopf vor sich geht?«, fragte Bea und schaute Vero prüfend an. »Ich habe alle Zeit der Welt und verlasse dieses Haus nicht, bevor ich verstehe, wie du dich fühlst, und wir einen Weg gefunden haben, uns zu versöhnen. Denn falls du das nicht weißt, Veronika: Du bedeutest mir sehr, sehr viel, und ich lasse es nicht zu, dass unsere kostbare Freundschaft zerbricht. Also Schluss mit den Heimlichkeiten und dem Versteckspiel. Ich verspreche, meinen Mund zu halten, wenn du irgendetwas sagst, was mir missfallen könnte, denn ich habe eingesehen, dass ich keinerlei Recht habe, dich zu verurteilen. Du tust das nämlich auch nie, wofür ich dir sehr, sehr dankbar bin.«

Vero wurde warm, was sicher nicht nur am Kaminfeuer lag.

Beas Worte rührten sie zutiefst, sie sagte im Grunde genommen genau das, wonach Vero sich insgeheim so sehr gesehnt, was sie sich von ganzem Herzen gewünscht hatte. Doch bevor sie ihrer Freundin einen Blick in ihr tiefstes Inneres gewährte, hatte auch sie Fragen. »Magst du mir verraten, woran du gerade schreibst und was dich so sehr erfüllt, dass du darüber scheinbar unsere Probleme und alles Weitere vergessen hast?«

Bea nippte an ihrem Sherry und wiegte den Kopf hin und her. Der Feuerschein ließ ihre eine Gesichtshälfte erstrahlen, die andere lag im Dunkeln.

Licht und Schatten, das eine existiert nicht ohne das andere, dachte Vero, wir beide sind genauso, wir können nicht ohneeinander, und das ist schön.

»Ich schreibe die Geschichte des Ortes auf, der mir so sehr am Herzen liegt«, flüsterte Bea.

Vero verstand zuerst nicht, doch dann stürzte mit einem Mal eine Flut von Bildern auf sie ein, als blätterte sie in einem Fotoalbum. Sie sah sich selbst und Bea bei der Besichtigung des Ladenlokals am Watt. Sie sah sich beim Notar, als Bea die Unterschrift für den Pachtvertrag der Buchhandlung leistete. Sie sah sich mit Bea Möbel aussuchen, Preise vergleichen, Regale zusammenschrauben, Bücherkisten einräumen, Ware katalogisieren, Preise auszeichnen. Die kleine Feier anlässlich der Eröffnung der damaligen Bücherkoje war bescheiden ausgefallen, schließlich hatte Bea ihr gesamtes Erspartes in die Verwirklichung ihres lang gehegten Traums gesteckt. Doch das machte nichts, denn Vero hatte eine köstliche Suppe gekocht, Hinrich und Knut hatten Getränke besorgt, und letztlich hatte nur gezählt, dass sie alle jung, voller Energie und Tatendrang gewesen waren – und ein Traum in Erfüllung gegangen war …

»Wird es ein Sachbuch oder ein Roman?«, fragte Vero mit klopfendem Herzen, denn die Geschichte des Büchernests war es definitiv wert, aufgeschrieben zu werden. Leserinnen und Leser liebten Erzählungen über die Magie von Büchern und von Buchhandlungen, das war schon immer so und würde hoffentlich immer so bleiben.

»Es wird eine Romanbiografie beziehungsweise eine Reihe von Büchern, so, wie ich die Sache sehe, denn natürlich gehören auch Neles Möwennest und dein Café dazu, oder etwa nicht?«

Die Vorstellung, eines Tages in gedruckter Form zu lesen, was in all den vielen Jahren passiert war, jagte Vero freudige Schauer über den Rücken. Die Geschichte des Keitumer Buchcafés hatte so viele Seiten, es spielten so viele Menschen und Schicksale eine Rolle, die genauso spannend waren wie die Cliffhanger in guten Romanen.

Vero dachte an die Hamburger Galeristin Paula, die in einer schwierigen Lebenssituation nach Keitum gekommen war und schließlich die angrenzende Kita Inselkrabben gegründet hatte. Sie hörte im Geiste den lebenslustigen Olli *Always look on the bright side of life* auf der Gitarre spielen, obwohl großer Liebeskummer ihm beinahe das Herz zerrissen hatte. Zur Geschichte des Büchernests gehörte natürlich auch Rieke, die dort ihre Ausbildung begonnen und nach dem Wasserschaden diese in der *Badebuchhandlung Klaumann* weitergeführt hatte.

Und dann war da noch Neuzugang Buchhändlerin Sophie, die seit einiger Zeit zum Team gehörte, sich in den Lister Künstler Ole verliebt hatte und nun mit ihm auf Reisen war.

»Weiß der Verlag schon von deinem Plan?«, fragte sie und quoll beinahe über von sentimentalen Gefühlen, die sie unbedingt im Zaum halten musste, wenn sie vermeiden wollte, vor lauter Rührung loszuheulen.

Bea nickte und strahlte. »Die Programmleiterin und die Verlegerin wissen davon und rechnen mit viel Leserpotenzial, auch wenn es natürlich etwas verwirrend ist, dass ich mit einem Krimi debütiere und ein Jahr später schon das Genre wechsle. Aber was soll's, der Verlag ist begeistert, und ich bin es auch. Du glaubst gar nicht, wie viel Spaß es mir macht, in Erinnerungen zu schwelgen und mir alles wieder ins Gedächtnis zu rufen, was wir gemeinsam erlebt haben. Es tut mir allerdings sehr leid, dass ich dich dadurch aus dem Blickfeld verloren habe, dich nicht gefragt habe, wie es dir geht, und mir nicht bewusst gemacht habe, wie sehr du darunter leidest, dass das Café nicht mehr läuft.«

»Und nun gibt es das Café nicht mehr, aber das ist nicht so furchtbar schlimm«, murmelte Vero, die immer noch den Brandgeruch in der Nase hatte und sicher zeitlebens nicht mehr vergessen würde, wie viel Angst sie um Beas Kapitänshaus ausgestanden hatte. »Einen Holzpavillon kann man wieder aufbauen und ebenso neue Rosen pflanzen. Doch dein Heim ist das deiner Vorfahren, ein Teil des historischen Dorfkerns und ein Denkmal lang vergangener Zeiten. Welch ein Glück, dass das Haus weitgehend verschont blieb.«

Bea nickte und rückte mit ihrem Sessel ein Stück näher an Vero heran. Es war nicht zu leugnen, dass beide nicht mehr so gut hörten, aber diesmal war es äußerst wichtig, dass sie einander verstanden, sowohl akustisch als auch mit dem Herzen.

Die beiden plauderten, tauschten Erinnerungen aus, lachten und weinten ein bisschen, und Stunden später umarmten sie einander zum Abschied.

»Ich kann gut nachvollziehen, warum Hartwig dich engagiert hat, und ich wünsche dir, dass dich deine neue Aufgabe genauso sehr erfüllt wie mich das Schreiben. Und fast noch mehr wünsche ich mir, dass der alte Stoffelkopp Hinrich sich dessen bewusst wird, was für eine tolle Frau er hat, und dass er drauf und dran ist, sie zu verlieren, weil dieser Starkoch schon eine Menge Sex-Appeal hat, wenn ich ehrlich bin.«

»Aber ich bin nicht verliebt in ihn, sondern nur in die Vorstellung von einem idealen Mann«, widersprach Vero, die in diesem Moment sehr deutlich spürte, dass das tatsächlich stimmte. »Doch wir wissen beide, dass nicht alles Gold ist, was glänzt, und daher konzentriere ich mich auf das, wofür ich angeheuert wurde, nämlich das Restaurant zum Erfolg zu führen.«

»Und zwar mit Spaß und Leichtigkeit«, ergänzte Bea und tat zum Abschied etwas, was sie noch nie zuvor getan hatte: Sie gab Vero einen Schmatzer auf die Wange, drückte sie länger als gewöhnlich und murmelte: »Hab dich lieb.« Dann öffnete sie die Tür und entschwand in die kühle Morsumer Nacht.

35

Bea

Eine Woche später fand das Treffen des Familienrats im Keitumer Watthuis statt. Bea hatte dazu eingeladen und wollte diesmal selbst als Gastgeberin am Herd stehen. Doch das war gar nicht so einfach, wie sie plötzlich feststellen musste: Vero hatte ihr zwar das Kochen beigebracht, aber sie war schon länger aus der Übung, weil Adalbert es liebte, in der Küche zu werkeln, neue Rezepte auszuprobieren, auf dem Markt einzukaufen und frisches Gemüse und Salat bei Vero abzuholen, wo die beiden sich regelmäßig über Kulinarisches austauschten.

»Das werde ich ja wohl noch schaffen«, schimpfte Bea, die einen Sack Kartoffeln, zwei Blumenkohlköpfe und Suppengrün vor sich auf der Anrichte liegen hatte. Sie öffnete eine der unteren Schubladen auf der Suche nach dem Pürierstab, doch der lag weder dort noch an einem anderen Platz, an dem sie ihn vermutet hatte.

Genauso erging es ihr mit dem Kartoffelschäler.

»Alles in Ordnung, oder kann ich helfen?«, fragte Adalbert, der mit zwei Weißbroten unter dem Arm hereinkam, diese in den Brotkasten legte und ihr neugierig über die Schulter schaute.

»Ja und nein«, erwiderte Bea mürrisch. »Hast du die Krabben eingekauft?«

»Ja, habe ich, und ich lege sie jetzt in den Kühlschrank«, erwiderte er mit einer Ruhe, die ihr in diesem Moment mal wieder gänzlich fehlte. »An die Crème fraîche habe ich auch gedacht, es müsste also alles da sein, was wir für die Kartoffelsuppe mit Krabben brauchen. Ich würde allerdings an deiner Stelle nur einen Kopf Blumenkohl nehmen, weil den nicht jeder mag. Vielleicht kannst du sicherheitshalber zwei Versionen machen.«

Zwei Versionen?! Bea schwirrte der Kopf, zumal sie zuvor an einer äußerst emotionalen Passage ihres Buches geschrieben hatte, die sie nur äußerst ungern unterbrochen hatte, um Suppe zu kochen. Wie machten das eigentlich andere Autorinnen und Autoren? Hatten die Personal? Aßen sie immer auswärts? Waren sie Stammkunden bei einem Lieferservice?

»Soll ich dir helfen?«, fragte Adalbert, der natürlich ahnte, dass Bea gerade ins Schlingern kam. »Ich könnte zum Beispiel Kartoffeln schälen.«

»Würdest du das tun?«, entgegnete Bea erleichtert. »Ich könnte währenddessen den Tisch decken. Außerdem muss ich noch Nele anrufen, die wissen wollte, ob sie den Hund mitbringen darf, der ihnen neulich zugelaufen ist.«

»Mach das ruhig, ich habe hier alles im Griff. Und was den kleinen Streuner betrifft: meinetwegen gern. Du weißt, dass ich Hunde über alles liebe.«

Bea stieß einen Seufzer der Erleichterung aus, gab Adalbert einen Kuss und murmelte etwas, das »Was wäre ich nur ohne dich« heißen sollte.

Eine gute Stunde später war das Watthuis voller Leben.

Als Erstes trafen Lissy, Leon und die Kinder ein, drei Minuten später Rieke, danach Vero, allerdings ohne Hinrich. Bea hieß alle herzlich willkommen, Adalbert nahm den Gästen die Garderobe ab und wirbelte die kleine Liu im Kreis umher, bis sie einen roten Kopf bekam und vor Freude juchzte.

»Ich war schon ewig nicht mehr hier«, sagte Lissy, stellte die Babywanne von Niels auf das Sofa und setzte sich daneben. »Eigentlich schade, denn ihr habt einen traumhaft unverstellten Blick auf das Watt, während wir leider nur auf die Hauswand unseres Nachbarn schauen.«

»Tja, sonst treffen wir uns immer bei uns daheim oder sehen uns bei der Arbeit«, entgegnete Vero, setzte sich auch aufs Sofa und nahm Niels mit geübtem Griff aus der Wanne.

»Der ist ja zum Knuddeln süß«, kommentierte Rieke den Anblick von Vero, die Niels im Arm hielt und ihm liebevoll über das Flaumhaar strich.

»Vielleicht wird's Zeit, dass du dir einen jungen Mann angelst, mit dem du dir eine gemeinsame Zukunft vorstellen kannst«, erwiderte Vero augenzwinkernd. Zarte Röte überzog Riekes Gesicht, wie Bea amüsiert feststellte, als sie Wasser in die Gläser auf dem Couchtisch füllte. »Ich weiß, ich bin neugierig, aber gibt es da jemanden?«

»Es gibt jemanden namens Bengt, Bea hat ihn neulich kennengelernt, und ich verstehe mich sehr gut mit ihm. Aber er wird ab dem Frühjahr nächsten Jahres auf Island studieren, von daher könnte das auf lange Sicht ein bisschen schwierig werden. Außerdem fühle ich mich eindeutig zu jung für die Mutterrolle, ich möchte erst einmal weiterarbeiten und Karriere machen, eventuell noch studieren. Meine Welt sind die Bücher, ich werde ja schon nervös, weil das Büchernest zurzeit geschlossen hat und ich nicht weiß, wie es weitergeht. Mittlerweile sind alle Kartons gepackt für die Auslagerung während der Renovierung, in den letzten Tagen hatte ich also keine Langeweile, aber …«

»Um all diese Dinge zu besprechen, sind wir heute hier«, unterbrach Bea sie und ging zur Tür, um Nele, Sven und den süßen Strubbel hereinzulassen, der den beiden in List zugelaufen war. Er schüttelte sich und lief dann schnurstracks auf Rieke zu, die einen kleinen Schrei ausstieß. »Hey, dich kenne ich doch, was machst du denn hier?«, fragte sie den Hund, der sie schwanzwedelnd begrüßte und dann Liu mit der Nase anstupste, die natürlich sofort Feuer und Flamme war und ihn so energisch streichelte, dass Bea befürchtete, er würde knurren oder die Zähne fletschen. Doch er genoss die Berührung sichtlich und legte sich dann zu Riekes Füßen nieder. Liu setzte sich daneben.

»Der Hund ist uns bei dem Gewitter zugelaufen«, erklärte Nele. »Wir haben sein Foto auf die Sylt-Seiten der sozialen Netzwerke gestellt, aber bislang hat sich keiner gemeldet. Aber woher kennst du ihn?«

Rieke erzählte, dass der Streuner Bengt und sie indirekt miteinander bekannt gemacht hatte, weil er am Brandenburger Strand so lange mit dessen Kitesegel herumgespielt hatte, bis Rieke ihn mithilfe einer Eiswaffel zu sich gelockt hatte, damit Bengt endlich aufs Wasser konnte. »Ich hätte ihn am liebsten schon da mitgenommen, weil er so knuffig ist«, sagte Rieke mit einem Leuchten in den Augen, das sicher nicht nur dem Hund galt.

»Nuffig«, wiederholte Liu, die kleine Hand immer noch tief in das wuschelige Fell vergraben.

»Sollte sich weiterhin keiner melden, kannst du ihn gern haben, wenn du magst«, erwiderte Nele und setzte sich in einen der Sessel. »Die beiden Katzen finden es nämlich nicht besonders toll, mit ihm zusammenzuwohnen, und mir wird das ehrlich gesagt auch zu viel, wenn das Baby da ist. So ein Hund bringt viel Verantwortung mit sich.«

»... und will für Neles Geschmack morgens viel zu früh raus«, ergänzte Sven schmunzelnd.

»Ich würde ihn liebend gern haben«, erwiderte Rieke sichtlich verzückt. »Vorausgesetzt, ich darf ihn mit ins Büchernest nehmen, wenn ...«

»Kinners, ich finde, dass wir vor dem Essen über unser aller Zukunft sprechen und entscheiden sollten, denn hier sitzen offenbar einige von uns ganz schön auf heißen Kohlen, mich eingeschlossen.«

»Aber bevor wir das tun, wollte ich noch mal sagen, wie toll ich deinen Krimi finde, liebes Tantchen«, sagte Lissy. »Tut mir leid, dass ich so lange gebraucht habe, um ihn zu lesen, aber es war so einiges los, wie du weißt. Du hast echtes Schreibtalent, und ich kann es kaum erwarten, etwas Neues von dir zu lesen.«

Das Lob ihrer Nichte kam so unerwartet, dass es Bea beinahe die Sprache verschlug. Ihre Wangen wurden heiß, und ihr Herz tanzte voller Freude umher. Lissy war eine kritische Leserin und eine grundehrliche Haut. Sie hätte niemals etwas gelobt, das ihr nicht wirklich gefiel.

Bea war so gerührt, dass sie nicht mehr als ein einfaches »Danke« über die Lippen brachte, sofort das Thema wechselte und erzählte, was sie in der vergangenen Woche gemeinsam mit ihrem Mann besprochen hatte. »Wie ihr wisst, sind Adalbert und ich nun schon eine ganze Weile zusammen, mittlerweile sogar verheiratet und leben miteinander, ohne uns gegenseitig an die Gurgel zu gehen oder die Flucht zu ergreifen. Was ganz sicher eher an deiner Langmut und Geduld liegt, lieber Adalbert, als dass es mein Verdienst wäre.« Beas Mann schmunzelte, erwiderte aber nichts. »Und weil dem so ist, habe ich meine Bedenken, gemeinsam mit ihm im Kapitänshaus zu leben, Stück für Stück abgelegt. Ihr wisst, dass ich es lange Zeit als unpassend empfunden habe, zusammen mit Adalbert an dem Ort zu wohnen, der wie kein zweiter für meine Liebe zu Knut steht. Doch ich habe auf dem Friedhof Zwiesprache mit Knut gehalten, und er findet, dass es mal wieder an der Zeit für Umzüge ist, damit ein bisschen Leben in die Bude kommt. Deshalb werden wir beide ins Kapitänshaus umsiedeln, sobald die Reparaturarbeiten beendet sind. Was die Zukunft des Watthuis betrifft, gibt es zwei Möglichkeiten. Entweder Adalbert verkauft, oder er vermietet an das Büchernest.«

Leises Murmeln erfüllte den Raum, der Hund bellte, als wolle er seine Zustimmung ausdrücken, und Liu gab einen Kiekslaut von sich.

»Das Watthuis wäre geradezu perfekt«, sagte Lissy, die aufgeregt nach Leons Hand griff.

»Und nur wenige Meter vom früheren Standort entfernt«, ergänzte Leon, auf dessen Gesicht ein Lächeln lag. »Man müsste natürlich ein wenig umbauen …«

»… aber man hätte endlich wieder mehr Platz für Bücher und deutlich mehr Laufkundschaft«, ergänzte Nele mit leuchtenden Augen.

»Könnte man dann auch das Café in den Räumlichkeiten unterbringen?«, wollte Rieke wissen, und nun suchte Beas Blick den von Vero. Diese rutschte unruhig auf dem Sofa hin und her, Niels begann leise zu weinen, hörte aber sofort auf, als Liu sein kleines Händchen nahm.

»Das mit dem Café würde mich allerdings auch interessieren«, entgegnete Vero beinahe tonlos.

»Das könnte man, wie uns der Architekt bestätigt hat«, meldete sich nun auch Adalbert zu Wort. »Die Umbaumaßnahmen würden ein paar Monate dauern, aber im Sommer nächsten Jahres sollte das alles eigentlich über die Bühne gegangen sein, allerspätestens im Herbst.«

»Aber wer soll das Café führen, jetzt, wo Vero …?«, murmelte Nele und blickte traurig zu ihrer Freundin hinüber. Diese räusperte sich, sagte aber nichts.

»Bevor wir darüber reden, was aus dem Café wird und wie lange es dauert, bis wir das Büchernest wieder eröffnen könnten, sollten wir erst mal gemeinsam beratschlagen, ob so ein Kraftaufwand überhaupt Sinn ergeben würde«, ergriff nun wieder Bea energisch das Wort. »Schließlich war nicht nur der ungünstige Standort schuld daran, dass die Umsätze rückläufig waren, sondern auch, dass jeder von uns mittlerweile andere Prioritäten hat. Bevor wir uns nicht einstimmig für die Weiterführung oder dagegen aussprechen, haben alle anderen Diskussionen keinen Sinn. Wollen wir erst mal essen, und jeder überlegt währenddessen für sich, wie er sich entscheiden will? Stimmberechtigt sind allerdings nur wir vier, ich hoffe, das ist in Ordnung für euch andere. Im Übrigen könnt ihr euch auch gern mehr Bedenkzeit nehmen, denn man sollte eigentlich immer eine Nacht über alles schlafen – behauptet Vero, und die ist sehr klug und umsichtig, wie wir alle wissen. Also, Kinners, ab mit euch an den Tisch, denn mit leerem Magen denkt es sich schlecht.«

»Wer möchte Suppe mit und wer ohne Blumenkohl?«, fragte Adalbert in die Runde und füllte mit Veros Hilfe die tiefen Teller der Gäste. Nachdem alle einander Guten Appetit gewünscht hatten, herrschte Schweigen am Tisch, äußerst untypisch für Zusammenkünfte des *Familienrats*. Auch Niels schlief wieder in seiner Wanne, da Lissy ihn zuvor gestillt hatte.

»Es dauert also ungefähr ein Jahr, bis das Büchernest neu eröffnen würde?« Nele durchbrach als Erste das Schweigen, und Bea nickte. »Das bedeutet, dass ich bis dahin Mutter bin und deshalb nur stundenweise arbeiten kann, vorausgesetzt, es geht alles gut und ich steige nicht sofort nach der Wiedereröffnung ein, denn das erscheint mir vom Timing unmöglich. Dieser lange Zeitrahmen bedeutet aber auch, dass Sophie bis dahin wieder da ist und mitarbeiten könnte, wenn sie keine anderen Pläne hat.« Sven legte seine Hand auf ihre und nickte zustimmend.

»Liu wäre ein Jahr älter und geht in den Kindergarten, und Niels ist dann sicher öfter bei der Tagesmutter«, sagte Lissy.

»Oder bei mir«, ergänzte Leon. »Bis dahin weiß ich auch, wie es mit meiner Selbstständigkeit läuft. Ich unterstütze euch sowieso bei allem, aber das wisst ihr ja.«

»Und ich schreibe weiter meine Bücher über das Buchcafé und habe dann sicher weit mehr Routine darin als beim ersten Band der Serie und damit wieder mehr freie Kapazitäten für den Laden«, sagte Bea und blickte selbstbewusst in die Runde.

»Habe ich das richtig verstanden, du schreibst gerade einen Roman über das Büchernest?«, fragte Lissy, und Leon fiel der Suppenlöffel auf den Boden, was Liu, die auf dem Kinderstühlchen thronte, so lustig fand, dass sie ihren auch gleich hinterherwarf. Der Hund, von allen im Lauf des Essens *Strubbel* genannt, leckte beide Löffel so hingebungsvoll ab, als glaubte er, nie wieder etwas zu futtern zu bekommen.

»Eine Serie über das Buchcafé? Wie cool ist das denn bitte«, wiederholte Rieke beinahe ehrfürchtig. »Das wird sich verkaufen wie geschnitten Brot.«

»Oh, ja, genauso ist es«, erwiderte Bea, der angesichts der Begeisterung für ihr Vorhaben und der lieben Menschen um sie herum ganz warm ums Herz wurde. Früher hatte sie sich nicht besonders viel aus Familienfeiern gemacht, doch das hatte sich im Lauf der Zeit verändert, besonders, seit die kleine Liu auf die Welt gekommen war.

Genauso erging es ihr mit ihrem legendären Drang nach Unabhängigkeit und ihrem Eigensinn. Sie hatte erkannt, dass Menschen nicht dazu bestimmt waren, unabhängig zu sein, denn sie waren soziale Wesen und sehnten sich nach Liebe und Zugehörigkeit. Und diese Gemeinschaft war das Sinnbild einer Zugehörigkeit, wie sie im Buche stand.

»Ich würde es gern weiter mit dem Büchernest versuchen«, sagte Nele als Erste, und Rieke hob zaghaft den Zeigefinger.

»Ich auch«, stimmte Lissy ihr zu.

»Ich ebenso«, sagte Bea.

Nun ruhten aller Augen auf Vero, die ihre Lippen fest zusammenpresste, aufsprang und aus dem Haus stürmte. Lissy wollte ihr hinterher, doch Bea hielt sie zurück. »Lass sie, Liebes, Vero braucht jetzt Zeit. Und die sollten wir ihr geben.«

36

Vero

Das Treffen des Familienrats lastete bleischwer auf Vero. Alle hatten für das Fortbestehen des Büchernests gestimmt, nur sie selbst war der Hemmschuh für eine Zukunft, die sich die anderen offenbar sehnlichst wünschten. Aus diesem Grund hatte sie sich die halbe Nacht in den Daunen ihres wunderschönen neuen Betts gewälzt und irgendwann das Licht angeschaltet, um eine Pro-und-Kontra-Liste zu erstellen. Dabei hatte sie den Blick durch den Raum schweifen lassen, der ihr mit einem Mal so leer und einsam erschienen war, dass es ihr in der Seele wehtat. Dabei hatte sie sich doch so sehr danach gesehnt, Hinrichs Schnarchen zu entfliehen und nachts lesen zu können, ohne sich Gedanken darüber zu machen, ob das Leselicht ihren Mann störte.

In den frühen Morgenstunden war sie endlich eingeschlummert und nach wirren Albträumen mit Kopfschmerzen aufgewacht.

Ich muss ans Meer, vielleicht gewinne ich dort Klarheit, murmelte sie, als sie unter der Dusche stand und versuchte, wieder zu sich zu kommen. Als sie angezogen war und ein kleines Frühstück zu sich genommen hatte, zog es sie mit aller

Macht ans Morsum-Kliff, wo sie zuletzt mit Bea spazieren gegangen war, kurz bevor der kleine Niels geboren wurde.

Vero setzte sich auf ihr altes Hollandrad, das sie nur selten benutzte, und fuhr in Richtung Severin's Hotel, wo sie das Rad an dem Ständer nahe der Infotafel über das berühmte Kliff abstellte. So früh am Morgen war noch kaum einer unterwegs außer dem Schäfer, der seine Herde über die Heidelandschaft führte, die oberhalb des Kliffs lag und wunderhübsch anzusehen war. Vom Wind gekrümmte Bäume reckten ihre Äste in Richtung des immer heller werdenden Himmels, und Vero marschierte geradewegs zu der Stelle, die auch »Klein-Afrika« genannt wurde, was man sofort verstand, wenn man erst einmal dort war: Der Sand in dem Naturschutzgebiet erinnerte tatsächlich an die Sahara, die trockenen Grasbüschel wogten im Wind, dunklere Heideflecken verliehen dem ansteigenden Kliff den Charakter einer Berglandschaft. Unter Veros Füßen knackten kleine Hölzer, beinahe wäre sie auf eine Schnecke getreten, deren Häuschen schneeweiß leuchtete.

Nun trennten sie nur noch wenige Meter von der Treppe, die von der Aussichtsplattform hinunter ans Watt führte. Vero hielt einen Moment inne und bestaunte die imposante Kulisse, die sie umgab: Zu ihren Füßen lag die sandige Landschaft der Steilküste, die orangefarben, ockerfarben und goldgelb schimmerte, denn das 21 Meter hohe Kliff bestand aus dunklem Glimmerton, rotem Limonitsand, gelbbraunem Lehm und weißem Kaolinsand. Das Ufer war umsäumt von wogendem, hohem Strandhafer. Vero konnte auch die Steintürmchen erkennen, die Urlauber gern bauten und von diesen Gebilden Erinnerungsfotos schossen. Sie selbst hatte noch nie den Wunsch verspürt, es ihnen nachzumachen, obgleich sie wusste, dass viele dieses Türmchenbauen als ähnlich meditativ empfanden wie das Errichten von Sandburgen. Dieses Bedürfnis, zu bauen und Zeichen zu setzen, dieses Sich-verewigen-Wollen, scheint tief in den Menschen verankert zu sein, dachte Vero, während sie die Treppe nach unten ging.

Als sie nach links schaute, um die unterschiedlichen Farbtöne des Kliffs näher in Augenschein zu nehmen, sah sie, dass dort jemand – wie auch immer derjenige das bewerkstelligt hatte – ein riesengroßes Herz in die Steilwand gemalt hatte.

Vero kam der Song *Love Is In The Air* in den Sinn, und sie begann leise zu summen. Früher hatte er ihr viel bedeutet, sie hatte die Leichtigkeit der Melodie und die Stimme des Sängers John Paul Young geliebt, der 1977 damit die Charts gestürmt und die Menschen zum Tanzen gebracht hatte, auch Hinrich und sie. Früher hatten beide gern ihre Runden auf dem Parkett gedreht und kaum eine Festivität ausgelassen.

Auf den Dörfern war immer schon viel und gern gefeiert worden. Taufe, Konfirmation, Biikebrennen, Verlobungen, Hochzeiten, Geburtstage, Hauseinweihungen. Jeder Anlass war willkommen gewesen, inmitten des oftmals eintönigen Alltags immer mal wieder die Nacht zum Tag zu machen und zu spüren, wie schön es war zu leben, zu lachen und zu lieben …

Vero stand nun am Ufer des Wattenmeers, die Flut war gerade aufgelaufen, Watvögel staksten umher, Austernfischer überflogen die Nordsee, und die Sonne schickte zaghaft ihre Strahlen über die schimmernden Priele. Vero atmete tief ein, reckte ihr Gesicht der Sonne entgegen und schloss einen Moment die Augen, weil ihr auf einmal der Duft von feuchtem Laub, gepaart mit Salz, in die Nase wehte.

Ich bin jetzt im Herbst meines Lebens, wenn alles gut geht

und mir noch Zeit vergönnt ist, dachte sie und seufzte ein wenig. Dann gab sie sich einen Ruck und ging mit entschlossenen Schritten los. Denn Zeit war kostbar und sollte genutzt werden.

Wenige Stunden später läutete sie an der Tür von Adalberts Haus in Keitum und war heilfroh, ihre Freundin dort anzutreffen.

»Moin, wollen wir einen Tee auf der Terrasse trinken? Im Strandkorb lässt es sich bestimmt gut aushalten«, sagte Bea zur Begrüßung, und Vero nickte stumm.

Was sie jetzt zu sagen hatte, war bedeutsam, und sie wusste nicht, wie Bea darauf reagieren würde.

»Also schieß los, was gibt's?«, fragte Bea und schenkte ihnen beiden Sylter Rote-Grütze-Tee ein, eine von Veros Lieblingssorten.

»Ich war vorhin bei Holger Hartwig«, begann Vero.

»Und?«, fragte Bea, deren Hände beim Heben der Tasse plötzlich zitterten.

»Ich habe ihm gesagt, dass ich nur für den Start zur Verfügung stehe und Merten so gut einarbeiten werde, dass er ab Sommer nächsten Jahres die Restaurant-Crew allein führen kann.«

»Na, das ist ja ein Ding!«, erwiderte Bea und schaute starr aufs Wattenmeer. »Und was bedeutet das jetzt im Klartext?« Ihre Hände zitterten immer noch, was Vero insgeheim ein klein bisschen amüsierte.

»Das bedeutet, dass ich dem Team von *Meerherz* später nur noch als Beraterin zur Seite stehen werde, unter der Bedingung, dass Hartwig sämtliche Backwaren und Desserts für das Restaurant bei mir bestellt. Er hat zugestimmt, und damit haben wir eine solide Auftragsbasis, wenn das Café wieder eröffnet. Vorausgesetzt natürlich, ich habe in der neuen Küche genug Platz und kann mir ab und zu eine Aushilfe leisten.«

»Heißt das das, was ich gerade denke?« Bea schrie ihre Frage geradezu in die Welt hinaus.

Das Zittern ihrer Hände legte sich erst, als Vero sagte: »Das bedeutet, dass ich ebenfalls für den Fortbestand des Büchernests stimme und hiermit offiziell meine Kündigung zurückziehe, wenn das für dich in Ordnung ist.«

»Ich verstehe deine Frage nicht, welche Kündigung?«, erwiderte Bea und sprang aus dem Strandkorb auf.

»Was ist denn hier los?«, fragte Adalbert. »Ich habe dich schreien gehört, Bea, und dachte, dir sei etwas passiert.«

»Mir ist auch etwas passiert, und zwar etwas sehr, sehr Schönes. Vero ist immer noch im Team und hat soeben mit ihrer Zusage die Zukunft des Büchernests gesichert. Wir werden in einem Jahr wieder eröffnen, und ich kann es kaum erwarten, Lissy, Nele und Rieke die tolle Neuigkeit zu erzählen. Hm, wie mache ich das denn jetzt am besten, ohne jemanden in der Reihenfolge zurückzusetzen?«

»Gibt's dafür nicht eure berühmte Whatsapp-Gruppe? Da bekommen doch alle dieselbe Nachricht gleichzeitig«, schlug Adalbert schmunzelnd vor und wandte sich dann an Vero. »Ich freue mich wirklich sehr über deine Entscheidung, denn ohne dich ist die Mädels-Crew einfach nicht komplett. Aber was sagt Hartwig denn zu der neuesten Entwicklung? Das ist doch sicher ein Schlag für ihn.«

Während Vero Adalbert auf den neuesten Stand brachte, tippte Bea die gute Nachricht in die Gruppe, und es dauerte keine Minute, bis begeisterte Rückmeldungen eintrafen, verbunden mit dem Wunsch, so schnell wie möglich auf diese Entscheidung anzustoßen.

»Schade, dass ich keinen Alkohol trinken darf, denn das schreit förmlich nach Champagner«, schrieb Nele und schickte einen weinenden und einen lachenden Smiley hinterher. »Liebe Grüße aus List, wir schauen gerade nach Babysachen. Aber heute Abend hätten wir natürlich Zeit.«

Lissy und Leon kündigten ihren Besuch ebenfalls für den Abend an, genau wie Rieke. Diese wollte wissen, ob es okay wäre, wenn sie in der Zeit bis zur Wiedereröffnung Praktika in Buchhandlungen im Ausland machen oder dort jobben würde.

»Na klar, vielleicht klappt das ja sogar auf Island«, tippte Bea zurück, während Vero ihr über die Schulter schaute.

»Wie schön, dass einem in der Jugend noch alles offensteht«, kommentierte Vero Riekes Pläne und seufzte leise.

»Ach was, das ist keine Frage der Jugend, sondern der Einstellung«, hielt Bea dagegen. »Auch wir haben noch unsere Abenteuer, und seien es diejenigen, die im Kopf stattfinden. Aber sag, was ist mit Hinrich? Weiß der schon von allem? Und wie geht es jetzt mit euch weiter?«

Dies war allerdings eine Frage, die sich nicht ganz so einfach beantworten ließ, und der einzige Wermutstropfen für Vero an diesem sonnigen, fröhlichen Tag. »Ich werde heute auch mit ihm sprechen müssen«, erwiderte sie und stand auf. »Also dann, danke für den Tee und bis heute Abend.«

»Was bringst du zu essen mit?«, fragte Bea grinsend und umarmte Vero zum Abschied. »Keine Sorge, das war ein Scherz. Heute koche ich mal zur Feier des Tages, und du ordnest bitte dein Privatleben, ja?«

»Wenn du kochst, bleibe ich wohl besser daheim«, erwiderte

Vero schmunzelnd und wandte sich dann Richtung Tür, um wieder zurück nach Morsum zu radeln. So schwer es ihr heute Morgen gefallen war, in die Pedale zu treten, und so sicher sie am nächsten Tag einen heftigen Muskelkater haben würde, so gut tat die Bewegung. Man musste unbedingt in Bewegung bleiben, sowohl mental als auch körperlich, das hatte Vero in den vergangenen Wochen mehr als deutlich begriffen. Die Frage war nur, ob auch Hinrich bereit war, sich zu bewegen und Dinge zu ändern, auch wenn es ihm schwerfiel.

Als sie die Tür des Hauses in Morsum öffnete, war es wieder einmal sehr still. Veros Blick fiel auf einen Zettel auf der Kommode im Flur. Sie erkannte sofort Hinrichs leicht krakelige Handschrift, auf dem Papier lag eine Muschel in Herzform.

Vero las die Zeilen »Bin bei Friederike und den Kindern in Hamburg und bleibe dort ein Weilchen. Dein Hinrich« ein paarmal und musste schwer schlucken.

Wie oft hatte sie ihm schon geraten, die Tochter auch mal zu besuchen, statt vergeblich darauf zu warten, dass Friederike mit den Enkeln nach Sylt kam. Wie schön, dass er sich endlich zu dieser Reise aufgerafft hatte. Vero faltete den Zettel zusammen und legte ihn samt der Muschel in ihr Erinnerungskästchen.

Bis zu ihrer traditionellen Jahresrückschau an Silvester war es zwar noch ein Weilchen hin, doch sie wusste genau, wie schnell die Zeit verflog und dass man sie leider nicht anhalten konnte, sosehr man sich das in besonders schönen Momenten auch wünschte.

Sie betrachtete den Inhalt des Kästchens noch eine ganze Weile und schickte dann eine Nachricht an ihre Freundinnen vom Büchernest. »Feiert heute Abend ohne mich, denn ich fahre gleich nach Hamburg zu meiner Familie, wo Hinrich gerade ist. Wir holen das Anstoßen nach, sobald wir wieder zurück auf Sylt sind. Alles Liebe, eure Vero.«

* * *

Ende Oktober gehörte zu den stürmischen Zeiten auf Sylt. Diese Tage bildeten den Übergang vom Herbst zum Winter, wenn die Insel in einen tiefen Schlaf fiel, um sich vom Trubel der vorangegangenen Monate zu erholen. Über die Strände tobten Inselstürme, Regen prasselte herab, Blätter wehten über die Dünen, abgebrochene Äste trieben im aufgewühlten Wasser der Nordsee. Die Zugvögel traten den weiten Weg in die wärmeren Gefilde an, die Natur begab sich zur Ruhe. Der hohe, weite Himmel war an manchen Tag grau, an anderen leuchtete er stahlblau, als sei noch Sommer. In klaren Nächten funkelten Millionen Sterne am Firmament und zwinkerten all denen zu, die gerade nach oben schauten in der Hoffnung, eine Sternschnuppe zu sehen und sich etwas wünschen zu können, auch wenn dies im Herbst eher selten war. Doch auf Sylt gab es nichts, was es nicht gab, das wussten alle, die diese wunderschöne Insel liebten und sich nach ihr sehnten, wenn sie nicht dort sein konnten.

Die vier Freundinnen Bea, Vero, Lissy und Nele lebten auf Sylt und wussten dieses Privileg jeden Tag aufs Neue zu schätzen. Und sie wünschten sich vor allem eines, als sie sich an einem Oktoberabend am prasselnden Kaminfeuer in Morsum zusammenfanden und später auf der Terrasse in den Himmel schauten: dass ihr Traum von einem gelungenen Neustart des Büchernests ein voller Erfolg werden würde. Damit Bea viele weitere Bände über die Geschichte des Buchcafés und derjenigen, die dort arbeiteten, schreiben konnte. Denn Bücher waren ein Lebenselixier, darin waren sich alle einig.

Danksagung & Rezepte

Herzlich willkommen im Sylter Büchernest!

Egal, ob Sie bereits zu den Leser*innen gehören, deren Herz seit *Inselzauber* für die Freundinnen und das Buchcafé in Keitum schlägt, oder ob Sie zum ersten Mal mit diesem Roman auf die Insel reisen und Bea, Lissy, Nele, Vero und Rieke kennenlernen. Ich wünsche Ihnen zauberhafte Lesestunden, in denen Sie richtig abtauchen und die Seele baumeln lassen können.

Dass im Roman wirklich alles »rundläuft« und möglichst nichts Ihren Lesegenuss trübt, verdanke ich vor allem drei tollen Frauen: meinen Lektorinnen Julia Cremer und Birgit Förster, die mich angespornt, auf etwaige Stolpersteine aufmerksam gemacht und das Wachsen des Romans liebevoll begleitet haben. Ein großer Dank gilt meiner Testleserin Claudia Bude vom Blog »Claudias Bücherregal«, die bekennender Fan der Büchernestserie ist und mir sehr wertvolle Hinweise gegeben hat.

Danke dem gesamten Team des Verlags Droemer Knaur für die traumschöne Ausstattung und alles, was es braucht, damit ich als Autorin weiß, dass mein »Buchbaby« in den allerbesten Händen ist.

Allen Buchhändler*innen, Rezensenten, Blogger*innen natürlich ebenso wie denjenigen, die wissen, dass eine Welt ohne Bücher keine schöne Welt wäre. Bewahren Sie sich bitte alle die Freude am Lesen, am Fantasieren und am Träumen. Denn Träume verleihen der Realität Flügel …

Vielleicht genießen Sie diesen Roman bei einer guten Tasse Tee, einem Glas Wein oder einer anderen Leckerei, die für Sie zum persönlichen Lesegenuss dazugehört.

Das »Genießen«, Innehalten, Schlemmen und Erfühlen mit allen Sinnen ist eine wichtige Zutat all meiner Bücher und meines Lebens. Deshalb gibt es in fast allen einen Anhang mit Rezepten, passend zur Stimmung des Buches.
Dieses Mal ist es mir geglückt, ein echtes Schmankerl für Sie zu finden: Buchhändler Rolf Klaumann hat extra für Sie sein kulinarisches Schatzkästchen geöffnet und lässt Sie einen Blick auf *seine* Sylter Rezepte werfen. Da er selbst eher »Freestyle« kocht, können Sie sich von den Rezepten anregen lassen, variieren und nach Herzenslust ausprobieren. Wundern Sie sich bitte nicht, wenn Vero sich in diesem Band ein wenig zurückhält und die (Koch-)Bühne einem wunderbaren Freund überlässt, der immer mal wieder persönlich in der Roman-Reihe auftaucht.

Viele Freude beim Lesen und Schlemmen wünscht

Gabriella Engelmann

Persönlich kreierte Lieblingsrezepte von Buchhändler Rolf Klaumann exklusiv für die Küche des Buchcafés im Sylter Büchernest

Morsumer Krabbenfrittata

Zutaten für 4 Portionen:

350 g gepulte Krabben (das ist nicht gerade üppig, sollte aber bei den momentanen Preisen für fangfrische gepulte Krabben ausreichen)
6 große festkochende Kartoffeln
1 kleines Bund Lauchzwiebeln
6 kleine Gewürzgurken
je nach Größe 6–8 Eier
½ TL geräuchertes Paprikapulver
Salz und Pfeffer
4 EL Olivenöl
optional 150 g geriebener Käse (Bergkäse oder Cheddar)
Außerdem benötigen Sie eine große backofentaugliche Pfanne mit ca. 30 cm Durchmesser.

Die Kartoffeln schälen, in Würfel schneiden, 12 Minuten in kochendem Salzwasser garen und anschließend abgießen.

Die Eier in einer Rührschüssel aufschlagen, salzen und pfeffern. Die Gewürzgurken in ganz kleine Würfel schneiden und zu den Eiern geben. Die Eier kurz zur Seite stellen und den Backofen (180 °C Umluft) vorheizen.

Die Lauchzwiebeln in kleine Ringe schneiden, zusammen mit dem Olivenöl und den Kartoffelwürfeln in die Pfanne geben und bei mittlerer Hitze anbraten. Nach 3 Minuten die Krabben hinzufügen, mit dem Paprikapulver bestreuen und 3 Minuten weiterbraten. Die aufgeschlagenen Eier hinzugießen und nur kurz anstocken lassen. Und ab mit der Pfanne in den vorgeheizten Backofen. Nach ca. 35 Minuten sollte die Frittata eine wunderbare goldbraune Farbe angenommen haben. Wer die Frittata noch herzhafter wünscht, kann sie 5 Minuten vor Ende der Garzeit mit geriebenem Käse bestreuen.

Dazu einen gemischten Salat und einen gut gekühlten Weißwein. Ich liebe es!

Keitumer Spinatkuchen

Zutaten für 4 Personen:

1 kg TK-Blattspinat, grob gehackt
500 g Rinderhack
2 EL Rapsöl
1 große Zwiebel
200 g Schafskäse oder Feta
4 Eier
Salz und Pfeffer
½ TL Muskat, gerieben
½ TL Chiliflocken
1 Packung Filo oder Yufkateig aus dem Kühlregal
150 g geriebener Käse
Außerdem wird eine Springform mit etwa 26 cm Durchmesser benötigt und etwas Margarine oder Öl zum Einfetten der Form. Für den Filoteig brauchen wir noch etwa 2 Esslöffel flüssige Butter.

Den Blattspinat in einen Topf geben und bei geringer Hitze auftauen. Gelegentlich umrühren und gegebenenfalls ein ganz klein wenig Wasser hinzugeben.

In der Zwischenzeit die Zwiebel häuten und in kleine Würfel schneiden. 2 EL Rapsöl in eine Pfanne geben und die Zwiebel darin glasig dünsten. Das Rinderhack hinzufügen und bei mittlerer Hitze anbraten. Dabei immer wieder mit einem Holzlöffel oder Pfannenwender zerkleinern, bis es krümelig wird. Mit Salz, Pfeffer und Chiliflocken abschmecken (Vorsicht, je nach Schärfegrad, mit den Chiliflocken).

Jetzt ist ein guter Zeitpunkt, um den Backofen auf 200 °C Ober-/Unterhitze vorzuheizen.

Ist der Blattspinat ganz aufgetaut, diesen vom Herd nehmen und in ein Sieb geben. Mit einem Holzlöffel so viel Flüssigkeit wie möglich herausdrücken. Den abgetropften Spinat in eine Schüssel umfüllen. Den Schafskäse zuerst in Längsstreifen und dann in kleine Würfel schneiden und zusammen mit dem Hackfleisch zum Spinat geben. ½ Teelöffel Muskat hinzufügen. Alles gut miteinander vermischen und, falls nötig, noch einmal mit Salz und Pfeffer abschmecken.

Die Springform einfetten und vorsichtig den Filoteig entrollen. Mit 2 Blättern den Boden belegen und diese mit etwas flüssiger Butter bestreichen. 3 Teigblätter zur Seite legen und die restlichen Blätter so überlappend in die Springform legen, dass sie etwa zur Hälfte über den Rand hinausragen.

Die Spinatmasse einfüllen und gleichmäßig in der Form verteilen. Mit einem Löffel oder einer Kelle 4 Vertiefungen in regelmäßigen Abständen in die Oberfläche drücken. Die 4 Eier vorsichtig öffnen und in je eine Mulde gleiten lassen. Mit den letzten 3 Filoteigblättern den Spinat abdecken und die überlappenden Teigblätter umklappen, sodass ein »geschlossener Kuchen« entsteht. Den Teigdeckel mit der restlichen flüssigen Butter bestreichen und für 40 Minuten in den vorgeheizten Backofen geben.

Wer mag, macht dazu eine kräftige Tomatensoße, der man mit etwas pürierter Mango und schwarzem Pfeffer noch einen besonderen Pfiff verleihen kann – und hier kommt das Rezept:

Zutaten:

500 ml stückige Tomaten
1 große Gemüsezwiebel
½ Soloknoblauchzwiebel
200 ml Weißwein
1 reife Mango
1 gestrichener EL Zucker
Salz
schwarzer Pfeffer
4 EL Olivenöl

Die Gemüsezwiebel in grobe Würfel schneiden, den Knoblauch klein hacken (nicht pressen) und mit dem Öl in einen kleinen Topf geben. Bei mittlerer Hitze dünsten, bis die Zwiebelwürfel glasig werden.

Den Weißwein dazugießen, aufkochen und den Zucker einrieseln lassen. Gut durchrühren und bei reduzierter Temperatur weiterkochen.

Inzwischen die Mango halbieren, eine Hälfte schälen, in Stücke schneiden und in einem hohen Rührbecher pürieren. Die andere Hälfte anderweitig verwenden.

Das Püree in den Topf geben und die stückigen Tomaten einfüllen. 1–1½ Stunden bei geringer Hitze köcheln lassen und zuletzt mit Salz und schwarzem Pfeffer abschmecken.

Die Soße schmilzt auf der Zunge. Dieses Essen gibt Kraft und gute Laune!

Pasta mit scharfen Flusskrebsen

Zutaten für 4 Personen:

500 g Pasta (je nach Vorliebe Linguine oder Farfalle)
400 g ausgelöstes Flusskrebsfleisch
je nach Größe 3–4 Bund Lauchzwiebeln
2 Soloknoblauchzwiebeln
200 g Schafskäse
¼ l Weißwein
200 ml Hühnerbrühe oder Geflügelfond
4 EL Olivenöl und einen Schuss für den Nudeltopf
½ TL Paprika, rosenscharf
Salz und Pfeffer
½ TL Chiliflocken
etwas grünes Thai-Curry
1 ordentliches Stück Parmesan

Die Pasta nach Packungsangaben bissfest kochen. Die Knoblauchzwiebeln ganz klein hacken (nicht auspressen), die Lauchzwiebeln in kleine Ringe schneiden und mit dem Olivenöl bei mittlerer Hitze in einer großen Pfanne andünsten. Wenn der Knoblauch leicht gebräunt ist, die Flusskrebse in die Pfanne geben und für 2–3 Minuten die Temperatur erhöhen. Mit dem Weißwein ablöschen, die Gewürze dazugeben und ebenfalls die Hühnerbrühe hinzufügen. Bei jetzt wieder mittlerer Hitze weiterköcheln, bis die Flüssigkeit etwa um die Hälfte reduziert ist. Den Schafskäse grob in kleine Würfel schneiden und zu den Flusskrebsen geben.

Vor dem Abschütten der Pasta 2 Kellen Nudelwasser entnehmen und in die Pfanne geben. Gut einrühren. Die Soße sollte durch das Nudelwasser und den Schafskäse eine leicht sämige Konsistenz haben. Jetzt die Pasta abgießen, den Topf zurück auf den Herd stellen, einen Schuss Olivenöl hineingeben und die Nudeln kräftig schwenken. Die Flusskrebssoße zu den Nudeln geben und unterheben. Sofort auf Teller verteilen und über jede Portion Parmesan hobeln.

Wunderbar für ein Essen an einem hellen, warmen Sommerabend auf der Terrasse.

Winterschmaus – Grünkohllasagne mit Mozzarella und Roter Bete

Zutaten für 4 Personen:

1 kg frischer Grünkohl (wahlweise als TK grob gehackt und nicht vorgekocht)
2 kleine Zwiebeln
2–3 EL Butterschmalz
4 Knollen Rote Bete, vorgekocht
1 Becher Schmand
2 gehäufte EL Mehl
4 EL Olivenöl
400 ml Milch
600 ml passierte Tomaten
6 Chorizos, pikant gewürzt, oder 6 Mettenden
Salz und Pfeffer
1 TL geräuchertes Paprikapulver
½ TL Chiliflocken
1 Prise Kreuzkümmel
etwas Muskat
1 EL dunkle Balsamico-Creme
12–15 Lasagneplatten
200 g geriebener Bergkäse
Außerdem eine große Auflaufform und etwas Öl zum Einfetten.

Den Grünkohl gründlich abspülen, den harten Teil der Stiele entfernen und alles grob zupfen. Die Zwiebel in kleine Würfel schneiden, Butterschmalz in einen hohen Topf geben, und die Zwiebeln darin glasig dünsten. Nach und nach den Grünkohl in den Topf geben und immer etwas zusammenfallen lassen, ehe die nächste Portion hinzukommt. Den Grünkohl bei geschlossenem Deckel gut 20 Minuten garen und nur wenn nötig etwas Wasser hinzugeben.

In der Zwischenzeit das Mehl im Olivenöl anschwitzen und unter ständigem Rühren Milch und passierte Tomaten hinzugeben. Kurz aufkochen und dann die Temperatur reduzieren. Mit Paprika, Chiliflocken, Muskat, Salz und Pfeffer abschmecken, bis eine leichte Schärfe auf der Zunge zu spüren ist. Sollte die Soße zu dickflüssig sein, etwas mehr Milch hinzugeben. Die Chorizos, wahlweise Mettenden, in dünne Scheiben schneiden, scharf anbraten und mit dem ausgetretenen Fett unter den Grünkohl mischen. Die Rote Bete auf einer Reibe grob raspeln und in einer Rührschüssel mit Schmand und 1 EL dunkler Balsamico-Creme mischen und mit Salz, Pfeffer und Kreuzkümmel würzen. Den Backofen auf 180 °C Umluft vorheizen.

Die Auflaufform mit etwas Öl ausstreichen und den Boden mit Tomatensoße bedecken. Darauf die erste Schicht aus Lasagneblättern legen, den Grünkohl darauf verteilen und mit der zweiten Lasagneschicht belegen. Wieder Tomatensoße angießen und jetzt die Rote Bete als zweite Schicht darauf verstreichen. Abschließend die letzten Lasagneplatten darauf verteilen und die restliche Tomatensoße hinzugeben. Die oberen Nudelplatten sollten komplett mit Soße bedeckt sein. Mit dem geriebenen Bergkäse bestreuen und ab in den Backofen. Backzeit etwa 45 Minuten.

Ein wunderbarer »Seelenwärmer«, nicht nur für kalte und trübe Tage.

Wenningstedter Fischstäbchen mit Kürbispommes und Joghurtsoße

Zutaten für 2 Personen:

500 g Hokkaido-Kürbis
3 EL Olivenöl
2 EL Rapsöl
½ TL geräuchertes Paprikapulver
1 Messerspitze Chili, gemahlen
Ras el-Hanout
etwas Zitronensaft
1 Knoblauchzehe
Salz und schwarzer Pfeffer
200 g griechischer Joghurt, 10 % Fett
350 g Lachsfilet mit Haut
1 Ei
3 EL Mehl
etwa 80 g Panko
½ oder 1 kleine Salatgurke

Den Backofen auf 200 °C Umluft vorheizen. Den Kürbis gründlich abwaschen und in zwei Hälften teilen. Die Kerne und Fasern mit einem Löffel herauskratzen und die Kürbishälften in knapp 1 cm breite Streifen schneiden. Je nach Länge der Streifen diese wieder halbieren oder dritteln, sodass in etwa gleich lange »Pommesstäbchen« entstehen. In einer Rührschüssel das Olivenöl mit Paprikapulver, Chili und etwas Pfeffer verrühren.

Die Kürbisstreifen hineingeben und die Schüssel mehrmals kräftig schwenken, bis sich die Öl-Gewürz-Mischung auf den Pommes verteilt hat. Ein Backblech mit Backpapier auslegen und die Kürbisstreifen darauf verteilen. Möglichst so, dass sie sich nicht berühren oder übereinanderliegen. In den Ofen schieben und etwa 15 Minuten backen. Die fertigen Pommes noch einmal in die Rührschüssel geben und jetzt erst salzen.

Für die Fischstäbchen den Lachs in etwa gleich große Stücke schneiden. Das aufgeschlagene Ei, Mehl und Panko in je einen tiefen Teller geben. Zuerst die Lachsstreifen im Mehl wenden, dann durch das Ei ziehen und zuletzt im Panko wälzen. Das Rapsöl in einer großen Pfanne erhitzen und die Fischstäbchen unter gelegentlichem Wenden goldgelb backen.

Für die Soße die Gurke grob raspeln und in eine kleine Schüssel geben. Den Knoblauch ganz fein hacken und zusammen mit dem Joghurt, ½ TL Ras el-Hanout und etwas Zitronensaft unter die Gurke rühren und zum Schluss mit Salz und Pfeffer abschmecken.

Auf zwei Tellern anrichten – und der Spaß kann beginnen.

Auf den ersten Blick mag das Rezept etwas aufwendig wirken, aber Sie brauchen nicht mehr als eine knappe Stunde für die Vorbereitung inklusive der Backzeit.

Archsumer Grünkohlsalat mit gebratenen Garnelen

Zutaten für 4 Portionen:

500 g Grünkohl (kein TK)
4 Black-Tiger-Garnelen ohne Schale
1 EL Butterschmalz
große Radieschen
2 Knollen Rote Bete
2 Avocados
1 EL Zitronensaft
2 Passionsfrüchte
1 TL Feigensenf
2 EL weißer Balsamico
1 Schuss Weißwein
1 Handvoll Salatkernmix
½ TL Chiliflocken
6 EL Olivenöl
Salz und Pfeffer

Den Grünkohl von den dicken Blattrippen befreien und in kleine Stücke zupfen. Anschließend gründlich waschen und trocken schleudern. Die Blättchen in eine große Schüssel geben, salzen und mit beiden Händen gut 5 Minuten kräftig kneten. Die Radieschen in dünne Scheiben schneiden. Die Avocados halbieren, die Kerne herauslösen und das Fruchtfleisch aus den Schalen heben. Erst in Scheiben, dann in Würfel schneiden und sofort mit Zitronensaft mischen, damit die Avocado ihre Farbe behält. Die Rote Bete grob raspeln, in eine eigene kleine Schüssel geben und etwas salzen. Den Salatkernmix ohne Fett in einer kleinen Pfanne anrösten.

Für das Dressing die Passionsfrüchte halbieren und mit einem Teelöffel Kerne und Fruchtfleisch herauskratzen. Beides in einen hohen Mixbecher geben, den Weißwein dazugießen und mit einem Pürierstab kurz mixen. Die Kerne der Passionsfrucht sollten ordentlich knacken. Feigensenf, Balsamico, Chiliflocken und das Olivenöl hinzufügen, einmal aufrühren und mit Salz und Pfeffer abschmecken.

Die Black-Tiger-Garnelen ganz kurz bei hoher Temperatur im Butterschmalz anbraten, bis sie leicht Farbe angenommen haben.

Radieschen, Avocado, Rote Bete und das Dressing zum Grünkohl geben und alles gut mischen. Auf Teller verteilen und die gerösteten Kerne darüberstreuen. Zuletzt je eine Garnele in die Mitte setzen.

Das gibt Kraft für einen langen Strandspaziergang oder ist eine gute Stärkung danach.

Sylter rote Grütze mit Avocadomousse

Zutaten für 4 Personen:

250 g Erdbeeren
250 g entkernte Kirschen
je 250 g rote und schwarze Johannisbeeren
250 g Himbeeren
1 Zimtstange
125 g Zucker
250 ml Kirschsaft
80 g Sago
Je nach Jahreszeit können Sie natürlich auch TK-Früchte verwenden.
1 Ei
2 EL Zucker
1 Prise Salz
1 Päckchen Vanillezucker
100 g Sahne
1 Päckchen Sahnesteif
2 EL Limettensaft
1 reife Avocado

Alle Beeren und die Kirschen waschen und wenn erforderlich von den Stielen befreien. In einem großen Topf Sago, die Zimtstange und den Kirschsaft zum Kochen bringen. Wenn die Sagoperlen glasig geworden sind, den Zucker hinzufügen, noch einmal aufkochen lassen und dann die Früchte hineingeben. 3 Minuten weiterkochen und vom Herd nehmen. Abkühlen lassen und für einige Stunden kalt stellen.

Das Ei trennen und das Eiweiß in einen Rührbecher geben. Das Eigelb zur Seite stellen und anderweitig verwerten. Das Eiweiß und eine Prise Salz mit einem Handmixer steif schlagen. Vanillezucker und Zucker zugeben und eine weitere Minute aufschlagen, bis eine feste, aber noch cremige Masse entsteht. In einem anderen Rührbecher Sahne und Sahnesteif mischen und ebenfalls steif schlagen. Die Avocado aufschneiden, den Stein herausheben, das Fruchtfleisch mit einem Löffel aus der Schale lösen, mit dem Limettensaft mischen und pürieren. Die pürierte Avocado in eine Schüssel geben und vorsichtig nach und nach Eischnee und Sahne unterheben. Wenigstens 2 Stunden in den Kühlschrank stellen.

In 4 tiefen Tellern anrichten. Einen Spiegel aus roter Grütze in jeden Teller geben. Mit 2 Esslöffeln Nocken aus der Avocadomousse abstechen und auf die rote Grütze setzen.

Rote Grütze gehört zur Insel Sylt wie die Wellen zur Nordsee, aber ich wette, so haben Sie sie noch nie gegessen.

Ich wünsche Ihnen guten Appetit, viel Freude beim Nachkochen und Variieren – denn die Rezepte sollen lediglich als kulinarische Anregung dienen. Besuchen Sie uns doch gern in den *Badebuchhandlungen* in Westerland (Friedrichstraße 7) und Wenningstedt (Strandstraße 25/Kurzentrum) und erzählen uns, wie es Ihnen gemundet hat.

Herzlichst

Rolf Klaumann

Verlieben Sie sich auch in die anderen bezaubernden Roman-Highlights von Gabriella Engelmann:

Herzlich Willkommen im zauberhaften Lütteby an der Nordsee

Die Liebe tanzt barfuß am Strand

Lina liebt ihr Leben und ihr Heimatstädtchen Lütteby. Manchmal gesteht sie sich jedoch ein, dass sie sich nach ihrer spurlos verschwundenen Mutter sehnt. Und dass es schön wäre, die Liebe zu finden. Als Lina einen neuen Chef bekommt, tanzen zarte Schmetterlinge in ihrem Bauch. Doch Jonas wurde aus der Nachbarstadt entsandt – und eine alte Legende besagt, dass Liebende aus Grotersum und Lütteby niemals zueinander finden …

Das Glück kommt in Wellen

Als Lina erfährt, dass ihre Großmutter ihr nicht die Wahrheit über ihre Mutter erzählt hat, fühlt sie sich hintergangen und ist zutiefst verletzt. Sie sucht Zuflucht bei Jonas – in seinen Armen, seinen wunderschönen grünen Augen, seiner warmen Stimme. Doch Lina ist plötzlich unsicher, ob sie sich noch fallenlassen und der Liebe hingeben kann, wenn alles, was sie über ihre Wurzeln zu wissen glaubte, nicht der Wahrheit entspricht.

Das Wunder küsst uns bei Nacht

Lina Hansen ist verliebt wie noch nie zuvor. Doch ihr Glück mit Jonas wird von den familiären Schatten der Vergangenheit, die unzählige Fragen aufwerfen, getrübt. Als Jonas ein Unglück ereilt, gerät Linas Welt endgültig ins Wanken, und sie stellt sich die bange Frage, ob auf den Hansen-Frauen tatsächlich ein Fluch lastet und es ihnen nicht vergönnt ist zu lieben …

»Gabriella Engelmann sorgt für eine Gefühls-Sturmflut an der Nordsee.«
Bunte

KNAUR

Die Büchernest-Serie von Gabriella Engelmann:

Auf der Nordsee-Insel Sylt treffen Sie auf die Buchhändlerin Larissa, ihre Freundin Nele, Tante Bea und viele weitere sympathische Figuren. Sie leiden mit ihnen, wenn ihnen das Leben Steine in den Weg legt – und genießen jede Seite, wenn sie gemeinsam die Tücken des Alltags bewältigen, versprochen!

Inselzauber

Bei ihrer ersten Begegnung sind sich Larissa und Nele herzlich unsympathisch, dabei haben sie mehr gemeinsam, als sie ahnen. Schon bald stellen die beiden fest, dass man zusammen stärker ist als allein.

Inselsommer

Die Hamburger Galeristin Paula fragt sich: Soll sie einen Neuanfang wagen oder festhalten, was sie hat? Ein Inselurlaub bei Buchhändlerin Bea und deren Nichte Larissa soll Klarheit in Paulas Gefühle bringen.

Wintersonnenglanz

Larissa liebt die Herbst- und Wintermonate auf Sylt. Doch in diesem Jahr kann sich die besondere Magie einfach nicht entfalten. Wie gut, dass wenigstens Larissas beste Freundin wieder zurück in Keitum ist …

Strandkorbträume

Larissa sucht händeringend nach Personal für ihr Buchcafé Büchernest. Kurzerhand beschließt Sophie, in ihre alte Heimat zurückzukehren um auszuhelfen. Ein Sommer auf Sylt soll den Neuanfang bringen. Denn nach einem enttäuschenden Liebes-Aus braucht Sophie vor allem neue Träume und gute Freundinnen.

»Macht den Kopf frei und das Herz leicht«
tina

KNAUR